U0909463

江苏文艺出版社
JIANGSU LITERATURE AND ART PUBLISHING HOUSE

雨天的棉花糖

毕飞宇 著

茅盾文学奖获奖者小说丛书

图书在版编目（CIP）数据

雨天的棉花糖 / 毕飞宇著. — 南京：江苏文艺出版社, 2012.11
（茅盾文学奖获奖者小说丛书）
ISBN 978-7-5399-5769-2

Ⅰ. ①雨… Ⅱ. ①毕… Ⅲ. ①中篇小说－小说集－中国－当代②短篇小说－小说集－中国－当代 Ⅳ. ①I247.7

中国版本图书馆 CIP 数据核字(2012)第 272785 号

书　　名	雨天的棉花糖
著　　者	毕飞宇
责任编辑	郝　鹏　孙金荣
出版发行	凤凰出版传媒股份有限公司 江苏文艺出版社
出版社地址	南京市中央路 165 号，邮编：210009
出版社网址	http://www.jswenyi.com
经　　销	凤凰出版传媒股份有限公司
印　　刷	江苏凤凰通达印刷有限公司
开　　本	652×960 毫米　1/16
印　　张	16.75
字　　数	220 千字
版　　次	2013 年 1 月第 1 版　2020 年 1 月第 7 次印刷
标准书号	ISBN　978-7-5399-5769-2
定　　价	29.00 元

目　录

叙 事

那场雪从午后开始。四点钟天色就黄昏了。积雪封死了村庄。村里的草垛、茅棚和井架都一溜浑圆。父亲进了家门一边掸雪一边抱怨说,怎么又下了?父亲一直盼望一个晴和的太阳,把草垫、棉花出一回潮,尔后做好窝等我娘分娩。那时候父亲还不明了未来城市里雪花的意义,不知道雪花和摇滚、足球一起支撑了世纪末的都市激情。我注意过都市少女看雪的瞳孔,憧憬里闪耀着六角花瓣,剔透而又多芒。她们的羽绒衣在雪花纷飞中翩翩起舞。她们对雪花的礼赞感染了我。我弄不懂父亲那时为什么有福不会享。

父亲进屋后反身掩门。我的母亲坐在小油灯下面。母亲在那个雪季里一直待在屋里,认真地做针线,认真地怀孕。我母亲在灯下拿针怀孕的静态有一种古典美,鼻梁和唇沟呈现一道分界,半面橘黄,半面昏暗。父亲关门后看见小油灯的灯芯晃了一下,母亲这才抬起头,与父亲对视。父亲看完我母亲便从怀里掏出纸包,扎着"十"字形红线,是半斤红糖。父亲一勺一勺把红糖装入瘦颈玻璃瓶。父亲一早就到镇上去了,先找过组织,这是他成为右派后第一次汇报"思想"。他告诉组织汗水使他的思想与感情产生了“巨大变化”。这时候已是午后。天压得只有树那么高。父亲蹲在巷口的“T”形拐角,从怀里掏出两个烧饼,吃到一半父亲记起该到商店去买红糖了,这是麻大妈关照的。麻大妈关照买红糖时脸上的麻子无比严厉。麻大妈说,砸锅卖铁你也要买,不吃红糖女人就打不净血,淤在肚里头要落下病根的。父亲听任何人的话,父亲当然听麻大妈的指教。父亲买回了半斤红糖。他的贮藏过程充盈了要当父亲的复杂心态。后来父亲听到一声呻吟,回头看见母亲僵在了那儿。母亲的眼神和手上的女红朝两个方向延伸。父亲说,怎么了?母亲说,疼。父亲慌乱地舔过手指上的糖屑,跨上去拥住母亲。母亲用一种绝望的眼神盯着父亲,不行,母亲说,肚子,不行了。父亲把母亲抱上床,转脸冲到接生婆麻大妈的门口。父亲用力拍打木板门,高声呼叫麻大妈。父亲的呼叫语无伦次。麻大妈拉开门,一手抓着棉花一手捏着纺线砣。麻大妈耷拉着厚大下唇,问,觉了?父亲说觉了。麻大妈捻过线砣慢悠悠地回了一句话,回去烧水,烧两大锅水。父亲说,她在叫,她疼得直叫。麻脸婆走回堂屋自言自语说,随她叫,女人就这样,配种时快活得叫,下崽时疼得叫,女人哪有不叫的。

严格地说到此为止故事的主人公不是我母亲,是我。我正在娘胎里,也就是幕后,精心对生活垂帘听政。我对身边的事一无所知,但这不要紧,我的地位决定了我可以这样。至于母亲,她必须挨痛受苦。上帝安排好了的。

风停了,雪住了。雪霁后的子夜月明如镜。地是白的地,天是蓝的天。半个月亮,万籁俱静。碧蓝的腊月与雪白的腊月在子夜交相辉映。世界干干净净。宇宙一尘不染。

我的落草是在凌晨。在纯粹的雪白和纯粹的碧蓝之间,初升的太阳鲜嫩柔媚。我这样叙述是自私的,把自己的降生弄得这样诗情画意,实在不厚道。但诗情画意不是一个好兆头。在这里我要交代一个细节,接生婆麻大妈最初见到的不是我的脑袋,而是脚尖。我弄不清为什么我要选择这样一种方式。我的样子糟糕透顶。麻大妈一见到我的脚趾脸上的神情说变就变，所有的麻子全陷进去，那张厚重的下唇拉得也更厚更长。我的脚趾冒着热气，粉红色，沾满白色胎脂。麻大妈回头对父亲说："是寤生。"父亲的脸上顿时失去了颜色。父亲的大惊失色一半缘于我们母子的安危，另一半则是让麻大妈的话给震的。目不识丁的麻大妈竟然把"难产"说成了"寤生"，那两个字在父亲的耳朵里无比振聋发聩。这和麻大妈的名字叫"雅芝"一样匪夷所思。

我是在大学一年级读《左传 · 隐公元年》知道"寤生"一说的。史书上说："……庄公寤生，惊姜氏，故名曰寤生，遂恶之。"庄公因难产而遭到生母的厌恶，可见"寤生"不是什么好兆头。但我的降生姿势并没有给我的母亲造成致命的麻烦。麻大妈用她的手掌握住了我的小腿，尔后托住我的腰。我猜想这时候麻大妈已经看到了我腿根的小玩意了。她的接生陡增激情。我的身体热气腾腾，像刚剥了皮的兔子，在麻大妈的掌心渐次呈现出生命意义。她哆嗦着下唇不停地重复、使劲，就好了，麻大妈说，使劲，用力屙，就好了。她的这些话起初是说给我母亲听的，后来竟成了习惯，她甚至用手背压鼻壁擤鼻涕时也这样嘟噜、使劲，就好，就好了。母亲张大了嘴巴，只是"使劲"。这个过程困厄而又漫长。母亲不行了。母亲生我最后半个脑袋时几乎耗尽了全力。是麻大妈把我拽出来的。我今天的脑袋又尖又长与这个细节关系甚巨。我的"寤生"终于完成了。身体只剩下一根脐带连系住母体。麻大妈弯下腰，伸长了颈项，用嘴衔住了脐带的根部。麻大妈不是用剪刀，而是用牙齿完成了我的人之初。

刚来到这个世界我没有动，我的脸呈青紫色，鼻孔和口腔里贮满羊水。麻大妈用力摁住我的鼻头，我大哭一声，羊水喷涌出来。我今天的鼻头又宽又扁也是麻大妈的杰作。麻大妈大功告成，站在房门口。她老人家疲惫至极，倚着门框。麻大妈喘着气对父亲报功："好了。"父亲的双手和下巴挂在那儿，听麻大妈说完这两个字，父亲吓坏了。麻大妈的双手与口腔沾满产红，笼罩了一圈鲜艳血光。她的笑容使她咧开了真正的血盆大口。麻大妈的每一颗牙齿都布满血迹。她就那样血淋淋地笑，对父亲说,好了,屙下来了,是带把的。

父亲进门时我没有理他。我被撂在铺了一层花布的泥地上。和别的孩子一样,踐起两条腿,紧握两只拳头,闭着眼睛号哭。

大学三年级的那个冬天我专程拜谒过刘雅芝,也就是七十八岁的麻大妈。那一天下了冬雨。村里的草屋与巷弄都显得龌龊无序。我在泥泞的巷底找到了业已孀居的麻脸老人。她蹲在猪圈内侧,四周围了一群人。一个男孩蜜蜂一样为我引路,他从大人的裤裆下面钻进猪圈,大声说,麻老太,城里有人找你。人们让开了一道缝隙,麻大妈正在为一头硕大的母猪接生。

母猪是黑色的,八只小黑猪正卧在金黄色稻草上拱母猪的红肿奶头。麻大妈绾了头发,袖口卷得很高,脸上的麻子松成椭圆状。因为眯眼她老人家张开了嘴巴。她的牙只剩了两颗,对称地立在暗紫色上牙床上,像一只蛐蛐。麻大妈望着我。她的紫色牙床使我想起了我的肚脐。这次联想使我的记忆出现了历史空罅,吹动起冬雨里的风。麻大妈吃力地站起来,盯着我的头颅顶部,正确地指出:“你是倒着出世的。”我惊喜地说,您老记得我?麻大妈的脸上没有表情。记不得了,麻大妈说,我接过的娃比接过的猪还多。我很突然地激动起来,说,我是您接的生!

麻大妈的双手麻木地垂挂在那儿,半透明的血色水珠在指尖上往下滴漏。这时候有人喊,第九个!第九个!麻大妈坐下去,用她的血手抚弄黑色母猪的红肿产门。是一个小白猪,这个色差给了我极其深刻的印象。大家静下来,麻大妈极耐心地用手托住小猪。小猪的生产过程寓动于静,如日出那样,你不见它动,它就一点一点变大起来。麻大妈变戏法那样接出了猪崽,用干稻草擦了又擦。麻大妈说,你回去吧娃,我不接你你也要来到这个尘世上,这是注定的,你逃不出这个命。大家一齐回过头来,看着我。我把礼物放在地上,麻大妈就那样唠叨着。我疑心麻大妈是在和猪说话,心中无可挽回地怅然起来。我用研究《左传》《圣经》和《判断力批判》的眼睛盯住那双手，找不出这双手与我的生命曾有过的历史渊源。作为一种历史结果，麻大妈手里现在捧着的仅仅是猪。我在幸福之中黯然神伤。我的身体开始颤栗，无助却又情不自禁。麻大妈说，一物一命，可谁也逃不脱一双手。

麻大妈早就死了。她老人家的手在我的想象里散了架，所有的骨头都像竹节，一块一块排列在黑土之中。我现在在海上。我的怀里揣了那张地图。我常干的事就是看地图。没事我就把地图摊开来，这是我亲近世界的一种努力。我在这张地图里走过很多地方。也可以说，我带着这张地图走过了很多地方。在两种迥然不同的游历方式里，我尽量仔细体验微观与宏观。它们是一回事。是世界的正面与背面。是感知的这头与那头。这张地图已经很脏了，折头都生了毛边。但这张地图的本质依然如故。一比六百万这个比例说明了它与世界的关系。这个不同等、不平均的关系里有绝对的对等与精确。世界在人类的智慧面前已经很滑稽了。我就那样一手叉腰，一手夹烟，在千年古柏或万年青石之旁精骛八极，神游四海昆仑。我知道我的样子很像战争年代的毛泽东。但他是他，我是我。我看地图完全是审美的，看久了就会有幻觉，认定自己已在九万里高空，如鲲鹏背负青天。在青天之上我时常产生宇宙式幸福感。我在地图面前甚至产生过恐高症，担心一不小心掉到地图里去。世界真的已经像古书里说的那样了，藏昆山于一芥。世界有时其实是经不住推敲的。

地图的另一迷人处是它的色彩。它的色彩相互区分又相互补充。区分与补充使地形与地貌产生了人文意义。但我眼里的色彩区分恰恰不是行政的，而是语言的。地图色彩的缤纷骨子里隐藏了语言的无限多样。上帝不会让人类操同一种语言的，这不符合创世纪的初衷。我们没有必要统一什么，统一是一件不好的事，大统之后会有大难的，弄不好就要犯天条。

离家时我只带了这张地图。我决定两手空空离开这个家。我够了。

我受够了。林康终于去睡了。她和我吵了又吵,相持了两个星期。她一吵架便热情澎湃,目光里透视出世俗冲动与毁坏激情。她一吵架身体四周便散发出金属光芒和生命气息。林康在婚前曾是我的一只小鸟,只会歌唱春天、夏夜、植物与爱情。她的身高一米五八,她娇小的身躯在结婚之后裂变成原子弹,能量无比,威力无穷,笼罩了一层刺眼炫目的蘑菇云。她铁青了脸瞪着惊恐的眼睛对我一次又一次大声呼叫:去挣钱,去挣钱,快点去挣钱!这年头不是男人疯了,而是女人疯了。她们在梦中被钱惊醒,醒来之后就发现货币长了四条腿,在她们的身边疯狂无序地飞窜。她们高叫钱。这年头女人成为妻子后就再也不用地图比例尺去衡量世界了,而只用纸币。

我已经放弃我的博士与命题了。我再也没有什么可以失去的了。哲学家说得真好,我们不能放弃我们根本没有的东西。我决定走。离开原子弹,离开充满美丽与充满性高潮的一米五八。凌晨四点我悄悄取了背囊,里面只装了地图。我站在大街上,路灯一拳头把我的影子撂倒在水泥路面。我打了一个寒噤。凌晨四点宁静而又淫荡,对日出充满引诱与挑逗。

铁轨伸向远方,发出铿亮的光,乌黑而沉重地闪烁。蒸汽机头在浓烈的白色气团中夜游,黑魆魆地喘粗气。铁轨与机头使世界贮满迷乱。凌晨四点的铁轨具有强烈的启发性,它们纵横交错,使“夜”与“终点”一同变得不可企及。我困得厉害。我把衣领竖直,把自己想象成站在铁轨上的狗。远方有许多骨头,它们对我发出青白色的光芒。

我是在嗅觉的引导下来到海边的。火车的长途旅行使我们的听觉变得迟钝,嗅觉却异样活跃。我在昏睡中没有听见海浪的声音——那种绵软的扑击体贴而又依恋,如做爱的尾声,轻轻悄悄地弥漫开来,再疲惫下去。但我闻见了海腥味。我坚信大海就在前方,在地图的右侧一片淡蓝。初恋岁月林康的指尖曾指着蓝色海岸线对我说,这儿,这儿,你带我到这儿。那一年林康十九岁,在西语系读英语二年级。林康十九岁那年通体有一股极好的弹性，如一只乒乓球，在校园道路上跳来蹦去。她的马尾松纷乱如麻，成为红蜻蜓与彩蝴蝶的纯情偶像。我和林康的相识完全是偶然的，而恋爱却是必然的，因为“爱情只是偶然的擦肩而过”。我一直弄不清林康这句话的出处，可能是她的脱口而出。被爱情闹的。恋爱能使十九岁的女子一不小心就说出许多真理。我和林康相识在下雨的路上。她头上举着一本书，张大了嘴巴直冲而来，溅了我一身泥。我说你站住，她就站住。我说我送你。她的眼睛与我的眼睛有了幸福的三十一厘米落差。那时林康的皮肤像瓷器。十九岁，还没有退釉。我相信喜欢新奇的人都这样，他们的恋爱十有八九都始于雨伞下面，而雨伞下建立起来的婚姻十有八九都是灾难，又将终结于某个凌晨四点。后来我们就有了接吻，她说，接吻真好。接下来当然就有了做爱，她又说，做爱真好。后来她嫁给了我。新婚之夜林康告诉我，做新娘真好。在第一个“真好”与第三个“真好”之间，林康从我这里染上了爱看地图的毛病。我们做了许多计划，所有杳无人迹的地方都有我们想象的双飞翼，开满温馨的并蒂莲。林康的尖细指头摁在地图上，一遍又一遍呢喃，这儿，这儿，还有这儿。我一一答应。世界是所有新郎的后花园。

在海上我打开地图。船沿着海平面的弧线向深海航行。地图的四只角在海风中劈啪作响。海碧蓝，望不尽的全是水。世界不复杂，就是水的这边与那边。在海上我马上发现地图失去了意义。海的巨大流动使人类的概括力变得无足轻重。我在甲板上遗忘了平衡，开始晕海，吐了很多腐烂物质与琐碎颜色。吐完了我蒙头大睡。我做了很多梦。它最初涉及老子和爱因斯坦完全是意外。我梦见他们俩是上帝给我的礼物。老子身穿灰色中山装，对爱因斯坦说，欢迎你来，爱因斯坦先生。爱因斯坦说，很高兴见到你，老子先生。老子坐下去，点上烟，认真地品完第一口，说，我们可以谈谈哲学问题，别的事让他们谈去。——你应当读过我的书，我写过一本《道德经》。爱因斯坦的十只指头叉在一起，说，我知道有人用汉语写过这本书，我至今没有读到好的德文译本和英文译本，好在我大体知道您想说什么。爱因斯坦头发花白，大鼻头，满脸皱纹。老子笑起来，反问说，译本？永远也不会有。爱因斯坦直了直上身，说好书都这样。老子点头微笑，先生在研究什么？老子问。爱因斯坦看了老子身后的书架，答道，我研究物理，也就是格物致知。俗，老子说，俗了，——你说，宇宙究竟有多大？是这样，爱因斯坦打起了手势，宇宙是一个广阔无边的呈正曲度抛物线状的绝对无限量，又是一个不可逃逸而自我封闭于有穷广袤中的、呈角曲度的四维有限体。你说些什么？老子皱了眉头，灭掉香烟说，医生总是不让我抽烟。请您把自己想象为附着在按差数不到一微米度的三维空间表面上的一个二维几何体，爱因斯坦这样说。老子摆摆手，大声说，这些没用，我们只关注人，活的死的不要紧。别的都可以放一放。我们应当关注宇宙，爱因斯坦辩解说。我们有时间，老子站起身说，我们先吃饭，我们有菠菜豆腐汤，我看这就是宇宙。爱因斯坦望着老子，大而疲惫的眼睛忧郁起来。爱因斯坦说，物理学比政治更能体现一个民族的本质，虽然物理学是全人类的。老子走出山洞，面有愠色，自语说，爱因斯坦是个右派。

我躺在大副的床上，做梦和呕吐。在做梦和呕吐之余追忆似水年华。大海对大陆的敌视太固执了，我不彻底吐干净大陆，大海似乎执意不肯收我。我觉得我已经没有什么可吐了，除非把胃也吐出去。但我不太愿意把我自己吐掉。我知道我的心智已经迷乱了。这全是晕海闹的。为了走向大海我只能接受这样的仪式。向往大海最热烈的当然还是林康。即使在怀孕的日子林康也没有停止对大海的憧憬与展望。她憧憬大海时的静态十分动人，眼睛闪烁干净的光，鼻头亮晶晶的。我曾问过林康，你到底喜欢大海什么？林康回答我说，她就是喜欢在海边花钱。林康说这话时腆着大肚子，一遍又一遍设想我成为亿万富翁，我们的别墅从大连一直排到三亚，从这个房间到那个房间都要在地图面前比划半天。

林康怀孕的日子我正潜心于一样重要事件，我开始研究我的家族史。在一个不期而然的宴会上，我意外得到了奶奶的消息。这是一个晴天霹雳。对我个人,对我的家族,这都是一个晴天霹雳。奶奶的消息为我研究家族史提供了可能和良好契机。

就我的家族而言,即使在父系社会,奶奶永远都是最重要最基础的一环。但父亲从没有对我提起过奶奶。由于奶奶这一祖系形象的空缺,父亲显然经不起推敲。用我们家乡的一句格言来概括,好像是“石头缝里蹦出来的”。

是一位年迈的远房亲戚向我提起了我的奶奶。他喝了四两洋河大曲。这种烈性汁液使他变得心直口快。他把我拉到一边,神秘地说,你有个奶奶,是你的真奶奶,她还活着,在上海。远房亲戚用六十度的眼睛盯住我,压低了声音说,你不是我们陆家的人,你是个东洋鬼子。他喝多了,我不会太拿他当回事。第二天中午,年迈的远房亲戚带了一家老小到我家里来谢罪。他用巴掌掴扇自己的面颊,大骂自己老糊涂,大骂自己满嘴胡话。而父亲在整个过程中一言不发。父亲坐在椅子里,神色相当古怪。父亲最后说,三叔,我也没有怪你。一屋子的人在这个节骨眼上静了下来,都望着我。就是在这个时候我发现酒话恰恰是历史的真面目。历史在酒瓶里,和酒一样寂寞。历史无限残酷地从酒瓶里跳出来,带着泡沫与芬芳,令我猝不及防。一部真实史书的诞生过程往往又是一部史书。这成了我们历史的特色。我们在接受每一部历史之前都要做好心理准备,会有下一个面目全非让我们去面对。“三叔”听了父亲的话便安静下来。两只肩头垂下去,一脸沮丧,如一只落水狗。这往往也是道出历史真相的人最常见的格局。“三叔”缓缓退出我家门槛,自语说,我老糊涂了,我老糊涂了。

空旷的堂屋里只剩下我与我的父亲。我们对视了。这种对视有一种灾难性质。父亲与我的目光一下子超出了生命范畴,发出羊皮与宣纸的撕裂声。巨大的孤寂在我们的对视中翻涌,拉开广袤平川,裂开了参差无垠的罅隙。刹那间我就想到了死亡。一种生命种姓被另一种文化所宣判的死亡。这样的发现是致命的,迅雷不及掩耳。父亲故作的镇静出现了颤抖。他的整个身躯在那里无助地摇晃。后来他走到房间里去,在没有光的角落打开许多锁。他用多种秘密的钥匙把我引向历史深处。父亲最终拿出一个红绸包。红绸包褪了色,如被阳光烤干的血污,发出不匀和血光。父亲解开红绸,露出一张相片,是发黄的黑白相片。一个新文化旧式少女,齐耳短发,对襟白色短襦。完全是想象里"五四"女青年的标准形象。

是奶奶? 我说。

是奶奶。父亲说。

在哪儿?

她死了。

她活着,在上海。

她死了,父亲大声吼叫,这个世界上没有上海! 你奶奶死了!

我和父亲再一次对视。父亲的眼睛顷刻间贮满泪水。父亲的泪光里有一种肃杀的警告与柔弱的祈求。我缄口了,如父亲所祈盼的那样。在这个漫长的沉默过程里,我的心裂开了一条缝隙,里面凭空横上了一道冰河。我甚至能看见冰面上的反光和冰块与冰块的撞击声。我听见父亲说,不要再提这件事。父亲说完这句话似乎平静了许多,伟大领袖那样向我指出:只有两种人热衷于回顾历史,要么是傻子,要么别有用心。

林康在这样的背景下怀孕让我无法承受。在她的面前我尽量不露痕迹,却越发心事沉重。对着林康的身子发愣成了我的伤心时分。她的腰腹而今成了我的枷锁。生命没有那么大度,它绝对不是一个世界性、全球性的话题。种族是生命的本质属性,正如文化是生命力的本质属性。种族与文化的错位是我们承受不起的灾难。

林康怀孕之前正和她的老板打得火热。她到底辞去了出版社的公职,到亚太期货公司参与世界贸易去了。她守着一部粉色电话,坐在电子终端面前,对抽象的蚕丝、红豆、小麦、石油实施买空卖空。她先做日盘,在老板的建议下她改做了美盘。也就是说，为了适应中美两国十三个小时的时差，她不得不在每晚八点三十赶到她的交易大厅。这对已婚女人来说无论如何是不同寻常的。她和我说起过她们的香港老板。她的老板是个混血儿，支那血统与威尔士血统各占二分之一，能说一口流利的英语和普通话。这一点和林康极为相似，她能说一口好听的普通话和英语。林康说起她的老板嗓音都变了，像她十九岁那年。事情到这里当然很不妙。后来她突然再也不提她的老板了。身上的香水气味却日益复杂。她什么都不说，我什么都不知道。她也认定我什么都不知道，但是我什么都明白。

在这样的时代背景下林康的身孕有极大的可疑性质。不过我很快沉住气了。等孩子生下来再说。如果和我一个熊样，一切平安无事；如果是四分之一威尔士加四分之三支那血统的小杂种，林康自己会料理自己。她受过高等教育，这种自尊和良知她应当有。我只能生一个孩子，这可不是闹着玩的。不幸的事立即发生了。林康的肚子一天天大起来，我却开始了家族血源的艰苦寻根。我的内心进行了一次极大逆转，我甚至巴不得林康怀上一位英国小绅士。我会爱他。他的生命之源毕竟没有屈辱。

康，你怀的孩子是我的吧？有一天我终于问道。

呆样子。

你回答我，是我的吧？

不是你的是谁的？呆样子。

你他妈别以为我什么都不知道。我拍案而起，破口大骂。

你知道什么了？

你说，孩子是谁的？

是你的。

是我的？我他妈才操了你几次？

林康不吱声了。她陌生地望着我，脸上红得厉害。她终于掉过脸去，我知道她不习惯我这样说话。下作，林康轻声说。我走上去叉住她的头发，我想我的内心彻底乱套了。你说，是谁的？

你的。

你和他睡过，我他妈什么都知道！

我和他睡过，但孩子是你的。

孩子是那个狗杂种的！

是你的。他答应我用康乐套的。

我给了她一个嘴巴。

我知道对不起你。

你给我做掉。

孩子绝对是你的，我向你发誓，康乐套是我亲手买的，日本货，绝对可靠。

我又给了她一个嘴巴。——你给我做掉。

我不做，林康捂着脸突然加大了嗓门，要离要散随你的便，我不做，你这狗杂种，你休想！我就要生，让你看看是什么狗日的种！

那段骚乱的日子我专程赶到上海。我的掌心握着那张世界著名的上海市交通图。我在吴侬软语里走过无数街巷里弄。我一次又一次摊开地图。我知道我的奶奶就生活在这张地图里面。打开地图我就热泪盈眶，憋不住。我行走在上海大街上，我的心思空无一物地浩瀚，没有物质地纷乱如麻。数不清的悲伤在繁杂的轮子之间四处飞动。我奶奶的头发被我的想象弄得一片花白，她老人家的三寸金莲日复一日丈量着这个东方都市。我设想我的奶奶这刻正说着上海话，我倾听上海人好听的声调，感动得要哭。可我听不懂上海话，正如我没法听懂日语。我在夜上海的南京路上通宵达旦地游荡。我尽量多地呼吸我奶奶惯用的空气。我一次又一次体验上海自来水里过浓的漂白粉气味。因为寻找，我学会了对自己的感受无微不至。每一次感受奶奶就靠近一次，我的胸中就痛楚一次绝望一次。十一天的游荡我的体重下降了四公斤。感觉也死了。我拖着皮鞋，上海在我的脚下最终只成了一张地图，除了抽象的色彩，它一无所有。我相信了父亲的话，这个世界上没有上海。上海只是一张地图。它是真正意义上的地图，比例1∶1，只有矢量与标量，永远失去了地貌意义。但上海是我奶奶巨大而遥远的孤岛世界。她老人家的白发在海风中纷乱如麻，她老人家站在岸边思乡。夕阳西下，断肠人在天涯。上海就是我奶奶的天涯。人类的宇宙只有一个中心，那就是家园方言，也就是地图上那一块固定色彩。世界就是沿着家乡方言向四周辐射的语言变异。

那个下雨的午后我独自一人向上海火车站步行。上海的雨如上海人一样呈现出矛盾格局。我的头疼得厉害。巨大的广告牌不停地提醒我上海的国际性质。我一步一回头。在雨中我一步一回头。我一次又一次回头。我对所有老年女性呈献上我的关心与帮助。她们用警惕的目光注视我，捂着包离我而去。大上海像水中的积木。空间把我们这个世界弄坏了。空间的所有维度都体现出上帝的冷漠无情。我坐在火车站二楼茶座里，透过玻璃再一次注视这个茶色城市。上海在玻璃的那边无限安宁。我的心胸空洞了。悲悯汹涌上来。这股浩淼的悲悯成了我上海之行的精神总结。我捂住脸，失声痛哭。我在巴掌后面张大了嘴巴不能自已。我的四公斤在上海消失得无声无息，只在我脸上留下多余的黄色皮肤。历史在这里出现了裂口，被斩断的疼痛鲜活热烈地对我咧开牙齿。火车带我去了北方，那里有我的故乡。火车在拐角处伤心地扭动，上海向南方遥遥隐去。我坐在车窗下记起了父亲的话，这个世界上没有上海。我记住这句话。多年之后我将把它告诉我的子辈。

奶奶那一年十七岁。这个年龄是我假定的。我坚信十七岁是女性一生走向悲剧的可能年龄。十七岁也是女性一生中最薄弱的生命部分。我奶奶十七岁的夏季酷热无比，这个季节不是虚拟的。如果一定要发生不幸，夏季一定会安静地等在那儿，不声不响做悲剧的背景。奶奶刚放了暑假，在家里歇夏。奶奶的父亲是一位极有名气的乡绅，他从镇江带回了那台留声机。那台手摇式留声机整日哼一些电影插曲。奶奶的夏天就是伴随那台留声机和西瓜度过的。奶奶大部分时光坐在屋里,无聊地望着头顶上的燕窝。奶奶的雪白手臂时常体会到红木桌面的冰凉。那种冰凉极容易勾起少女的伤春情怀。按照常识,这时候她心中无疑出现了一位男人,某个电影男演员或她的英文教师。她老人家那年的上衣应当是白色的,喇叭裙当然选择了天蓝。齐耳短发,整天无精打采。有一副忧郁动人的面侧。这种设想是那张惟一相片的精神派生,没有史料意义。

奶奶的忧郁在秋季即将来临时结束了。夏季的末尾我奶奶再也没有心思忧心忡忡。原因不复杂,掐一掐指头也能算出来,日本人来了。日本人到我们故乡的有关细节,我在另一部作品里作过描绘,大致情形就是这样:

> 日本人的汽艇缓缓靠岸。表情凝重的日本人在石码头一排排站好,不久围过来好多闲人。他们兴奋好奇地看着一群人咿里哇啦地挺胸、立正、稍息、归队。这时候不远处的小阁楼上突然有人喊,日本人,是日本人!人们相互打量一回,轰地一下撒腿狂奔。大街上彼此的推拉与践踏伴随尖叫声使胳膊与腿乱作一团。小商贩们的瓜果四处流动,茶碗与成摞的瓷器惊恐地粉碎,发出失措无助的声音。日本人没有看中国人的狼狈相。他们没兴趣。他们目不斜视,表情严肃。他们排成两路纵队,左手扶枪右臂笔直地甩动,在楚水城青石板马路上踏出纪律严明的正步声:哒。哒。哒。哒。
>
> 《楚水》第三章

悲剧(似乎)总是发生在偶然之间。所谓偶然就是几个不可回避碰到了一起。这才有了命,才有了命中注定。作为史学硕士,我不习惯依照“规律”研究历史。历史其实是一个浪漫主义诗人,他兴之所至,无所不能。历史是即兴的,不是计划的。“历史的规律”是人们在历史面前想象力平庸的借口。历史当然有它的逻辑,但逻辑学只是次序,却不是规律。

对于中国现代史而言,日本是一个结。而对于我们陆家家族而言,日本人板本六郎是另一个结。

板本六郎在夏日黄昏随小汽艇来到了楚水。一路上没有战事。作为这支小部队的最高指挥官,板本六郎的注意力不在岸上,而在水上。中国河水有一种忧郁气质,习惯在安分中逆来顺受。日本汽艇驶过的水面留下一道长长的水疤,使清凉变成一种视觉上的灼痛。板本六郎坐在汽艇的顶部,身边是机枪手大谷松一。板本六郎军帽后的挡阳布在夏风中跃动,不时拂动后脑的中国风,给他一种柔和动感的凉爽。

县府的投降使占领形如儿戏。战争就这样,一寸土地有可能导致大片死伤,而大片疆域也可以拱手相让。日本人进入楚水城首先做了两件事:一,受降;二,到大雄宝殿拜见菩萨。日本人的这两件事完成得极为肃穆,这两件事本身却互相矛盾。是一种大反讽。真是放下屠刀,立地成佛。

板本六郎的这次宗教活动是麻木的。他不相信中国菩萨能听得懂日语祷告。他的祈祷总体上心不在焉。他无限意外地,也可以说无限惊喜地看见了这样一副对联:

杨柳枝头净瓶水

苦海永作渡人舟

板本看见了两行好书法。板本走过去,他投入了另一种宗教。板本的心智在皈依,是一种幸福细软的文化靠泊。

书者用的是赵孟頫笔意。撇捺之间有一种愉快飞动。盼顾流丸,杳然无声,风情万种,得尽风流。书者对汉字的分布与解意释放出晓通人间烟火的真佛灵光,苦行之中隐逸着一种大幸福与大快乐;操守与自律里头又有一种大自在与大潇洒。每一个字都是佛。在这样的小地方隐藏着这样的大书家,完全符合中国精神。怀瑾握瑜历来是中国人的胜境。板本六郎找到住持,行过礼,在纸上写道:对联写谁?住持看了半天,明白了他的意思,接过笔,写下三个字:陆秋野。

寻找陆秋野没有费板本六郎的工夫。板本六郎只身一人于次日下午登门拜访。陆秋野不在家。他的女儿婉怡孤身一人坐在红木桌旁读书。陆秋野的女儿抬起头,看见过廊里一位戎装日本人从天而降,她的眼睛顿然间交织着无限惊恐。下人张妈手执抹布,僵硬地注视了这次历史性对视。张妈后来成了我们家族史里的关键人物。历史就这样,每过一段时间就把一个奴才推到无比重要的位置上去。历史被下等人的观察与叙述弄得光彩夺目,而历史本身则异样寻常。

陆秋野的女儿婉怡是在日本人立正、向后转走后坐下去的。她自己一点也不记得什么时候站起身子的。婉怡坐下后大口喘气。张妈丢下抹布不停地揉小姐的胸脯。小姐说,张妈,张妈,张妈。太太从后院进来时小姐已经安顿好了。太太吩咐下人用桑木门闩闩死大门,脑子里不停地问,出什么事了,到底出什么事了?

婉怡就是我奶奶。这个父亲当然知道。但了解历史的人易于规避历史。人类完全把自己弄坏了。我想父亲对这一细节比我更为了解。那一年冬天母亲向我叙述一九五八年,那是母亲怀我的日子。她刚怀上我,父亲就逼她去医院做人流。这一细节不同寻常,它至少表明了父亲对家族史的了解程度。对历史的洞察引起了父亲内心的种姓慌乱。知父莫如子。林康怀孕后我坚信我了解了父亲。我再说一遍,这已经完全超越了生命范畴。种姓文化在这里无限残酷地折磨父亲的过去完成与我的现在进行。

一九五八年的冬季是一个冰天雪地的冬季。这时的父亲早已不在楚水县城,而在乡下。他和爱因斯坦一样做了右派。母亲正是在这一年怀上了我。母亲无限惊喜地告诉父亲这个秘密。这是初次怀孕的女人常规性做法。母亲把父亲拽到土灶后头，压低了声音说，她可能“有了”。父亲望着母亲，父亲的脸上顿时刮起了东北风，残荷败柳东倒西歪，呈现一片冬景。父亲沉默了好大一会儿，阴着脸说，知道了。随后开始了漫长沉默。父亲的沉默像刀片，能把你的肉一点一点割下来。父亲在几天后对母亲说，你最好回城里“做掉”。母亲说不。母亲接下来问干吗要“那样”？父亲便不开口。母亲这时随父亲来到乡下，在破庙里教孩子们四则混合运算以及《收租院的故事》。母亲沉默了一会儿说不。面对母亲的固执，父亲的固执表现得更为内在和有力。他拉下一张瘦脸，皱纹都绷直了，终日不说一句话。父亲不肯和母亲对视，甚至不碰母亲端上来的饭碗。父亲的沉默带有巨大的侵略性，可以压断他人的神经（所谓他人其实只有母亲）。父亲的沉默在其他方面用得却极其拙劣，他用沉默进行政治斗争，结果输得一塌糊涂。他们把父亲赶到了乡下，让他面对泥土和牲口，他们让父亲和泥土与牲口比试，看看泥土、牲口和父亲谁先开口讲话。但母亲终于让步了。母亲端上碗对父亲说：“我回城去。”父亲听了母亲的话也做了让步，他接过母亲送来的麦粉粥，沿着瓷碗喝了一转。他们相互看了一眼，幸福得伤心死了。生儿育女是父亲绝对不敢正视的东西。我觉得父亲的苍凉心态已经体悟到了生存极限。大悲悯与大不幸使他学会了正视家族生态。他把自己当成了我们家族史上的一块石碑，他的存在只意味着家族生命的一件事：到此为止。我认定父亲一定有过自杀的念头，他没有自杀成功只可能是技术上出了纰漏。

母亲的手术没能如期进行。偶然因素在历史的节骨眼上再一次站起了巨大身躯。我至今能看到它的黑色阴影。母亲的手术费在码头上给人抢光了。丢钱的愤怒坚定了母亲“不要”的决心，这多少有点不可理喻。回到乡村父亲就走到大队卫生站，他找到了赤脚医生。医生说，办法是有的，就是大人要受内伤。父亲没有做声。医生给了父亲一整瓶奎宁。这种由热带作物“金鸡纳霜”提炼而就的特效药，专治疟疾，同时兼备收缩子宫之功效。鉴于这一效能，奎宁一度又成了堕胎良药。它成了乡村爱情悲剧里最有力的巨灵之掌。母亲接过奎宁后镇静无比。她倒出了一把，昂头吞了下去。几十分钟后母亲的脸上开始发白。她躺下了，当晚就神志模糊。母亲喘着大气说，下来了没有？父亲没有回答。母亲说，再吃、再吃、再吃。恐怖在这个时候袭上了父亲的心头。母亲已经完全不对劲了。母亲大病一场，堕胎却没能成功。我在母亲的子宫里坚守自己的阵地，直至最后胜利。我的头痛病不知道是不是因为这把奎宁。从记事起我的头就疼。我一直认为人应当头疼，就像长眼睛和流鼻涕一样理所当然。我看了《西游记》后才知道，即使是孙悟空也是不该头疼的。头疼完全是有人念咒。头疼是一件最头疼的事。它伴随着思想，成了我思想的前提和代价。

母亲病愈后没有放弃她的使命。她可能已经忘记了堕胎的初衷，只留下了一种心理愤恨。她开始为堕胎而堕胎，就像不少人为吃苦而吃苦，为拍马而拍马一样。母亲挑水、登高、深蹲、下跳，母亲在炎热的日子里拼命跳绳，绳索在她的脚下头顶呼呼生风。母亲从一数到两千，母亲累倒了站起来，生命不息堕胎不止。但母亲终于失去了信心。母亲逢人就说，怎么回事，怎么回事，怎么就是下不来？母亲说，你拿碾子碾吧，实在是下不来了。父亲动了大怒，沉默的父亲终于高声呵斥说，生，给我生，我倒要看看是个什么东西。沉默的人一开口往往就是真理与命令。母亲这时候相信了命。命就是这样。命中一丈难求八尺。

林康的肚子一天天大起来，背影也开始糟糕。她白天在家吃饭睡觉，夜里去交易大厅上班。我不知道她那个老板是怎么弄的，竟然允许她这样在公司里进进出出。在我研究家族史的惨淡岁月，我和林康的关系反而平静了许多，像两个客人，彼此相安无事。林康有好几天甚至都像贤妻良母了。随着我对历史研究的逐步深入，我日渐消瘦下去。林康怀疑我有了外遇。这是她所希望的。这样也许就扯平了。所以林康明白无误地告诉我，你可以在外头“搞”。应当承认老婆怀孕是男人的危险期，多数男人在这段日子里不可救药。但我没有外遇。我坚信这段日子的前期我已经阳痿了。我甚至盼望自己就此松软下去。这没有什么好可怕的。就是在这段日子的前期我爱上了汉字，是夹在日语里的那种。我在新华书店里找到了日语教材，上面用最时髦的圆头体写了“日本语”三个字。我不知道这三个字用日语发出来是什么声音，但我凭借汉语文化直接走进了日语。世界上竟然有这样两种民族，凭借一个民族的文化呼吸体验到另一个民族的文化体温，而这两种文化相去甚远，只在文字里留下一些似是而非。为此我曾伤心万分，内心风雨交加，千古悲伤风起云涌。我就是在这个伤心的午后决心学习日语的。我捧回了大捆日本语书籍和教学磁带。林康望了一眼我手里的东西，没有开口，我也没有开口。我望着林康，她脸上的那种神情一下子又回来了，她脸上的中国表情刹那间唤醒了我：我从来就是个汉人。看到林康的表情后我立即决定放弃日语。这两个决定之间只有七十六分钟。我认定了我一生将是这七十六分钟的矛盾体验。我将在这种冲突中风雨飘摇。

远方之月
静静秋穹
沐浴岸之彼与此

月亮升起来了，这是海上的月亮。海上的月亮有一种宇宙性浩瀚悲伤。听不见风，风把月亮揉碎了，随海面千里闪烁。我的头不昏了。我坚信我已经把自己吐干了。我的身体空空荡荡，接近于无限透明。我不再晕海。这是一个奇迹。是我的头疼治好了我的头晕。我的头再一次疼痛起来，也就是说，我又可以思想了。但这一次头疼对我意义重大，它不是回到当初，而是一次涅槃，是心智的皈依与宗教的诞生。头疼是我的天国走廊，它使我的思想沿着这种锐利的感觉拾级而上。我立在子夜的海面，头顶是宇宙，脚下是海洋。大海的严寒逼近了我的肌肤。我幸福地颤栗。

我坚信上帝就在身边,人类已经离我而去。我以人类的形象在冬的子夜和上帝对视。我幸福地颤栗。我大声尖叫。我发出前所未有的古怪叫声。我呼喊,但不能说话。我只会说汉语。任何语种都是对上帝真意的曲解。我不用任何语言。我不说话。我发出古怪的声音,没有回音。这很好。月夜的世界就剩下月亮和我。月亮冰冷,我用身体体验月亮冰冷。宇宙,我是你的知觉,我冷。我幸福地冷。我无限冲动地冷。陆地是你们的,同志们,大海归我了;白天是你们的,同志们,子夜归我了。你们在大陆上做梦、谋划、盗窃、性交、暗杀、窥淫。我在海上,我沿着月光看见了宇宙的浩瀚悲伤。

你是谁,孩子?你在大海上哭什么?

你别过来。你是谁?

我是安徒生。你八岁时在我的书上见过我的木刻肖像插图。你读我的书时流泪了,孩子。那是你第一次读书流泪。——给你,这是火柴。

你怎么到大海上来卖火柴?

我不是卖火柴,孩子,我只是听到了你的哭声。我住在北欧的童话白色里,那是一种无比干净纯粹的雪白。我知道你是一个汉语史学家,我来看你。我听说你在汉语面前遇到了麻烦,你不应该有那种痛苦,孩子,你太小家子气了,这只是一件很小的事。很小,孩子,你应当热爱汉语,是汉语哺育了你。上帝给了我们每个人一个语种。每个语种都是上帝的一种方式。

这绝对不是一件很小的事,安徒生先生,我是卡尔·马克思,德国哲学家。马克思从远处横插进来,站在我与安徒生中间。他的大胡子在月光下如一团白色火焰。麻醉人民的精神鸦片是宗教;而对你来说,安徒生先生,是童话。人类应当放弃童话,就像火焰应当放弃冰块!

我读过你的书,卡尔·马克思。您的汉语说得很好。

我的汉语非常优秀。可我用汉语读不懂用汉语出版的马克思著作。我无法用汉语思想,你知道,思维一旦不能用语言来进行,不是思维有问题，就是语言有问题。你瞧，我买了这么多汉语著作，全是我的书。中国的市场上过去是我的书多，现在是日本商品多。你知道日本吗孩子？你应当关注日本。它不是一个国家或民族，对于当代世界而言，日本是一种形而上。

日本不只是形而上。日本人敲门来了。日本人站在陆府的两只石狮中间，伸出手，用中指的关节敲出极其形而下的声音：咚咚。

开门的是张妈。张妈一眼便认出了身穿便装的板本六郎。下人对陌生人的记忆个个都是天才。张妈出于本能随即便要掩门。板本拨开张妈的胳膊，笑起来。板本的笑容是张妈毫无准备的，张妈就那样看着板本六郎结实牙齿上银白的光，双手垂挂了下去。板本的身影走过了陆府的天井，他的双脚在“人”字形地砖背脊图案上交替踩踏。

这时候陆秋野已经走上了过廊。他们相互对视。他们的对视风静浪止。板本说，陆秋野？陆秋野说，是。板本走上台阶，看见许多细微的汗芽亮亮晶晶地从陆秋野的额上往外蹦。板本说，我是板本六郎。陆秋野的手往客厅的方向伸过，说，请。板本跨过门槛，一边走一边脱手套，脱得从容斯文又傲岸狂妄，一只指头一只指头慢慢拽。板本坐在红木太师椅上，白手套扔在了桌面上。我看见过你的字，板本说，我喜欢你的字。陆秋野站在一边，见笑了，陆秋野说，涂鸦罢了。板本的脸阴下来，说，我喜欢你的字。不敢，陆秋野恓惶起来，说，实在是不入流。八嘎，板本大声说，我喜欢你的字。陆秋野怔在了那里，不知道该说什么。

客厅里骤然寂静。陆秋野的耳朵里訇然响起条台上的钟声。静了好大一会儿板本说，我想看看先生的书房。陆秋野回过头去，说，张妈，茶。板本伸手拦住，说，茶不好，我们喝酒。板本走进书房，四壁就挂着字画各一幅，别无特别之处。板本从书案上取出两支香，掏出打火机点燃，插进白瓷香钵里去，说，我磨墨，先生赐教几个字。这时候张妈送酒进来，陆秋野对张妈说，张妈，你来磨墨。板本说，我磨墨。张妈倒了酒，是两碗花雕，就退出去。板本端起酒来，小心地喝。放了酒就恭敬地研墨。陆秋野心神不定，泡笔，铺纸，而后坐下来入静。各喝了一碗，陆秋野提了笔，写下“野渡无人”。想团掉，见板本盯着，又不敢。板本拿起来，只看了一眼，说，狗屁不通。陆秋野气浮上来，怎样调息总是乱，一口气写下四幅，自己的脸上也惭愧了。板本就不高兴，问，陆先生这样浮躁，是怕我杀人吧？陆秋野一气说了五个“不”，端起酒，只是喝。板本说，要不就写“秦月汉关”，意思多多有。陆秋野提了笔，凝了半天神，又放下，说，这样的意思我越发写不好了。板本说，我研的墨可是到了好处，写不出好字，不该。陆秋野又喝过一回酒，写下“玉人教吹箫”。板本说，次品。陆秋野埋下头，又写下两幅。板本端详了半日，说，庙里的字怕是先生偷来的。

板本端着酒，径自走到客厅去，静坐了半小时，方才回到书斋。陆秋野脸上早上了酒意，案子上已写就了一幅，是隶书“竹西佳处”。板本说，唷西，脸上始有松动，板本说，有意思了，有点意思了。他们碰了碗，坐下来却又不语。板本后来说，中国文化确是美文化，但红颜薄命，气数已尽，不长久了。陆秋野唏嘘了片刻，站起身，随手写下“春去也”。横竖里头气息奄奄，枯枝败叶，悲婉凄切。板本放下酒，眯起眼来。板本摸着下巴，好半天说，上品，回头看陆秋野已是涕泪滂沱。板本说，一染上暮世残败气，中国文化就韵味无穷，天意。板本酒意上来，扔了碗，大声说，你们有什么用，支那人，你们就会说美丽的伤心话，就会弄断肠的婉约玩意。你们不配活。你们是活尸。

陆秋野望着“春去也”，脸上羞得不成体统，都走了样。陆秋野酒气全涌上来，重铺了一张大宣纸，换了笔，蘸足墨，运足气，恣意挥洒，一扫阴柔，凭空而来千钧气力，赫然而成“打倒日本”。四个字血脉贲张，金刚怒目，通体透出一股杀气。板本愣住了，却去了豪兴，凝神望了半日，大呼“神品”！板本沉静了十几分钟，呢喃说，日本会有这样的艺术，会有这样的中国文化。板本无比激动地说了一大通日语，他打起手势，面对陆秋野又吼又叫。他的目光交织了希望与愤怒，最后用汉语说：“我会再来的。”

板本走后陆秋野晃进后院，太太和女儿惊恐地迎了上来。陆秋野一屁股坐上了石凳，石头的凉意顺着屁股眼直往里头飕，酒意也去了大半。陆秋野对着太太视而不见，说，我闯下大祸了，陆家大祸临头了，我们陆家大祸临头了。夫妻相对，无言而泣。陆秋野好半天才说，是酒害了我，是酒乱了我的性。

板本的第三次登门是在次日黄昏。依然独自一人。板本表情宁静，从门前款款而至。板本的平静登门使陆秋野如释重负，却又疑云四布。板本显得开朗豁达、神清气爽。见了陆秋野就喊“先生”。板本一边走路一边大声说要向陆“先生”学习中国书法。陆秋野躬身应承，随后领着板本在陆府里随意走动。陆府里所有的人都与板本一一见过。这里头当然包括十七岁的小姐婉怡。这是婉怡与板本的第二次见面。应当说，第二次见面是他们的真正见面。这次见面婉怡闻到了板本身上浓重的香皂气味。这个细节至关重要。女性的嗅觉是许多大事的开端。香皂气味使板本的形象生活化了，使十七岁的婉怡确信板本是一个“人”。这个结论导致了我们家族的大不幸。对“人”的判断历来会导致灾难。关于“人”，是与否的判定经常走向其背反。“人”与“非人”历来是人的两极世界，它如同正极与负极吸附在同一磁石上面。由人到青面獠牙，只需转个身。放下屠刀立地成佛，是现实一种；一不留神原形毕露，是现实之另一种。

我得出这个结论不是从历史处，是在林康那里。我时常用即时的当值婚姻当做参照去做史学研究。这是我的方法论。平庸的男人结婚后一不小心就是天才，天才男人结婚后一不小心也会平庸。我是前者。我在婚后的第一个清晨依然不能领悟这一点。我们是“五一”结的婚。在那样的日子里全世界的劳动人民精神饱满，性欲旺盛，是结婚的大好时光。我们在五月二日上午九时醒来，身心疲惫而又爽朗。内心宁静如水，没有骚动与欲望。虽说同居日久，毕竟稍有慌乱。婚姻使我们理直而气壮，在全世界劳动人民大团结的日子里，我们春心勃发，风起云涌。林康醒来后我们又吻了一阵，她像一只啄木鸟，吻得又开心又迅速。我们谁也不愿先起床，衣裤鞋袜扔得一地，仍旧可见昨日的忙碌。十点我们终于起床了。这次起床对我们双方意义重大。我们为对方穿上内衣外裤，一切都显得兴致勃勃。我们的起床延续了一个小时，其中间隔了诸多亲吻与抚摸。林康就在这时候说了那句伟大的话，她说，当新娘真好。

婚后的林康开始了社交。她认识了一大帮风姿绰约的女人。林康说，梅莉的鸡心项链那么大，都像鸭心了，你看看我的。林康说，小杜她丈夫上月在股票上发了，三个小时净赚四万八。林康说，人家媛媛那才是戒指，真正的南非钻戒，哪像我，整个一铜箍。林康说，华兰兰家有高保真松下卡拉 OK 了，话筒都是松下牌的，金色，上面有英文 Panasonic。林康说，朱彤的卫生巾厂开了两年，小汽车都驶到公共厕所了。我一次又一次心不在焉地面对书本或地图，听林康说外面的世界。林康叙述的样子像受过惊吓，又激动又惶恐不安。我揽过林康的腰，尽量温和地说，面包会有的，一切都会有的。林康说，面包当然有，你娶我还不就是买了块面包。林康说这话正是她当新娘的第十七天。书上说新娘的第十七天是女人一生中最美丽的二十四小时。我记起了这句话。怀着这样的心情我审视我的妻子林康，我的心顿时凉下去。林康婚后的第十七天大失水准，出奇地难看。林康转过了身，她的步行动态也出了问题。这世界变化真快。

我不是一个敏锐的人。我对世界的变化相当地迟钝。我并不经意世界的五彩缤纷与疯狂穿梭。世界在轮子上，朝自己不明了的方向轰然撞击，一路闪耀金银火光。商业与市场在风蚀人们的神经，人们既兴高采烈又忧心忡忡。尽管我不敏锐，可我知道世道的变化已经来临，正跨越我家的门槛。金钱在半夜敲我们的家门了，像贝多芬的第五交响曲那样，03 33 | i — | 02 22 | 7 — | 7 — |，命运敲响了我的家门。林康和我吵一次命运就向我逼近一次。我感觉到了世界的力量，可我不知道世界在哪里。我漫无目的走上大街，大街上布满阳光，各色人等行色匆匆，所有擦肩而过的人都留下酸臭的汗味。人体的这种分泌物充满了丑恶性质，它使肉

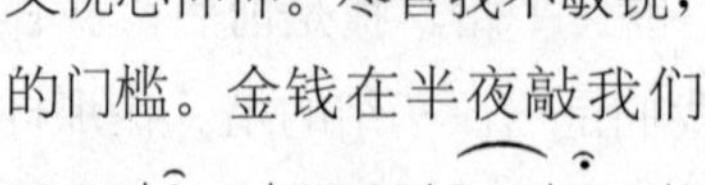

体与精神变得黏稠。焦躁的喇叭声宣泄了司机的内心烦倦，反映出人类对自身目的过于热切与缺乏节制。我走了一会儿就累了，累透了，都不知道城市在哪儿了。我回到家，捧起书。我并不想研究历史或学问，我只是让浮动起来的心再降一降、静一静，有能力迎接林康。

天气开始变热。我们新婚的新鲜劲头似乎过去了。我们的床笫之事有了些节制，大热天我不再冥想，人也疲沓起来。林康一日接一日地忧郁下去。她终日盘算我们两个中的一个“下海”或“跳槽”。我提议说，我们到卡拉 OK 厅里去坐坐，兴许有点乐趣。我们选择了最便宜的一家，最低消费每人人民币三十元。我们坐在空调冷气里，手执冰镇雪碧，四处一片暗蓝。林康说感觉好多了。乘着兴致我为她点了几首歌，她唱得很开心，就是低音低不下去，调子起高了，高音部分又吊不上来。我注意林康的大臂上又有了清爽滑腻的手感。一下子又回到初恋岁月，整个晚上林康就热烈地说，再唱一首，我就又为她再点一首，临近子夜告别歌厅的时刻，林康又说，再一首，最后一首，唱完了就回家。

我们的好心绪没有能耐到回家。从卡拉 OK 厅里出来我们的皮肤就像烧着了。世界是逃不掉的，它永远是老样子。你躲来躲去还是要回到世界里去。在路灯下林康的情绪坏了下去，脸上又出现了忧郁，她的脸色在路灯下慢慢地难看起来。林康说，什么时候家里能装上空调，小日本的空调一个要一万多。我说，要不你到日本去。林康说，能去早就去了，没那个命。我说，日本人可是给我们打回去的。林康笑起来，说，算了吧，你算了吧，中国人个个都是皇帝的心，太监的命。我说这话可说差了，你就没有嫁给太监。林康说，你就剩那么一点能耐了。这句话我听了不开心，内心的厌烦如夏夜一样升腾，我和林康在城市的夏夜款款而行，在城市的夜景里构成了又一幅爱情与婚姻的苦难即景。我开始了心不在焉。我不时打量踽踽独行的少女，她们像蝙蝠，在夜的颜色里华丽地飞行。我其实不是一个花花肠子的男人，我弄不清楚这一刻我为什么这样看女人和姑娘。这不好，尤其当着妻子的面。林康说，你看什么？林康显然发现了我内心世界的新动向，女人做了妻子在这上面都是有眼力的。我说，看什么？我什么都没看，我只是有些心不在焉。不对吧，你弄错了吧，林康说，是对我心不在焉吧。我说，有什么好看的，又不是什么天仙。林康站住了。我也只好停下脚步。不打自招！林康恶狠狠地说，林康这么说着兀自走了。我无趣地走在后面。我认为林康应当说“此地无银三百两”，这样说文雅些。“不打自招”，这样的话完全是拉板车的人用的。我追上林康，说，看你气壮如牛，完全可以拉板车去了。林康又停下脚步，两只手抱在怀里，冷笑着说，怎么嫁到你们陆家来的就得拉板车？

林康这话委实有些过分了。她这话是冲着我父亲来的。我父亲几乎拉了十年板车。我的童年就在板车上一路吱呀着过来。

父亲拉板车始于一九五八年。他成功地做了右派，整天拖着那辆木轮车跟在贫下中农身后，洗刷他的灵魂。父亲的拉车姿势是他留给我的最初印象。这时的父亲显得很粗壮，脊背被太阳烤得油光闪亮。但父亲的臀部糟糕透顶，雪白细嫩，下河洗澡时显现出与后背和双腿令人绝望的分界。父亲的臀部是他惟一没有被改造好的部分，是旧时代残留给他的最后的一块文人气息。拉板车的岁月父亲终年不说话，像个哑巴。父亲对人类语言的敌视极大影响了我的智力发展。我到三岁都不会说话，九岁依然口吃。父亲不着急，母亲也不着急。我猜想父亲可能不太喜爱他的母语。但父亲拉板车的日子产生了我的诗意童年。坐板车成了我一生的最大理想。父辈的不幸时常为儿辈完成一种乌托邦。我的童年生活浸泡在那种桃源式的歌谣里。鸡鸣桑树巅，犬吠泥墙边。我的世界里只有泥土和植物，对它们我可以为所欲为。父亲告别城市为他自己带来了宁静，也为我母亲重新树立尊严提供了机会。父亲不说话，母亲则成了最优秀的乡村教师。父亲不招人喜欢，也招不到讨厌，而母亲则是广受欢迎的乡村客人。母亲的外地口语与众不同，她的言谈里有完整的主谓宾与定状补。她的口语就像“毛选”那样又标准又正确。许多农民把他们的孩子送到母亲面前,他们盼望自己的后代能像我母亲那样,一开口就不同凡俗,甚至能拿起毛笔,在新春时分的大门上写下一副对联,表达他们对党、对毛主席、对大米棉花以及酱醋油盐的款款深情。

父亲拉板车的后期阶段我沉醉于我的科学研究。我和贫下中农的红后代们整天研究新型食物。那一年我五岁。我们的方式很原始,即身体力行。我们四处寻找,找到什么吃什么。饥饿使我们对鲜嫩植物充满好奇与欲望。人类对食物的不断发现应当归功于人类的饥饿感。人类饿不死不是因为有食物,相反,是饥饿本身。世界在饥饿面前无所不能。大学三年级我曾在图书馆九楼通读汉文版《资本论》,马克思没有能说出这个真理,这是这部从商品入手研究生产力与生产关系的经典巨著给我们留下的巨大缺憾。谁是我们的食物,谁是我们的非食物,这个问题是生存的首要问题。我们吃棉桃,吃槐花,吃枸杞,吃桑叶,吃茇茇草,吃野茼蒿,吃芦苇心,吃椿树根。我们决定吃什么什么就能吃并且好吃。

一九六二年的春天是槐树花最疯狂最艳丽的一年。与此同时,也是楝树花最妖娆最鲜嫩的季节。春风乍起,落英缤纷,千紫万白,交相辉映。槐树的白花与楝树的紫花使我们的村庄呈现出一种大丧礼式的隆重与喧闹纷繁,就像林黛玉所描绘的那样,花谢花飞飞满天。林黛玉吃燕窝喝参汤,她当然要关心花瓣的飞行姿态。我们不关心。我们不认识姓林的黛玉。我们对植物的好丑喜恶只有一个标准:是否能吃。但你要知道槐花的滋味,你就要亲口尝一尝。“尝一尝”的结果是令人振奋的。味道好极了。我想我肯定是吃得太多了,当天夜里我就开始拉稀,拉稀令人绝望。肚子里的严重亏空使拉稀的意义超出了病理性质。这次拉稀使我的脑袋更尖,下巴更长,鼻子也更扁。这次拉稀的旷日持久超出了常规。多年之后我依然有这样的条件反射,看见槐花飞扬我就想拉。

父亲无计可施。父亲与母亲正一起承受着大便干结的折磨,他们吃秕糠,啃地瓜,排泄物在腹部百结愁肠。父与子有关排泄的矛盾格局给了父亲以灵感,他决定以毒攻毒。父亲用秕糠往我的嘴里塞。第二天他的以毒攻毒便大获全胜。拉稀与便秘的斗争以秕糠的最终胜利而告终。我不拉了,立即又走向了反面,只剩下大便的欲望,却无拉稀的晓畅。多年以来我一直做有关大便的梦,百般辛劳而无功。肛门的压迫感让我快要发疯了。大学时代我曾就此请教过我的心理学老师。这位高个子"弗学专家"从释梦的角度认为我可能是"性亢进错位"。他一边给我开书单一边启发我,注意"性欲肛门期利必多转移"。大便阻塞的历史时代我渴望放屁。不过话说回来,依照经验,我是不太情愿放屁的。肚子里的东西都是宝,值得去爱护、去珍惜,哪怕是气体。节省一点是一点。我们这个民族是放屁也能放出失落感与忧郁感的民族,应当产生史诗与艺术巨制。有人说"一不小心"就能"弄"出个《红楼梦》,我是相信的。肯定会有这样的事。一般说我的写作也总是小心翼翼,真的"一不小心"弄出个《红楼梦》来,多不好意思。

这一年的夏季充满诗意与可读性。这么多年来一直是我追忆的重点部分。必须承认,这是一个华彩季节。这一年的夏天河里挤满了人。汉语说,"靠山吃山,靠水吃水",说得真好。汉语文化对世界的惟一解释就是吃。人们拥挤在河里,向所有的水中生命发动挑战。我记得人们在水里热情洋溢的模样,一具又一具尸体漂浮在一九六二年的夏季水面。这些尸体随液体波动,筷子一样又生硬又零散,夹不住任何东西。许多尸体从水中捞起后被人抬着走,要绕过一道大坝,坝上用石子嵌了八个大字:打倒美帝!打倒苏修!我们在胸怀饥饿的日子里依然不忘放眼世界。

我真正放眼世界是这次海上。放眼的结果令人尴尬。我一无所获。海是一副中央帝国的样子。世界只是它的岸。在海上我坚信,人类的意志与想象只是相对于大陆而言的,如果没有海洋,世界史只可能是独裁者的日记。

白天我几乎都坐在机舱里。这里马达轰鸣。我坚信这样的喧闹轰鸣对梳理我的思想大有好处。轰鸣是一种负安静,也可以说是安静的另一种极端形式。我点了根烟，又孤寂又幸福地天马行空。我喜欢这样的心智状态。大海一片浩淼，而前面就是日本了。许多日本渔船和远洋油轮和我遥相呼应并擦肩而过，我注意到他们的船只喜欢用汉字“丸”来表示。“樱花丸”、“川贝丸”、“雪国丸”、“富士丸”，诸如此类。我越来越喜欢“丸”这个字，尽管我不知道它在日语里表达了怎样的所指。在海上缅怀人类的大陆世界，处处可以用“丸”去概括的。世界就那样可笑，被一只手搓成丸子，放在一些无聊透顶的地方，随风漂泊，随波涛汹涌而去。我用汉语思维、体悟，却企图涉及全人类。我怀疑汉语可能是离世界本体最远的一种族语言。它充满了大蒜气味与恍惚气息。这种高度文学化、艺术化的语种使汉语子民陷入了自恋，几乎不能自已。

关于语言我可是个行家。我了解语言对上帝意旨的诠释状态。在这个世界上另一个像我一样理解语言的是斯大林。也就是被称为“全民的父亲”、“人类的主宰”的约瑟夫·维萨里奥诺维奇。他写过一本很有名的书:《论语言》，是一本写得不错的著作。我坐在木板上，屁股下面是柴油机的震颤，强烈而又细腻，我看见斯大林沿着我的想像向我走来。由于柴油机的缘故，想像里的斯大林不住地颤动，像得了很严重的帕金森氏症。许多伟人都死于这一顽症，毛泽东就是其中的一个。斯大林站在我正面，留了八字须，身穿军用呢大衣，脚着马靴。他面色严峻，忧心忡忡，目光凝重而又冷漠，透出一股领袖式的宇宙感。只有关注人类与世纪的眼睛才会有这样的目光。你好约瑟夫，我说，我想和你谈谈语言约瑟夫。斯大林站住脚，忧郁地望着我。我加大了嗓子说，我们在海上，没有路也没有墙，这里很安全。斯大林向四周看了一回说，我知道很安全，虽然我有很多警卫战士，但我知道，有人就会有安全问题，警卫越多当然人也越多。——你瞧，这已经是逻辑学的范畴了。

您为什么那样关注语言，约瑟夫?

您为什么叫我约瑟夫而不叫斯大林?斯大林反问我，这两个概念都是指我。

约瑟夫是您，而斯大林是世界意义上的您。如果我没记错，“斯大林”是列宁同志给您起的名，汉语的意思是“钢铁”。

你瞧，语言多么复杂，离开思想的抽象语言是没有的，正如没有离开语言的思想。你为什么是汉人？很明了，因为你用汉语思维。

照这样说，一个汉人能顺利地用日语思维，他就会成为日本人了？

当然会。这是我研究语言学的意义所在。优秀的人类战略家在任何时候都应当关注语言。人类历史已经告诉我们，帝国主义时期是以“英语帝国主义”作为标志的。同样，俄语应当是人类共产主义的语言。人类大同的梦想必须以语言大同来实现。

可是中国人更爱说汉语。

唔，我们可以这样说，那是具有中国特色的初级共产主义。

约瑟夫，我们谈谈具体的问题，这么说吧，我对日语一窍不通，可我有日本人的血统，二次大战时，您知道我……

是这样，斯大林打断我说，我明白了，是这样。但你是中国人。就像约瑟夫是斯大林一样不容置疑。汉语是一种不可同化的语言，它是语言学的特例。我了解汉语。我了解中国人。

我很高兴我是中国人，对这个民族我充满自豪，不过就我个人而言……

我只关注人类，斯大林铁板着面孔说，我对个人没有兴趣。

斯大林就这样打断我的话。斯大林紧锁眉头的样子使他更像一个忧郁浪漫派诗人，甚至有点像叶赛宁或夏多布里昂。斯大林说过再见就走出了机舱。太平洋苍莽无垠、碧蓝浩淼里有一种宇宙感伤渲染我、感动我，使我不能承受。海洋就是这种东西，吸引你来，再把绝望劈头盖脸泼给你。太平洋不关心人类的语言，它有它自己的文化局面，波动、传递。东西南北风，东南西北浪，对世界不偏不倚。我手扶栏杆，意识到太平洋的存在是对人类的一种告诫与嘲弄。我坚信地球生命一定起源于海水。大陆生命的出现预示着海洋生命的一次有效剔除。这是大陆的灾难之源。城市无疑是大陆的最后坟墓。人类习惯自掘坟墓，然后，迷醉而优美地跳进去。

我们就那样在城市里作践自己。城市是人类放逐自我的最后途径。和林康的吵架使我学会了出走。这次婚后冷战持续了相当长的历史时期。中间有过短暂间歇，甚至有过初恋的回光返照。林康在这段日子怀上了我的孩子，随后的一切又乱了套了。

我想我就是在这次冷战中成长起来的。这段落魄的日子导致了我的外遇。是一次丰收。事情发生在下班以后。下班后我漫步在街头，刚领了工资，走在路上信心十足。晚风习习，华灯绚烂，行人也就格外的漂亮动人。完全是改革开放后的城市外景。喝酸奶时我遇到了夏放，她的本名叫王霞芳。夏放只是她的艺名，也就是在舞台上走钢丝时所用的名字。我其实并不爱喝酸奶，我喝酸奶完全是我的一次精神渴望，我希望能得到一次缅怀。这里面有潜台词，日本人的广告说："酸奶——又酸又甜；初恋的滋味。"处在我那样的时刻是容易追忆初恋的。我站在乳白色的立柜前，说，酸奶。

外遇在这时拉开了序幕。一个姑娘站在斜对面，背影是窈窕淑女。白裙子，黑背心，蘑菇头。小腿有极好的外弧线。因为吮吸需要她的脖子倾得很长。她的脖子让我激动，让我无端地活跃起来。这样的脖子无疑是产生爱情或婚外恋的温柔场所。她转身时我们的目光相遇了，还弄出了不少画外音。我是一个极本分的男人，完全料不到自己在这上头会有潜能。她的口红笑起来，眼影部分有了适合于男人进攻的可能性。我说你好。她点点头。好像是老相识了。我们结账后款款漫步，城市夜景妩媚起来，霓虹灯也活蹦乱跳。我开始赞美她的脖子，然后称赞她脖子的上面和下面。

由于酸奶的缘故，我的智力开始发酵，喷发出芬芳泡沫，说出了意想不到的美妙警句。她听进去没有我不知道，但我说得开心。我用批判现实主义的激情批判金钱、家庭、股票和伦理。在虚幻的激情中我意识到自己实在是个伟人。这一回她听得很耐心,低着头,认真地咬左手的食指关节。她的这个动作可爱又可怜,使天下的男人勇气倍增。我们在路灯下的身影时而颀长时而粗短,充盈了深刻的历史精神和不确切的现实状况。后来她说,我有点累了。她说这话时依然咬着食指关节,眼睛里全是优美的委屈。我立住脚,想拥抱她,嘴里却说,你叫什么?夏放,她说,夏天的夏,开放的放。我就料到她会有这样的名字,不同凡俗,意味隽永。夏放眨巴了眼说,我累了,我真的累了。我提议找个地方坐坐,再喝点什么。夏放说,要不呢,就到我那里去,我可是从来不把男人带到我那地方去的。我有点儿不坐怀而乱,愚蠢地笑起来。她说,笑什么嘛。我就说,走。

我一点都没料到我正在做什么。兴奋得过了头了。男人的第一次外遇至关重要,它的意义等值于婚姻。所谓家花不如野花香,完全是一种惊心动魄的堕落,又无聊又幸福。进了门我情不自禁地夸她的腿。她说:"当然好看啰,这双腿是走钢丝的嘛。"为了证实双腿的良好性能,夏放挺直了其中一条,缓缓举过了头顶。夏放的这个举动对我是一场灾难。她的粉红色内衣点燃了我的夏季。这时音乐响了,是一支箫,有气无力却春意勃发。我的目光生硬了,她恰到好处地两腮含春。虽然铺垫过于仓促,但毕竟是水到渠成。我们胡乱地吻了。

她经不起吻,松了下去。在夏季的这个晚上我走出了人生的重大步骤。夏放给了我无比新奇的感受,她在床上胆大心细无微不至。她的床上工作充满想象力,体现了现实主义与浪漫主义的良好结合。这个走钢丝的女杂技演员让我体会到了钢丝的危险与刺激。我们一次又一次起死回生,一次又一次有惊无险地跳向彼岸。后来风停了,雨住了,我们的脸上露出了笑容,满足而又疲惫。夏放伸手摸过手表,看了一眼。她很突然地坐起来,对我说,八点了,你该付账了。我支起上身问,你说什么?夏放没看我,用刚才的平静语调重复说,付账吧,都八点了。

我坐起来。我心中大片大片的爱情刚枯木逢春就遇上了风暴。我企盼一次外遇，却做了回嫖客。我说你是婊子。她笑起来，说，难听死了。我说你他妈的是个婊子。她说，我六岁走钢丝，十二岁团长把我睡了。走钢丝，和男人睡觉，我就会做这两样事，不过呢，她咬着下唇说，女人谁不想做那个，你刚才说的那个，就婊子吧。

这个该死的夜混账透顶。我走在夜城市路边，脑子里汹涌起大段的自我独白，我相信第一回做了嫖客后的文人内心都装满了一部巨著，从盘古开天地到改革开放，从中华民族到美利坚合众国。我开始了哲学沉思。我用几个小时审视了自己全部的心灵经历。我为找不到借口而懊丧。于文人而言，深沉状态大部分是堕落找不到借口的伤感状态。霓虹灯依然在搔首弄姿，我习惯性地把手伸向口袋。空了，归来却空空的钱囊。我终于发现我的内心独白远没有那么伟大，没有历史气息与文化构架，只是一种恐惧。人民币贴到婊子的肚皮上去了，回家没法向林康交账。

大问题依然不在这儿。问题是夏放的身体和她床上的姿态对我产生了巨大诱惑。她那种大胆不要命的细腻波动与呻吟给了我罪恶式的欢愉。罪恶欢愉是一种彻底，人类走向“原罪”委实是一种解放。我终于被自己说服了，第二次走向酸奶街头。我知道我不可救药了。“一”意味着诱惑，“二”则有了规律性堕落。我不是在街上，而是在电器商店里找到了夏放。我走上去，轻声叫她的名字，对她说，我们去工作。她纯情无比地笑起来，甚至有点害羞，像个处女。圣洁与淫荡历来就是优秀女人的拿手好戏。她说，我刚买了盘麦当娜 CD。

今天回过头去看，我解释不了当初与夏放的诸种疯狂。肉体被 24K 情欲所左右，其实很可爱。妻不如妾，妾不如偷，偷不如嫖，东方的性审美似乎历来如斯。

在我研究家族史的那段日子，我时常做一种可怕联想，一想起板本六郎与我奶奶，我就想起夏放与我的细节种种。这种联想令人绝望，却又不可遏止。我弄不懂我的心智为什么要做这种伤心滑行。它使我一不留神就会陷入尴尬境地。板本和陆秋野关于颜筋柳骨王皮赵肉有没有取得文化共识，于我而言并不要紧。我关心的只有一点，板本是何时实现对婉怡的性占领的。我对此耿耿于怀。

性占领是一种极其本质的占领，个人或民族的许多大话题都结在这上头。那时候婉怡似娇花照水，弱柳扶风；板本则身姿硕健，英气勃发。这为占领与被占领都提供了物质可能。在那样的日子里，有一种东西是极其重要的，即那台手摇式留声机，它是我的家族史上最有史料价值的物什。我在许多作品里提及过这台由爱迪生发明的音乐机器。现在它已经失灵了，放在我的书房里，遍身笼罩了一层历史陈迹，铜质喇叭上生了许多斑驳铜锈，墨绿色，像哑坏了的嗓音。这台留声机当年播放得最多的是梅兰芳博士的唱腔选段。其时梅老板蓄须明志，封了嗓子。他的唱盘自然也就格外引人注目。往年的陆府总是在夏夜唱堂会的，日本人到来后堂会也自然换成了留声机。许多夏夜板本和陆府上的人们一起听梅老板的唱盘，我想这是极其可能的。他们仰望星空，四周蛙声一片，萤火虫的屁股在头上的葡萄架间吃力地闪烁。陆府的不幸这时其实已经开始了。灾难时常选择良辰美景悄然而至。一件重大的事情在这种牧歌式的宁静里滋生了。

这一夜人们照例坐着听戏。大伙坐在天井里，堂屋里的蜡烛娇羞如圣女，静静地秉照夏夜。张妈注意到板本、婉怡、客厅里的红蜡烛极其偶然地串在了一条线上。也就是说，在板本与红蜡烛之间，婉怡的青春轮廓被红蜡烛照亮了。她面侧与后颈上的茸毛给了我奶奶一道细腻模糊的勾勒。婉怡动人的剪影唤醒了板本体内最活跃最严重的部分。他马上做出了重要决定。悲剧业已发生。在这个决定里我奶奶婉怡的悲剧命运已不可更替。这样的悲剧既不是宗教信条，也不是哲学体系，只是生命的糟糕流程，或者说是生命里的致命感受。婉怡的不幸印证了中国史里一种最本质的部分，中国史说：灾难的最后不幸总是由女人来承担，真他妈的狗杂种历史。

入侵者最无耻的举动也都是风度翩翩的。彬彬有礼的兽行是入侵者最常见的行为规范。第二天是一个下雨的日子。奶奶的灾难笼罩了婉怡少女时代最后一个处女梦。午后日本人的小汽艇靠泊了陆府后院的石码头。上岸的只有一个人,是板本六郎。板本走进客厅和陆秋野说笑了一阵。这时候冲进一队人马。有日本人,也有中国人。这一队人马端着长枪把陆府的上下全部赶进了后院。婉怡待在自己的闺房里,刚要出来,门恰好给推开了。是板本六郎。板本那样靠近并俯视婉怡,婉怡的脸上感受得到灼热粗重的男性鼻息。婉怡的咽喉往下咽了一回,随后下巴慢慢地往下挂。婉怡后退的步伐与板本逼进的步伐刚好同步。婉怡的下巴用力地在动,想说什么,却终于没有说出来。婉怡闻到了日本肥皂的芳香气味。退到床边婉怡坐了下去,神经质地握住纱帐,捂在胸前。板本挨着坐下去,揽住她的腰,然后解她上衣上的布质纽扣。婉怡的手僵在那里,双眼惊恐地盯住板本,甚至不会眨巴。婉怡的上衣就那样给脱了,露出了藕色小马夹。板本拽住两边,一发力,丧心病狂的撕裂声在婉怡的内心拉开一道狭长缝隙。婉怡低下头去,看见两只小乳房发出淡蓝惊恐的光。婉怡的脑子里响起了一声沉重闷响,整个身子松塌了,掉了下去。婉怡在晕厥里一直感觉到一条多脚软体昆虫沿着她的身体四处爬动。婉怡最终被一阵剧烈的疼痛撕醒了。她的身体在重压中被一种节奏冲撞得支离破碎。婉怡睁开眼,另一双疯狂的眼睛却贴在她的眼边。婉怡张开嘴巴又一次晕厥过去。

日本人撤走后陆秋野老爷和太太一起冲进前院。天井里弥漫着雨雾。他们看见婉怡的闺门大开着。他们立住脚,互相看了一眼,听不见任何动静。太太试探着走进去,眼里轰地就一下,小姐光裸了身子散乱在床上。小姐的身子松软绝望,散发出冷凝凄艳的将死气息,苍白而又幽蓝。她的眼睛睁得很大,视而不见地眨巴。太太打了一个踉跄,杀人了,太太说,杀人了。老爷刚要进去,先闻见了一股内分泌与血腥的混杂气味,老爷的手扶住门框,脑子里空了,只看见天井里潮湿的地砖背脊发出骷髅一样的历史反光。陆秋野听见房门轰地一下关死了。太太在这样的时刻可贵地保持了冷静。太太闩好门，走上去给女儿擦换。太太的手触摸到女儿的皮肤。是红木一样的细密阴凉。太太一边忙碌一边说，丫头，你说句话，丫头，你和你娘说句话。婉怡的目光慢慢地掉了过来，和太太对视，唇部动了动，启开一道细小的唇隙。没开口。

婉怡的沉默预示了她对灾难的承受能力。我们家族的伟大忍耐力源于我奶奶婉怡。上帝只赋予人类两样最重要的东西，一是创造力，二是忍耐力。上帝把它们分别赐给强大民族和弱小民族。在我奶奶那里，需要忍耐的是屈辱，而到了我，最严重的是面临饥饿。

我在大学二年级开始接触杰克·伦敦。他在一本书里说，"一块给狗的骨头不是慈善，慈善是当你和狗一样饿时与狗分享的骨头。"我读这句话时在图书馆的二楼。读完这话我便热泪盈眶。大作家的身上总有一股与生俱来的悲悯，涵盖了时空，感动人类。因为杰克·伦敦的启发，我在大学图书馆里反复追忆那段饥饿日子，饥饿岁月我关注的并非慈善，而是饥饿本身。我终日盼望一块与我分享的骨头，甚至一块给我的骨头。我饥饿的时代背景这里不必补叙了，它发生在自然灾害最猖獗的年代。那一年我六岁，也就是说我的饥饿也是六岁。因为严重缺钙，我的罗圈腿已见端倪，中间可以夹个西瓜。我的不少大学同学以为我来自鄂尔多斯大草原，因终年在马背上驰骋，才长成今天这种样子。回过头来看灾难总是那样浪漫诱人。我对罗圈腿的关注是长大之后的事，我那时最关注的是手。我一直以为我还有另一只手，长在胃里，拽着某样东西往上爬。有一本史书里说，一个民族要出了问题，这个民族的人们对自身的认识就会接近神话。我坚信六岁那年我不是依靠想象，而是靠感知，在自己的胃里增添了一只神话之手。

那一个午后是刻骨铭心的。依照视觉上的记忆，应当是冬日。我们几个人坐在一面土墙阳面烤太阳。我们不说话，闻得到屁股下面稻草的金黄色气味，我们看见懒洋洋的太阳下面走过来一个人，他惟一醒目之处是上衣上有四个口袋。他背了一只包，上面有“为人民服务”五个平绒红字。因为某种需要或者说天意，他走到我们的身边，坐下来。他显得很疲惫，坐下之后就闭上眼睛，与我们分享阳光。事情发展到此一直风平浪静，他并没有惹我们。可是（历史的紧要关头，“可是”这样的转折词一直非常坏），他竟然从他的土黄色挎包里摸出了一只烧饼。冬日的阳光下面烧饼发出金色光芒，烧饼的芳香气味五彩缤纷地散得一地。烧饼惹我们了，它光芒四射。我们的嗅觉吐出了春天的嫩芽，目光里淌出三尺流涎。我们站起身，满地都是投向烧饼的枯瘦身影。他闭着眼，准备享用这只烧饼。他在酝酿充分的唾液。他睁开眼时肯定吃了一惊，他看见了一排小狗蹲在地上，神色严峻，穷凶极恶又彼此防范。一群小狗就那样盯着他手里的骨头。他马上冷静了，脸上笑起来，笑得很饿。尔后他就张开嘴，把烧饼送进去，细腻地、严肃地、投入地、历史感地开咬。他的黄牙陷到烧饼里去了。在撕开之前歪了歪脑袋，尔后他开始了幸福伟大的咀嚼。

他的咀嚼生动活泼，依照音响能听得见牙齿与舌头的空间位置。最伤心的时刻终于来临了。他的喉头动了起来，依照经验，他马上就要下咽了。他真的下咽了。他的大喉头无耻地提上来，我们都看见那块烧饼缓慢而抒情地、华丽而绝望地蠕动下去。我也咽了一口，肚子里那只手却伸出来了，什么也没抓住，便又缩回去，反给我肚子一拳。我望着他手里的烧饼，烧饼有一块空缺。后来的岁月里我坚信烧饼的空缺就是维纳斯女神的断臂，有一种残酷、惊心动魄与无力回天的美学效果。他突然看着我，他的目光明白无误地看着我。我预感到一种神秘的可能即将降临。我有点晕，坐不住了。他说：“想吃？”我张开嘴，挪动过屁股。我不开口。我担心一开口巨大的神秘降临将就此消逝。“叫，”他说，“叫我爹。”

“爹。”我脱口而出。“爹。”我立即做了这样的补充。我像狗那样对称地舔了舔舌头。

他的脸上很开心，低了头，用手指最灵巧的部分掰分手里的烧饼。他掰开了蚕豆大的一块,放在我的掌心里。我的一只巴掌托住"蚕豆",另一只巴掌托住巴掌。我把那只"蚕豆"送进嘴里去。我没来得及咀嚼甚至没有来得及下咽,那只手就一把抓了下去。我咂嘴追寻烧饼的味道,可烧饼的味道空空荡荡,连同我的舌头与童年一起空空荡荡。

"爹。"我的同志们一起高声说。

然而他又咬了一口,把那块烧饼放进了挎包。我们一起亮开了嗓门,像鸟窝里伸出来的嫩黄嘴巴。我们喊爹。我们彼此抗争用力呼喊爹。他点头微笑。不拒绝也不施与。他一定听出了一种恐怖,那种孩童身上因饿极而出现的回光返照。他站起身开始撤退。我们紧跟他,排了一路长队,一路高叫爹,一路流口水。他甩开大步,最终在草垛旁转身并消失。我们站住,道路空洞起来,我们的伤心开始升起。冬季无限苍茫,天上飞过饥饿的鸟,它们的翅膀疲沓机械,向远方无序而散乱地飞动。我们望着鸟,泪水与口水一起流淌。

我真正全神贯注关注鸟类是在海上。天空布满海鸥。这个时候我当然不再是六岁孩童。海上经历已经使我能熟练地胸怀祖国放眼世界了。在海上做鸟是一件痛快的事。海鸟的世界只是海水。没有国境与护照绿卡那样的啰嗦事。它们惟一的标记是"类"。我立在船尾,成群结队的海鸥伴随船体而行。它们离我那样近,它们的羽翼纤毫毕现。它们瞳孔周围的绿色光圈活灵活现,笼罩了海洋球面。它们不用担心人类猛兽,甚至没有风暴之虞。它们在没有任何固体的世界里自在飞翔,栖浮于液体表面。它们是那个世界里惟一的固体生态。我时常顺沿想象做起海鸥,扶摇而上九万里,尔后俯视人类。大地上没有国界,但人类就是这样自作自受,干戈相见了几千年,最终安定于划地为牢。人类把地球瓜分完毕,并发明"祖国"、"民族"、"家园"这样营养丰富的词汇。人类对自己的发明满怀深情,把故乡以外的地方称为"天涯海角",把家园以外的道路称作旅途,把母语以外的语言称作"外语"。我们就这样放逐了自己,并为此兴高采烈。

我已经说过，父亲结婚时和爱因斯坦一样，已经成功地做了右派。父亲是我们家族史上惟一投身中国革命的先驱。父亲后来又成了我们家族史上惟一的一位右派。父亲在某一天的早春意外地叛逃而出，他远离陆家大院，走上了革命道路。父亲这样做当然有其逻辑性背景，然而父亲一直不愿提及此事。父亲的这一举动理所当然成了我叙事里的空穴来风。但不管怎么说，父亲成了革命队伍里一位能画会写的文化战士，他编顺口溜，出黑板报，用石灰浆挥刷大幅标语。父亲的青春面庞和新生共和国一起闪闪发光。他憋足了劲，不但迎来光辉的一九五七年，而且做了右派。他被送到了乡村，在当年陆府长工们的监视下洗面革心。父亲在乡村经历了一生中最充实的幸福时光。“母亲只有疼爱孩子才会打孩子的屁股，”父亲这样对另一位右派说，“做右派是党对我们灵魂的巨大关心！”父亲感受到了中国共产党慈祥湿润的巴掌，是母亲的巴掌，疼痛但贮满母爱。他找来了马克思的书，从“全世界无产者联合起来”开始阅读。父亲从马克思的字里行间找到了人类的万苦之源与理想明天。父亲低头忍受自己的饥饿，抬头关注的却是人类。父亲在做了右派之后时常向中国共产党最基层的组织汇报自己的思想。他说，他比任何时候都更想“成为一名布尔什维克”。

村里的“党组织”是一位五十九岁的独眼老头，他是这个村的支部书记。独眼支部书记来到父亲的房间，向父亲借钱。父亲给他倒了开水，请他上坐。然后父亲开始倾诉。他结结巴巴、夹叙夹议、声情并茂。老支书用惟一的眼睛望着父亲，说，你有钱没有？父亲说，没。老支书站起来，跨出门槛。他背对父亲，对父亲说，你的思想党组织已经掌握了。父亲听着党的乡村方言，一个人站在房屋中央，胸中霞光万丈，玉宇澄清万里埃。父亲一遍又一遍回味老支书的话，热泪盈眶了。父亲写了入党申请，他知道从组织上来说这是不太现实的，但在灵魂上，即通常所说的思想上他有把握。他一次又一次在想象里面对红色旗帜与黄色锤镰举起右手，握紧拳头，一次又一次内心澎湃，泪如泉涌。父亲真正成为中国共产党党员是一九九二年，这时候他退居二线已经三个月了。父亲入党时出乎意料地平静。回家后，他出席了我为他准备的宴会。他多喝了两杯，不久就睡了。

实际上我要叙述的不是父亲的入党，依然是他的家。父亲的住家是一个废弃的仓库。闲置多年，里面依然弥散出糜烂稻谷和农药化肥的混杂气味。墙壁四周布满了老鼠洞。父亲那时和老鼠做了朋友。这个秘密是我在成人之后发现的。父亲能和每一位老鼠悄然对视，长幼无欺。父亲一连几个小时望着它们，给它们读书、读报，为它们讲故事，和它们一起开斗争大会，批判毒蛇与黑猫。父亲和老鼠生活在一处而相安无事，这无论如何是一个奇迹。我曾见过密密麻麻的老鼠在父亲的面前围着一个圆圈用力狂奔，像召开鼠类奥林匹克，我一去老鼠就跑光了。我专门问过父亲这事，由此引发过一段很好的对话。那些话相当精彩，被我写进了日记。

父亲就是在大仓库里正式和母亲结婚的。他们的床笫支撑在大仓库的西北角。这张床和一只泥质锅灶的对面是庞大的空间。这些空间在夜里成了隆重的黑色，里面装满了老鼠的追逐和磨牙声。许多夜里母亲总要点灯睡觉，但点上灯更可怖，那些硕大空洞的空间在暗淡的灯光里变得杳无边际。空洞在视觉里有了体积和重量。它压在母亲的睡眠上，使母亲噩梦连篇。这个仓库没有支撑到我出生就坍塌了。在夏末的一个滂沱雨夜里，它死于一个霹雳。我记事的时候它的旧址已成了一块稻田，每年都长满不同品种的早稻。这里是我的大学，我的早稻田大学。

我的另一所大学应当是那个叫夏放的女人，那个做皮肉生意的前杂技演员。在我研究家族史的空隙，我三十七次爬上她的床笫。她给了我廉耻以外的巨大快慰。肉欲攥紧了我，她是床上的天才。我忘记了我是人，在床上我对她大声吼叫，我是一条狗。夏放就说，我是一条母狗。这时候麦当娜正在CD唱碟里反复重复：像一个处女，像一个处女。我觉得我的夏放一点不比麦当娜差。在夏放面前我认真地放射我的身体，它很好，所有的机件都功能齐全。我为什么要研究该死的家族史？汉人，大和人，马来西亚人，盎克鲁·撒克逊人，德意志人，高卢人，亚玛逊人，俾格米人，爱斯基摩人，都是上帝精液的子民。我们是一家子，同志们！家族史历来是历史的叛徒，人类最辉煌的史前时代没有混账的家族。人体是历史的惟一线索，人体是历史惟一的叙事语言。惠特曼说得对，如果肉体不是灵魂，那么灵魂又是什么？所以我说，我又一次说，夏放，再给我。夏放肯定被我吓坏了，说不行，绝对不行。夏放说，你累了，你要生病的。夏放关掉了麦当娜，空间顿时安静无比，一抹夕阳斜插进来，温柔而又性感。我说你给我，夏放望着我，像夕阳一样望着我。她的泪水渗出来，摇摇头，说不行，你要生病的。我把她摁住。夏放说，你要累死的。后来夏放又语无伦次了。她带领我走钢丝，在八百里高空。我们火火爆爆又小心翼翼。我说，你骂我，骂我日本鬼子！夏放喘着粗气，闭着眼说，你不要命了。

深夜一点我在夏放的乳房上醒来。我想我该起床了。夏放的睫毛上挂着泪珠，吻我，无声无息。唱机上的绿色数码在反复跳动。我托着她的腮，说，我的钱全嫖光了，你先记上账。夏放幸福无比地说，日本鬼子！

凌晨两点走进林康的贸易大厅完全是鬼使神差。我弄不懂我来做什么。大厅里灯火如昼，一台又一台电子终端吐出成串阿拉伯数字。我在角落里坐进沙发，点上烟，看林康的背影。我一点看不出悲剧业已笼罩林康。她的背影与那张电子屏幕一起显得十分平常。后来我看见林康站起了身子，站得极猛，双手扶住屏幕，嘴里发出一种声音，像被烫着了。好几位经纪人一同围上去。我不知道在那个没有空间的假想市场里到底发生了什么。我就听见有人说，怎么这么快，天，怎么跌这么快。我揿了烟走上去，林康站在那里，嘴里衔着一支黄色圆珠笔。但她的脸色已经面目全非。她面如死灰，脸上的胎斑一颗一颗显现出来。她盯着屏幕，两只眼珠慢慢向上插。她的身子晃了两下,一点一点松下去,倒在黑色皮靠椅上。死亡弥漫了大厅。

林康是在医院醒来的。她一醒来就痴痴地和我对视。我给她递过水,林康没有动。过了好半天林康说了一句话。那句话狗屁不通,却给了我十分锐利的永恒记忆。林康说:

全世界都在骗我。

后来林康闭上眼,泪珠子在睫毛上颤动。她的样子真像夏放。我望着她,向她的腹部伸出手去。我的手放在她的腹部缓慢地体验,我的脑海里反反复复地追忆夏放,可我怎么也想不起她的长相。我想象世界里的所有女人长得都像林康。妻子是我们这个时代的君主,她驾驭了你的一切,乃至想象力。我走上过廊,过廊里是酒精与福尔马林的混合气味。我在黑暗里吸烟。和我对视的是伟大著名的烟头。它陪伴着所有的天才之夜。烟头是夜的独眼,它忧郁而又澎湃。在烟头的帮助下我想象起我的孩子,他长得像林康,完全是林康的翻版。但他是钢琴家,靠十只指头在八十三个黑白键上与世界交谈。他的指头贮存了上帝的听觉,英语的耳朵和日语的耳朵都不再依靠翻译,直接走进人们的心智。他有一双清澈的眼睛,额头晴朗,笑声灿烂。他娶了曼丁哥语系冈比亚著名的英雄昆塔·肯特的黑色后裔。他们真正跨越了种族,心平气和地看待国界与语种。他们坐在飞机上,看不见国界,只看见山峰与河流,许多缤纷的颜色组合在他们的飞机舷窗下面。他沿着经纬线飞往所有的地球表面演奏他的钢琴,所有的人都听过他的音乐,就像所有的人都有想象中的圣诞老人,白头发,白胡须,红帽子与红棉袄。这不是一个具象的人,却伴随着人类的愿望,直到永远。这是我的孩子一生所要做的事,他只用十个指头,完成得举重若轻。

在这样的夜里我再一次无可奈何地追忆起板本六郎。我的心智全乱套了,像我的次品电脑染了病毒。我的想象在深夜叠现诸神毫不相关的事理。我不知道板本六郎是谁,关于他我实在是一无所知。这个因为文化吸引走进我奶奶家门的日本男人，却又在我奶奶的身上创造出巨大的悲哀。这位入侵者膜拜在中国文化面前，依然不肯放弃对中国人的占领欲望。他必须为所欲为。只有这样他才是真正的占领者。十七岁的婉怡只用了一个下午便走完了女人的一生，这一点奶奶与父亲是相反的，父亲用一生的时间都没有完成自己的真正午后。婉怡多次决定结束自己的生命，但她的自杀企图让老爷一次又一次化解了。婉怡事实上已成了老爷手里的赌注，老爷的家园全部压在了十七岁的婉怡身上。十七岁的婉怡整日坐在她的闺房内，等待日本人对她的强暴。命运只为奶奶做了这样的安排，我奶奶十七岁的婉怡她老人家别无抉择。

日本人板本六郎在陆家大院里只做两件事：练习书法，强暴婉怡。他平平常常地这样做。陆家大院平平常常地这样接受。

初次的疼痛与惊恐之后，婉怡迎来了真正意义上的屈辱。已婚男人板本六郎开始了最惨绝的性掠夺与性剥削。他显示了惊人的耐心，他的身体与语言都显得无比温存。婉怡的身体在空虚里出现了松动，出现了出卖自己的可怕苗头。她产生了性快感。这种感受使她无比羞耻却又不可遏止。她身不由已。性高潮使我的奶奶痛不欲生。板本六郎在性高潮的前沿让我的奶奶欲罢不能。婉怡用指甲抠挖自己的青春肌肤。她痛恨身体，对自己的肉体咬牙切齿。她老人家在性高潮的大屈辱里诅咒肉体对自己的无情反叛。如果肉体不是灵魂，那么灵魂又是什么？

这样的大屈辱产生了父亲，产生了我，产生了我们家族的种性延续。不难看出，《圣经》产生于原罪。这句话也可以这样说，原罪产生了真正意义上的宗教。历史就是家族对祖上的忏悔。这是人文的全部内涵。

林康被注射了镇静剂，睡得很踏实。她打着小呼噜。我的孩子在她的安眠里安眠。太阳出来了，我困得厉害。这个世界困得厉害。

醒来时天已微明，大海的凌晨无比清澈，沁人心脾。我应该看一回日出了。这些日子我惟独误过了日出。我决定看一回太阳升起的样子。我洗过脸，刷完牙，静坐在船头。我知道我走进了仪式。

天是蓝的，海是黑的。最初出现的一抹阳光是扁的。但太阳还没有出现。世界处在一个精心的准备阶段。宗教氛围无所不在。太阳出来了，只有拇指那么大，是一块猩红。然后大一点，再大一点。和太阳的面对面我第一次依靠人类的感官体验到地球的自转。这是一个伟大的感觉，是四两拨千斤的感觉。这个感觉来自于哥白尼和布鲁诺。人类感觉的每一点进化都蕴涵了漫长的人文历史，蕴涵了大牺牲和大痛苦。东方红，太阳升，我很突然地伤感起来。没有理由。地球在转，我吸附在地表的弧线上，参与了这种伟大的运转。浩瀚的海面血红了，太平洋伤心起来，这个液体的大世界静穆地移动，在人类的视觉之外激荡奔腾。

仪式完成于寻常日子开始的时刻。我的泪还没有流出眼睑，我的激动便阳痿了。一个身影在我面前傲岸地出现了。他以这样的教诲对我说：

听我说孩子，一个人是一个局限，一个生物种类依然是一个局限，因为地球必须依靠我的哺育。

你是谁？

我是日神。也可以说是阿波罗、诺日朗或羲和。

我认识你，我们的夸父追逐过你，而我们的后羿又捕杀过你。全是你闹的。

明白了，你是人。地球上就你们爱走极端，听说你们想当地球的领袖？那个莎什么比亚自吹自擂说你们是宇宙的精华，万物的灵长？有这回事吧？你们打得过狮子吗？

打不过。可我们有智慧。

傻孩子，智慧是我扔给人类的魔法，让你们折腾自己用的。

你算了吧，我们用智慧已经揭示出宇宙的秘密。我们了解自身，我们也了解宇宙。

傻孩子，宇宙的所有秘密早就让我放到一个安全的地方去了——就在你们的脑子里，我把它们放在了智慧的背面。你们越思考离秘密就越远。你们看不见宇宙秘密就像眼睛看不见自己的目光一样。

你胡说，没有谁会相信你。

我不用骗你，孩子。就像你从来不用骗蚂蚁。我没有理由骗你们，是你们自己在骗自己。这样，举个例子，地球一直围着我转，可你们的视觉一直以为我围着地球转。人类了解这个最简单的道理用了几千年，你们反而把发现常识的人称为英雄。记住，孩子，人类的英雄都是由于发现了常识而永垂不朽的。偶尔发现真理的人都成不了英雄，都要付出代价，因为接受真理的历史太漫长，真理一旦被广为接受，又将是几个世纪，这时候真理早成了常识。

我对你说的话不感兴趣，我在大海上只关心有限的几件事，想念我的奶奶和那个日本杂种板本六郎。

关心得有道理。不知生，焉知死；不知来，焉知去。

你能告诉我一点什么？

不能。我只管普照大地，而后留下阴影。我不关心人类的幸福。时间与钟表无关，海洋与液体无关，幸福与太阳无关。

你是个骗子。

我是日神。再见了孩子，我有我的工作。神在江湖，身不由己，我要上路了。

你接受了人类的膜拜却说走就走，你是宇宙第一大盗。

接受膜拜是我的工作，说好了的。

太阳就升起来了。宇宙一片灿烂，海面金光万点。日神在万里晴空对我微笑。他俯视我们，双眼皮，胖胖的一个劲地慈祥。他的四周是线形光芒。向外发射，无穷无尽。天空在他老人家的前面只供他老人家闲庭信步。他说得真不错，这是他的工作，说好了的。太阳与幸福无关。

但海洋依旧。液体世界坦坦荡荡。这是孕育风和雨的巨大平面。远处有几艘远洋巨轮,它们为世界贸易而贯穿全球。远洋巨轮在海面上相对静止,分不清国别,在大海上宛如孩童放在澡盆里的玩具。

“文革”时期这样的游戏一直陪伴着我:找几个蚌壳漂在澡盆里的水平面上,父亲指着澡盆向我灌输了海洋这个大概念。我弄不明白父亲为什么要和我说这些,也许是太孤寂了。“文革”是父亲的生命史上最痛苦的章节。他清楚地看到自己不能入党了。这还在其次,大革命如火如荼,父亲不能革命,也不能反革命,甚至不能被革命,他是一只死老虎,除了有限的陪斗,他一直被排斥在革命之外。这使他伤心伤肝伤胆。父亲或我们的父辈在本质上是不会“出世”的,他们渴望入世,他们鞠躬只作军前马,九死一生终不悔。父亲的晚年成了一个真正恬淡的人,到了无为之境。他经历了极其痛楚的心灵磨难。这段历程不是来自《庄子集注》,恰恰来自“文革”。“文革”是父亲的绝对噩梦,尽管他承受的并不是“浩劫”。

父亲向我讲述大海。父亲一次又一次用“看不到岸”向我描写海洋世界。现在想来这里头蕴涵了他的绝望与怅然,也蕴涵了多年之后我的大海之行。“看不到岸”毕竟是以超越视觉极限做前提的。依照父亲神一般的启示,我把澡盆想象成海,从比例关系出发我只能用一只蚂蚁来替代自己。也就是说,这时候蚂蚁就是我了。我不知道蚂蚁能否从此岸看到彼岸。这时候我望着水里自己的倒影不知所措起来。我不得不指着倒影追问父亲,那个“我”到底是谁?

想象力的最初发展必然导致自身的疑惧。这完全是没有办法的事。这个游戏的当天晚上我曾问父亲,我是从哪里来的?父亲说:“捡的。”我说,从哪儿捡的?父亲说:“垃圾堆里。”我说,为什么是垃圾堆?父亲说:“被人扔了,用报纸裹着。”我说,是谁扔的?父亲说:“生下你的人。”我说,从哪儿生的?父亲说:“胳肢窝里。”我说,胳肢窝又没有洞,怎么生得下来?父亲说:“用刀割。”我就拿来一把张小泉牌剪刀,对着自己的身体剪了过去。父亲夺下剪刀,对我说:“出去玩。”这样的对话贯穿了我的童年,它使我忧郁。

童年的忧郁一直与生命的本体有关。我坚信大部分中国儿童有过我这样的精神负担。我们没有答案。父亲或母亲在山穷水尽时一律用“出去玩”来打发儿童的哲学忧郁。中国的父亲不太愿意交代自己与儿子的渊源关系。这里头可能有一种种性脆弱。中国父亲一律希望自己的子女能大异于自己,产生“鸡窝里飞出金凤凰”这样的质变效果。所以我只能望着澡盆里的蚌壳,在大海里漂荡。我的海洋世界是那只童年澡盆,它决定了我的忧郁气质与未来的写作生涯。

忧郁质一直陪伴着我,直至我有了与夏放的外遇。外遇使我开朗起来。这使我立即发现我是一个十分肤浅的家伙。我马上又尝试了与其他女人花好月圆。我相信了这样的话:十个女人九个肯,就怕男人嘴不稳。我可是一个不多话的男人。我这样的男人完全适合肉欲纵横的都市时代。她们可不担心我“说出去”。林康在家里怀孕,我在外头“搞”,真是两头不误事。

我不知道我怎么就变成这样。看来外遇真是魅力无穷。它让你欲罢不能。外遇是这样一种东西,它有始无终。它使你在与任何适年女性交往中学会以艳丽的眼光看待人生。我不放过任何机会。我坚信男人和大部分女人(女孩)之间有着无限可能。我正是在这个理论基础和认识背景下认识王小凡的。是在那个综合性大学的知行楼前。王小凡,女,芳龄十九,大三物理系,北京人氏,身高一米六一,体重六十公斤,皮肤微黑,双眼皮,黑眼珠,翘鼻头厚嘴唇,脸上常有热爱生活的新鲜表情。我碰上她时她正在看英语书,眼神里是强迫记忆的样子。我看着不错,就走了上去。我一走上去其实她就完了,她还能有什么好?

我们接吻是在当天晚上。学校正放了暑假,适合偷鸡摸狗。在王小凡面前我再次证实了自己实在是个下作无耻的东西。我的主题非常明确,上床,尔后完成苟且事。但我不急,过程是要紧的。现在想来我真是过分了，什么女人我不能找，偏偏找这样一个姑娘。不过我没办法，处在这样的时候你不搞就是别人搞。与其别人搞，不如我来搞。这是哲学，也是诗。

上床是在第三天下午。从后来的实践看，这个过程显得过于保守。爬进大楼，撕掉了宿舍门上的白色封条。我们躺在了她的小木床上，通身上下都是汗。胡乱吻了一通，我悄声说，好吗？她懂我的意思了，头枕在枕头上，闭上眼，她就点点头。我就往上撂她的绿方格摆裙。她夹住了。我拽了一把，她又夹了一回，她的脸红得厉害，已是春色盎然。她闭着眼极小声地说，你先下去。我就下床，在水泥地板上踱步。她又说，把帐子放下来。我就放下来。她说，用夹子夹好。女孩的这种仪式让人幸福让人心酸。我听见蚊帐里许多细碎的声响，后来安静了。我反而不知所措。做深呼吸。这时候她说，上来。这两个字她说得极柔嫩，却是如雷贯耳。我猜得出里面的自然景色。我伸进头去，她和我对视，也不眨巴。眼睛里黑是黑，白是白，光明透亮。她伸出手来，握住了我。她把头侧向了里边，说，用那个，我插到枕头下面，摸出了一串避孕套，一大串，是一个又一个圆。我说，你怎么会有这个？你别问，她说。她这样说我不开心。我弄不清我和她到底是谁在捕猎谁。我们开始了。她咬着下唇，只是转动头部，黑发如液体一样波涛汹涌。小鸽子，你这个小鸽子，我说。——你，她文不对题地说，——是你。

这次性经历对我意义极大。可以用这个词：铭心刻骨。有一瞬间我产生了这样的幻觉：我不是我了，我成了板本六郎。在身体下面呼应我的不再是王小凡，而是婉怡。这个念头不可告人。我坚信伴随着性行为所产生的错觉时常就是人们力图回避的历史。历史会在男人的性经历中惊奇地复生。男人应当警惕自己的性欲望。这是大事。男人应当慎而又慎。亡灵在我们的躯体上复魂可是骇人听闻的，一不小心便会把自己扔到“多年以前”。

因为这个念头作祟第二回合我就心绪不宁。小凡看出来了。我们草草完成了第二章节。小凡为我擦汗。她用肘部蹭我一把，嘴里说，嗳。我嗯了一声，顺势想吻她。她侧过头去，说不要。我却收不住心思，内心不停地模仿阴暗的错觉。我躺在那里，喘息和流汗。想老婆了吧？小凡说。不是，我说，不是。那想什么，小凡说，看你脸上的样，像解放前。我说，我就想解放前。小凡却笑起来，侧过身，吻起了我的胸部。我突然就升起了一股怒火，把小凡摆平，骑上去。这一个回合来得山呼海啸，身体发出了撕裂的声音。你说，打倒日本帝国主义，我命令说，你快说打倒日本帝国主义！小凡快活得发疯了，她的身体风铃一样摇荡起来。疯了，疯了，小凡说，你疯了，你疯了。

在想象的那一端，婉怡终于怀孕了。她怀上了我父亲。屈辱同样可以产生生命。在这里我想做点补充，婉怡的怀孕板本六郎最终未能知晓。他死于一场小规模狙击战。战争就这样，它从不念及文字或故事，它从不在乎当事人是不是某个故事的承担者。它让你三更死你就活不到五更。战争为我的叙事留下了无限空缺，几辈子都补不完。我在上海寻找奶奶的绝望里多次想起过板本六郎。我想念他，这个毁灭我们家族的魔鬼。他是我的爷爷。我在大上海的马路一次又一次设想板本六郎六十至七十岁的老人模样。这样的想象让我断肠。我伤心至极。民族和国家绝对不是大概念，它有时能具体到个人情感的最细微部。让你脆弱神经背起一个民族或某个历史时代，让你在不堪重负里体验他们的伟大，这个哲学结论让我越发酸楚。上海是个令我畏惧的城市。到了上海我就要发疯。我想念我的奶奶，我亲爱的奶奶婉怡；我想念我的爷爷，狗娘养的死鬼爷爷。他们的陈旧面容和青春轮廓充斥了我的胸间，相互依偎，相互敌对，在我胸中东摇西拽。我听得见肠子被扯动的痛楚声响。我今天依然在痛苦。我想告诉别的史学家，中国现代史实际上远远没有真正结束。

我奶奶婉怡是在中国现代史里怀孕的。她在一个午后晕厥在过廊的木质栏杆旁。她的脸灰白如纸，她的表情像一张纸钱在半空无声闪耀。

醒来时她老人家躺在竹榻上。手腕被任医生握住，放在了膝盖处。任医生极细心地问切，最后站了起来。陆秋野说，怎么了？任医生就是不开口。陆秋野说，要抓什么药？任医生最后说，也不要吃什么药，她只是虚。陆秋野问，她到底怎么了？蓄了须的任医生望着大厅里的中堂画轴，却又忍不住回过头来看望婉怡。婉怡低声说，爹，你陪任医生去喝茶，我不会病的。任医生没有喝茶，匆匆告退了。等下人都下去，婉怡躺在那里开始无声地流泪。婉怡说，娘，谁让你们喊医生了？我哪里就能死了？我还怎么活？太太怔了半天，脱口竟说，你不来红了？婉怡说，都二十三天了。太太说，阿弥陀佛，阿弥陀佛。

依照顺序，下面的叙事自然要涉及到父亲。这是一个极困难的话题。我不知道该怎么说。父亲是板本六郎和婉怡的儿子，这个不须赘言。从血缘关系上说，父亲应当是陆秋野的外孙。而在我的家族史里，父亲一直叫陆秋野爹。关于这一点我在下面要做介绍。这个不伦不类的尴尬局面当然是日本人板本六郎强加的。我不知道我的这部作品有没有机会译成日语，我当然希望板本六郎的家族成员能读到它。我想对他们说，人类是每一个人的人类，人类平安是家族安宁的最后可能，对此，我们每个人责无旁贷。

婉怡九个月的孕期，太太则怀孕了九个月。这对于陆府是一个巨大的难题，但除此别无良策。陆府里的下人们很快就听说，太太"老蚌得珠"了，二茬春，又有喜了。这样的谎言当然是做主子的编出来的。说谎的人历来对谎言十分自信，尤其是做主子的。陆府的主子们坚信下人们不知详情。他们生活在谎言里，煞有介事。他们羞愧万分地演戏。这一年陆府里的植物分外妖娆，后院的大芭蕉与藕池里的巨大叶片都展示了一种特别旺盛的血运，在阳光下面反射出耀眼光芒，碧油油上了一层蜡。陆府的这一年总体上说异乎寻常，鬼鬼祟祟地富贵，鬼鬼祟祟地宁静，鬼鬼祟祟地装模作样。这一切全因为父亲。

婉怡的生产没有戏剧性，由于奶奶年轻，父亲的出生出奇顺当。为她接生的是下人张妈。因为掌握了主人的秘史，张妈就此走进了我们的家族，并成了我们家族中飞扬跋扈的女人。人们怕她泄密，而最终泄密的恰恰正是这个女人。当然，这并不要紧。要紧的是陆秋野，我一直没能弄明白他第一次见到父亲时是何种心理。我没法设身处地。我不能确定具体的日子，但事实是，这一天肯定有过。有一点我想过多次，陆秋野一定产生过掐死父亲的可怕念头。我认为这一猜想符合中国史。只有这样才能"一了百了"。父亲能活下来无疑归功于婉怡。是婉怡伟大的母性挽救了父亲。人类的本性与历史规则之间仅存的这样一条缝隙让父亲抓住了。父亲的苟活得益于此。父亲的不幸更原始于此。婉怡为她自己生下了一位弟弟，但是从来没有见过她的孩子弟弟。作为家族史成员，我靠直觉可以肯定这个历史结论：陆府终于又编造了一个谎言，婉怡顺应这个谎言即将永远离开楚水。历史就这样，一旦以谎言作为转折，接下来的历史只能是一个谎言连接一个谎言。只有这样，史书才能符合形式逻辑，推理严密，天衣无缝。在我成为史学硕士后发现了这样一条真理：逻辑越严密的史书往往离历史本质越远，因为它们是历史解释者根据需要用智慧演绎而就的。真正的史书往往漏洞百出，如历史本身那样残缺不全。

我又说起了这样空洞乏味的大道理。说得又平常又冷静。其实这时候我已经再一次泪流满面。我不知道我哭什么。我坐在台灯下面。小闹钟里红色秒针在机械地数时间。我想起了我奶奶永远离开家门的那个清晨。我坚信是清晨，我们家族最要命的事件都发生在清晨。天刚刚亮，只能看见行人的大致阴影。小船靠泊在后院的石码头，四处布满露珠，凉意逼人。婉怡的疲惫身躯打了一个寒噤。婉怡走向石码头，她在楚水彻底失去了生存的基本与可能。我知道婉怡这时候已经没有痛苦了。她无限麻木，但听觉却灵敏起来。她听见了桨橹的欸乃声。我奶奶踏上木船，世界摇晃不定。远处有公鸡打鸣。婉怡听见船工打饱嗝的声音，船就向河心滑去。婉怡回过神来，伤心往上涌，绝望往上涌。我奶奶望着陆府的黑色轮廓一股热血就冲了上来。她坍塌了下去，倒在船舱。醒来天已大亮，婉怡轻声说，娘，孩子，娘，孩子。这时候初升的太阳浮于水面，我奶奶对着河面尽头血红色太阳大声说，天啦，天！后来船拐了一个弯，婉怡，我的奶奶，消失了。水面上只留下风，留下一道长长的水迹，一块水疤。风后来把那块水疤又吹皱了。水面重新呈现常态，千万年亘古不变的常态。这种液体常态永垂不朽，不对我说一句话。它连系了我的乡村梦与伤心的大上海。

作为补充，另一个细节不能不交代。事情发生在抗战胜利之后，是一个雨夜。子夜过后靠近凌晨。四个湿漉漉的黑色男人敲响了陆府的大门。陆秋野正在梦中。醒来时额头正中央顶了个圆。是盒子枪的枪口，又硬又凉。陆秋野听见有人低声说，不许动，跟我们走。外地口音，无比严厉。陆秋野被捂上嘴，由四个人架着，走了很远。在一条水沟旁他们停止了脚步。这时候大雨滂沱。外地口音命令陆秋野跪下，从他嘴里拉出布团，而后问，叫什么？陆秋野说，陆秋野。陆秋野就听见那人说，我代表人民，判处汉奸陆秋野死刑。陆秋野没有来得及说话，就听见叭的一声。陆秋野的故事在一九四五年戛然而止。

但历史把那把盒子枪的回声留给了父亲与我。在我研究家族史之前的漫长岁月，父亲提起陆秋野时总是说**你爷爷**。父亲对历史的故意隐瞒让我体验到了历史的可怕。我时常在下雨的子夜失眠，看见历史站起了巨大身影，以鬼魂的形式向我逼近。我一不小心就能看见我“爷爷”太阳穴处的枪眼，雨水把血迹冲干净了，枪眼翻了出来，一片焦黑，依稀闻得见肉丝与骨头裂口散发出忧伤肉香。这样的时刻我会无助地战栗，孩子一样渴望亲吻与拥抱。我忘了自己是男人，在黑色的房间里东躲西藏。我常为这样的举动羞愧，面对亲友都难以启齿。

这一切瞒不过林康。她不止一次当着我父亲说我“神经病”。父亲笑得很大度，满脸都是当父亲的笑。父亲的笑容替代不了我的感受。我知道生活严重地来了。天下的妻子都是这样一种东西，她们在男人的空间里无所不在，她们对男人的隐私无微不至。但林康不知道我的身世，谢天谢地。许多夜里我想把历史真相告诉林康，我早就不堪重负了。但我不敢。在那个夏季我时常独步街头，锐利的阳光在大街上横冲直撞，在阳光里我凭空思索起身体内部血液的流动模样。我觉得弄清楚它们于我十分重要。我想不出头绪，但我认定血液在我的体内东抓西拽，是一只手的样子。这只手攥紧了我的生命。

大街上热浪滚滚，高层建筑安安静静，投下巨大阴影。五颜六色的金童玉女出入在商店与商店的广告牌下面，却比隐藏在夜色里更让我觉得陌生。炎热的夏季我备感孤寂，一切都松软无态，连同时间一起，敷散开来，收不住筋骨。在这样的时刻我决定看看自己的血液。我急于了解他们的颜色与形状。我决定回去。我在街头走回家的路，一边流汗一边看自己的影子。夏日的影子真鲜明，这是夏季送给我的惟一礼物，但带不回家。一进家门上帝就把它收走了。我进了家门取出一只搪瓷盆，瓷盆里贮满清水。水极干净，接近于虚无。我用菜刀在手腕上划下一刀，血排着长队，呼啸着冲入搪瓷盆。他们无限抒情地洇开来，寓动于静，飘飘浮浮，如七月里的彩云，变幻苍狗与红马。我的血止不住，他们争先恐后，在空中划了一道鲜红的弧线直奔自由而去。我无端地恐惧了。但我找不到那只手。那不是刘雅芝的手。我明白那只手不会出来，它捏着我的血管，在我的肉体深处惹是生非。

林康从房间里走出来，腆着她的肚子。林康望着一盆子血水惊呆在那里。怎么了？林康说，你怎么弄的？我的手，我说。你的手不是好好的？我想找到那只手，我说。——神经病！林康没好气地撂下了这句话。

林康的怀孕是我们家族史上的一次事故。那个下午我们一同看了一部法国电影。从头到尾都在闹爱情。回到家林康就心血来潮了。林康换了件粉色内衣，让我看她的腿。她问我，好不好看？我说好看。她说性不性感，我说性感。她伸出一条腿说，你看，你看，你快看！我被她弄得耐不过，扔了书，就看了一眼。林康不高兴了，说，怎么这样看，眼睛里一点爱情也没有，一点火星也没有！林康说，重看，眼里要有爱情，要蹿火星。我站起来，说，亲爱的老婆，你总不能让我强暴你吧？——为什么不！为什么就不能？林康说完这话生气地走进卫生间，打开水龙头。一本书上说，已婚女人通常渴望性暴力的，为了我们的伟大爱情，我决定偷袭我的老婆。在她洗到关键时刻，我冲了进去，眼睛里弄出了一些电闪雷鸣，抱出来就把她摆到地板上。林康兴奋得直打哆嗦，幸福地反抗和挣扎，地板上沾满皂沫与水迹。她大骂流氓，大骂不要脸。后来她服帖了。再后来就怀孕了。她发现怀孕时似乎生了很大的气。责问我，为什么不用工具？你存的什么坏心思？我想了想，说，眼里冒火了，哪里来得及。林康咧开口红，幸福地说，臭男人，狗屁男人。

林康就这样怀孕的。悲剧就这样诞生了。问题大了。但问题不在林康，在我自己。我很快知道家族的版权了。这使我对林康的腹部产生了巨大仇恨。我是一个眼睛从不“冒火”的男人，仅冒了一次，就出了大事故。这是命。那些日子我常盯着林康的腹部发愣。脑子里追忆的却是父亲。我怀疑父亲曾产生过杀了我的可怕念头。我的猜测绝对不是空穴来风。我十分渴望“弄掉”林康的肚子。现在想来父亲没能“弄”掉我完全是因为政治。政治找上了他的家门，搅乱了他，对我自然就无暇顾及了。在我成长的日子父亲从不向我示爱。他爱上了科学。“文革”开始后不久他就意外地迷恋科学了。他从热衷政治到热爱科学也是一个谜。父亲爱上的当然是自然科学(我一直觉得汉词“社会科学”实在莫名其妙)，父亲在乡村痴迷于斯。他的研究是非功利的，他一个人孜孜以求。父亲儿时读的是私塾，他对近代科学几乎一无所知。但他很快表现出对科学的赤胆忠心，他从初中代数和初中几何学开始，一步一步向科学腹地慢移。运算和推导成了他生命的方式。父亲对每一条定律与公式都重新审视。他是个天才。对他的追忆常令我想起浮士德。

父亲终年沉默，垂着硕大的脑袋。他把地面做了他的私人稿纸。他整天比划、摇头、叹息，没有竟时。父亲找来了一堆又一堆马粪纸，剪成若干欧几里德平面。父亲把那些平面挂在墙壁四周，他的目光停留在马粪纸上，春节的爆竹都不能唤回他对生活的兴趣。后来父亲开始了物理学研究。进入七十年代父亲业已成为我们乡村的爱因斯坦。他的科学研究取得了惊人发现。有一阵子父亲通宵不眠，那一天早晨他冲出大门对上工去的贫下中农大声说，我证出来了，我证出来了！父亲说，把苹果扔出去，一定会重新掉到地上来的。父亲一边颤抖一边说他可以证明给我们看。父亲的话被几个农民听到了，他们说，苹果当然掉在地上，总不能飞到天上去。父亲说，飞到天上是完全可能的，但在目前的情况下，只能掉在地上。父亲随后扔出了一颗石子，石子在半空划了一道弧线，咯地一声砸在了地上，还留下了一个坑。父亲兴高采烈地说，你们看，你们看，我的结论是正确的。父亲的样子真叫人担心，不少人都说，右派分子一准中邪了。多年之后，父亲从一本科学杂志上第一次看见爱因斯坦和他的相对论，父亲慢悠悠地对我说，这个大鼻子是正确的。我说，你算了，全世界能看明白这个的也就十来个人。父亲的脸上顿时伤心下去，望着我不语。父亲脸上的悲伤扩散开来，宇宙一样浩茫。父亲大声说，我不知道他是怎么算出来的，但他的结论和我的看法一样。父亲真是疯了。但父亲是天才。让我痛心的是，天才为什么一定要降临到他的身上。

我和天才父亲曾有过一次争吵，说来也是因了科学，那是恢复高考的第一年。我有我的伟大计划，我要去读历史。父亲大骂我糊涂，父亲说物理学才是你应当关注的现实。我潇洒无比地说，你怕了？可我要跨出局限，我要研究人类！父亲的回答真是匪夷所思，父亲说，傻孩子，人类的历史才是一个局限，无限只有宇宙，宇宙的历史是什么？是物理学。孩子。

当父亲的年过四十他们的话就狗屁不值了。我没听父亲的。我没有选择该死的物理学。我对形而下没有兴趣。我选择了历史。我成功地阅览了上下五千年。历史可瞒不过我。我读了很多书。我了解人类的来龙去脉。这句话差不多成了我的口头禅。要不是林康我一直要读到博士毕业的。我对自己的选择历来充满自信。但大海粉碎了我。我开始重新审视父亲。男人三十之后父亲的形象会很突然地再一次高大起来，充满沧桑，光芒万丈。

我面对无限空间与浩瀚海面对人类的历史产生了前所未有的厌倦。我像痛恨呕吐那样憎恨起历史与史前。蓝天白云飞鸟海平线安慰不了我。伤心奔腾起来，空阔包围了我，我的灵魂变得孤立无助。长浪机械地、刻板地周而复始。我缅怀起我未竟的物理学。我仰起头，湛蓝的天幕上写满了宇宙密码，那是物理学的全部要义，可我读不懂。拿它们当浮云看。我眼睁睁地看它们随风而去。在海的夜我面对宇宙，宇宙让我明白的只是我的一无所知。我失去了与宇宙平行面对的最后机缘。凄凉如海风一样掠起我的头发，我能够忍住眼泪，却不能忍住悲伤。这是三十岁的男人承受痛苦的方式。一个又一个海之夜远离我而去，大海把我遗弃给了白昼。大海的白昼是那样荒芜，没有植物展示风，没有固体参照距离，没有生命演绎时间。我立在船舷，甚至找不到一样东西来验证自己。而此刻，历史却躲在图书馆地下室的密码柜里，堆起满脸皱纹，张大了缺牙的臭嘴讪讪冷笑。历史用汉语、日语、英语、法语、俄语、德语、西班牙语、意大利语、葡萄牙语、克罗地亚语、印第安语大声对我说，傻小子，你上当啦！我望着海水，水很团结。它们一起沉默，只给我一个背。

那个平静优美的凌晨我完成了我的大海漂行。我带着那张毛边地图随船只靠泊大陆。是一个城市。是上海。晨风清冽，夜上海灯火通明。黄浦江倒映出东方都市的开阔与辉煌。一道又一道液体彩带向我飘曳而来。上海把世上的灯盏都惯坏了，它们是大上海的女儿，美丽而又任性。东方欲晓，远处布满机车的喘息。大上海快醒了，它只在黄浦江的倒影里打了个盹，就准备洗漱了，然后打开门，迎接世界。

这时候我身不由己地想起我奶奶。她此刻正安眠。她在她的梦里。她老人家用最纯正的楚水方言梦见了多年以前。我用眼睛认真地呼吸上海。我无限珍惜在黄浦江心对上海的审视角度。这是我奶奶婉怡无法获得的视角。我的怅然与凄苦不可言传。我就在奶奶的身边。历史就是不肯做这样简单的安排,让我们见面。

在一盏路灯下我上了岸。上海这个城市给了我的双脚以体贴的触觉。我的身影狗屎一样趴在水泥路面上。我走了十几步,踏上另一条街。路灯拉出了大街的华丽透视。满街都是凌晨清冽。我的头却晕起来。路也走不好。我知道我开始晕岸。大陆和海洋是一对冤家。海洋认可你了,陆地就不再买你的账。水泥路开始在我的错觉里波动,我的双腿踩出了深浅。我的生物组织们早就吐干净大陆,完全适应了液体节奏。大陆真是太小气了,它容不得人类的半点旁涉,你不再吐干净大海,大陆就决意翻脸不认人。

我倒了下去,趴在红白相间的隔离杆上,一阵又一阵狂呕。我呕出了鲜嫩的海鲜,它们生猛难再,以污物的姿态呈现自己。我看见零散的呕吐物在水泥路面上艰难地蜿蜒,发出冲天臭气,比拉出来还难闻。我不知道大陆为什么要这样。我的两条腿空了,不会走路。我挣扎几下,自己把自己撂倒了。我爬到路边,在高层建筑下的台阶上和衣而卧。我的头上是一盏高压氖灯,我闻得见灯光的淡紫色腥气。我闭上眼,汽车轰隆而过。我的背脊能感受到它们的震颤。大地冰凉,无情无义。我躺在夜的大马路上,体验到东方之都的冰凉温度。我的眼泪渗出来,很小心很小心地往下淌。我仔细详尽地体验这种感觉,泪水就奔腾了,纵横我的面颊,像我奶奶激动慌乱的指头。

地球上的王家庄

我还是更喜欢鸭子，它们一共有八十六只。队长把这些鸭子统统交给了我。队长强调说："八十六，你数好了，只许多，不许少。"我没法数。并不是我不识数，如果有时间，我可以从一数到一千。但是我数不清这群鸭子。它们不停地动，没有一只鸭子肯老老实实地待上一分钟。我数过一次，八十六只鸭子被我数到了一百零二。数字是不可靠的。数字是死的，但鸭是活的。所以数字永远大于鸭子。

每天天一亮我就要去放鸭子。我把八十六只也可能是一百零二只鸭子赶到河里，再沿河赶到乌金荡。乌金荡是一个好地方，它就在我们村子的最东边，那是一片特别阔大的水面，可是水很浅，水底长满了水韭菜。因为水浅，乌金荡的水面波澜不惊，水韭菜长长的叶子安安静静地竖在那儿，一条一条的，借助于水的浮力亭亭玉立。水下没有风，风不吹，所以草不动。

水下的世界是鸭子的天堂。水底下有数不清的草虾、罗汉鱼。那都是一览无遗的。鸭子们一到乌金荡就迫不及待了，它们的屁股对着天，脖子伸得很长，全力以赴，在水的下面狼吞虎咽。为什么鸭子要长一只长长的脖子？原因就在这里。鱼就没有脖子，螃蟹没有，虾也没有。水底下的动物没有一样用得着脖子，张着嘴就可以了。最极端的例子要数河蚌，它们的身体就是一张嘴，上嘴唇、下嘴唇、舌头，没了。水下的世界是一个饭来张口的世界。

乌金荡同样也是我的天堂。我划着一条小舢板，滑行在水面上。水的上面有一个完整的世界。无聊的时候我会像鸭子一样，一个猛子扎到水的下面去，睁开眼睛，在水韭菜的中间鱼翔浅底。那个世界是水做的，空气一样清澈，空气一样透明。我们在空气中呼吸，而那些鱼在水中呼吸，它们吸进去的是水，呼出来的同样是水。不过有一点是不一样的，如果我们哭了，我们的悲伤会变成泪水，顺着我们的面颊向下流淌。可是鱼虾们不一样，它们的泪水是一串又一串的气泡，由下往上，在水平面上变成一个又一个水花。当我停留于水面上的时候，我觉得我飘浮在遥不可及的高空。我是一只光秃秃的鸟，我还是一朵皮包骨头的云。

我已经八周岁了。按理说我不应当在这个时候放鸭子。我应当坐在教室里，听老师们讲刘胡兰的故事，雷锋的故事。可是我不能。我要等到十周岁才能够走进学校。我们公社有规定，孩子们十岁上学，十五岁毕业，一毕业就是一个壮劳力。公社的书记说了，学制“缩短”了，教育“革命”了。革命是不能拖的，要快，最好比铡刀还要快，“咔嚓”一下就见分晓。

但是父亲对黑夜的兴趣越来越浓了。父亲每天都在等待，他在等待天黑。那些日子父亲突然迷上了宇宙了。夜深人静的时候，他喜欢黑咕隆咚地和那些远方的星星们待在一起。父亲站在田埂上，一手拿着手电，一手拿着书，那本《宇宙里有些什么》是他前些日子从县城里带回来的。整个晚上父亲都要仰着他的脖子，独自面对那些星空。看到要紧的地方，父亲便低下脑袋，打开手电，翻几页书，父亲的举动充满了神秘性，他的行动使我相信，宇宙只存在于夜间。天一亮，东方红、太阳升，这时候宇宙其实就没了，只剩下满世界的猪与猪，狗与狗，人与人。

父亲是一个寡言的人。我们很难听到他说起一个完整的句子。父亲说得最多的只有两句话，“是”，或者“不是”。对父亲来说，他需要回答的其实也只有两个问题，是，或者不是。其余的时间他都沉默。父亲在沉默的夏夜迷恋上了宇宙，可能也就是那些星星。星空浩瀚无边，满天的星光却没有能够照亮大地。它们是银灰色的，熠熠生辉，宇宙却是一片漆黑。我从来不认为那些星星是有用的。即使有少数的几颗稍微偏红，可我坚持它们百无一用。宇宙只是太阳，在太阳面前，宇宙永远是附带的，次要的，黑灯瞎火的。

父亲在夜里把眼睛睁得很大，一到了白天，父亲全蔫了。除了吃饭，他的嘴也永远紧闭着。当然，还有吸烟。父亲吸的是烟锅。父亲光着背脊蹲在田埂上吸旱烟的时候，看上去完全就是一个庄稼人了。然而，父亲偶尔也会吸一根纸烟。父亲吸纸烟的时候十分陌生，反而更像他自己。他端端正正地坐在天井里，跷着腿，指头又长又白，纸烟被他的指头夹在中间，安安静静地冒着蓝烟，烟雾散开了，缭绕在他的额头上方。父亲的手真是一个奇迹，晒不黑，透过皮肤我可以看见天蓝色的血管。父亲全身的皮肤都是黑糊糊的。然而，他手上的皮肤拒绝了阳光。相同的状况还有他的屁股。在父亲洗澡的时候，他的屁股是那样的醒目，呈现出裤衩的模样，白而发亮，傲岸得很，洋溢出一种冥顽不化的气质。父亲的身上永远有两块异己的部分，手，还有屁股。

父亲的眼睛在大白天里蔫得很，偶尔睁大了，那也是白的多，黑的少。北京的一位女诗人有一首诗，她说：“黑夜给了你一双黑色的眼睛，你却用它来翻白眼。”我觉得女诗人说得好。我有一千个理由相信，她描述的是我的父亲。

父亲是从县城带回了《宇宙里有些什么》，同时还带回了一张《世界地图》。世界地图被父亲贴在堂屋的山墙上。谁也没有料到，这张《世界地图》在王家庄闹起了相当大的动静。大约在吃过晚饭之后，我的家里挤满了人，主要是年轻人，一起看世界来了。人们不说话，我也不说话。但是，这一点都不妨碍我们对这个世界的基本认识：世界是沿着“中国”这个中心辐射开去的，宛如一个面疙瘩，有人用擀面杖把它压扁了，它只能花花绿绿地向四周延伸，由此派生出七个大洲，四个大洋。中国对世界所做出的贡献，《世界地图》上已经是一览无遗。

《世界地图》同时修正了我们关于世界的一个错误看法，关于世界，王家庄的人们一直认为，世界是一个正方形的平面，以王家庄作为中心，朝着东南西北四个方向纵情延伸。现在看起来不对。世界的开阔程度远远超出了我们的预知，也不呈正方，而是椭圆形的。地图上左右两侧的巨大括弧彻底说明了这个问题。

看完了地图我们就一起离开了我们的家。我们来到了大队部的门口，按照年龄段很自然地分成了几个不同的小组。我们开始讨论。概括起来说有这样的几点：第一，世界究竟有多大？到底有几个王家庄大？地图上什么都有，甚至连美帝、苏修都有，为什么反而没有我们王家庄？王家庄所有的人都知道王家庄在哪儿，地图它凭什么忽视了我们？这个问题我们完全有必要向大队的党支部反映一下。第二，这一点是王爱国提出来的，王爱国说，如果我们像挖井那样不停地往下挖，不停地挖，我们会挖到什么地方呢？世界一定有一个基础，这个是肯定的。可它在哪里呢？是什么托起了我们？是什么支撑了我们？如果支撑我们的那个东西没有了，我们会掉到什么地方去？这个问题吸引了所有的人。人们聚拢在一起，显然，开始担忧了。我们不能不对这个问题表示我们深切的关注。当然，答案是没有的。因为没有答案，我们的脸庞才格外地凝重，可以说暮色苍茫。

还是王爱国首先打破了沉默，提出了一个更令人害怕的问题，第三，如果我们出门，一直往前走，一定会走到世界的尽头，白天还好，万一是夜里，一脚下去，我们肯定会掉进无底的深渊。那个深渊无疑是一个无底洞，这就是说，我们掉下去之后，既不会被摔死，也不会被淹死，我们只能不停地坠落，一直坠落，永远坠落。王爱国的话深深吸引了我们，我们感受到了恐惧，无边的恐惧，无尽无止的恐惧。因为恐惧，我们紧紧地挨在一起。但是，王爱国的话立即受到了质疑。王爱贫马上说，这是不可能的。王爱贫说，他看地图看得非常仔细，世界的尽头并不是在陆地，只不过是海洋，并没有路，我们是不会走到那里去的。王爱贫补充说，地图上清清楚楚，世界的左边是大西洋，右边也是大西洋，我们怎么能走到大西洋里去呢？王爱贫言之有理。听了他的话我们都松了一口气，同时心存感激。然而，王爱国立即反驳了。王爱国说，假如我们坐的是船呢？王爱国的话又把我们甩进了无底的深渊。形势相当严峻，可以说危在旦夕。是啊，假如我们坐的是船呢。假如我们坐的是船，永远坠落的将不止是我们，还得加上一条小舢板。这个损失将是无法弥补的。我们几个岁数小的一起低下了脑袋。说实话，我们已经不敢再听了。就在这个最紧要的关头，还是王爱贫挺身而出了。王爱贫没有正面反击王爱国，而是直接给了我们一个结论："这是不可能的！"王爱国说："为什么不可能？"王爱贫笑了笑，说，如果船掉下去了，"那么请问，满世界的水都淌到了哪里？"

满世界的水都淌到了哪里？

我们看了看身后的鲤鱼河。水依然在河里，并没有插上翅膀，并没有咆哮而去，安静得像口井。我们看到了希望，心安理得。我们坚信，有水在，就有我们在。王爱贫挽救了我们，同时挽救了世界。我们都一起看着王爱贫，心中充满爱戴与崇敬。他为这个世界立下了不朽的功勋。

但是，我还是不放心。或者说，我还是有疑问。在大西洋的边缘，满世界的水怎么就没有淌走呢？究竟是什么力量维护了大西洋？我突然想起了《世界地图》。可以肯定，世界最初的形状一定还是正正方方的，大西洋的边沿原来肯定是直线。地图上的巨大外弧线只能说明一个问题，那是被海水撑的。像一张弓，弯过来了，充满了张力，充满了崩溃的危险性。然而，它终究没有崩溃。这是一种奇异的力量，不可思议的力量，我们不敢承认的力量。然而，是一种存在的力量。

我们完全可以设想,大西洋的边沿一旦决口了,海水会像天上的流星,消失在无边的黑暗中。水都是手拉手的,它们只认识缺口,满世界的水都会被缺口吸光,我们王家庄鲤鱼河的水也会奔涌而去。到那时,神秘的河床无疑会袒露在我们的面前,河床上到处都是水草、鱼虾、蟹、河蚌、黄鳝、船、鸭子,也许我们家的码头上还会出现我去年掉进河里的五分钱的硬币。可是,五分钱能把满世界的水重新买回来么?用不了两天这个世界就臭气熏天了。我傻在那里,我的心像夏夜里的宇宙,一颗星就是一个窟窿。

我没有回家,直接找到了我的父亲。我要在父亲那里找到安全,找到答案。父亲站在田埂上,一手拿着书,一手拿着手电,仰着头,一心没有二用。满天的星光,交相辉映,全世界只剩下我和我的父亲。我说:"爸爸。"父亲没有理我。过了好半天,父亲说:"我们来看看大熊座。这是摇光,这是开阳,依次是玉衡、天权、天玑、天璇、天枢,北斗七星就是它们。儿子,我们现在沿着天璇和天枢五倍远的距离,喏,这个,最亮的一颗。"父亲一边说一边打开了他手里的手电,夜空立即出现了一根笔直的光柱,银灰色的,消失在遥不可及的宇宙边缘。父亲说:"看见了吗?这就是北斗。"我看不见。我没有耐心关心这个问题。我说:"王家庄到底在哪里?"父亲说:"我们在地球上。地球也是宇宙里的一颗星。"

我仰起头,看着夜空。我一定要从宇宙中找到地球,看地球在哪里闪烁。我从父亲的手上接过手电,到处照,到处找。星光灿烂,但没有一处是手电的反光。没有了反光手电也就彻底失去了意义。我急了,说:"地球在哪里?"父亲笑了。父亲的笑声里有难得的幸福,像星星的光芒,有一点柔弱,有一点勉强。父亲摸了摸我的头,说:"回去睡吧。"我说:"地球在哪里?"父亲说:"地球是不能用眼睛去找的,要用你的脚。"父亲对着漆黑的四周看了几眼,用手撣了撣身边的萤火虫,犹豫一半天,说:"我们不说地球上的事。"我把手电塞到父亲的手上,掉头就走。走到很远的地方,对着父亲的方向我大骂了一声:"都说你是神经病!"

我坐在小舢板上，八十六只也可能是一百零二只鸭子围绕在我的四周，它们全力以赴地吃，全力以赴地喝。它们完全不能理会我内心的担忧。万里无云，宇宙已经没有了，天上只有一颗太阳。乌金荡的水把天上的阳光反弹回来了，照耀在我的身上。我的身上布满了水锈，水锈是黑色的，闪闪烁烁。然而，这丝毫不能说明我的内心通体透亮。乌金荡里只有我，以及我的八十六只也可能是一百零二只鸭子。我承认我有点恐惧。因为我在水里，我在船上。我非常担心乌金荡的水流动起来，我担心它们向着远方不要命地呼啸。对于水，我是知道的，它们一旦流动起来了，眨眼的工夫就会变成一条滑溜溜的黄鳝，你怎么用力都抓不住它们。最后，你只能看着它们远去，两手空空。

这一切都是《世界地图》闹的。可是我不打算抱怨《世界地图》什么。即使没有那张该死的地图，世界该是什么样一定还是什么样。危险的确是存在的。我甚至恨起了我的父亲，人间的麻烦是如此巨大，你不问不管，你去操宇宙的那份心做什么？北斗星再亮也只是夜空的一块疤，它永远不可能变成集体的财产，永远不可能变成第八十七只或第一百零三只鸭子。甚至不可能变成第八十七粒或第一百零三粒芝麻。

然而，危险在任何时候都有诱惑力的。它使我陷入了无休无止的想象。我的思绪沿着乌金荡的水面疯狂地向前逼进，风驰电掣，一直来到了大西洋。大西洋很大，比乌金荡和大纵湖还要大，突然，海水拐了一个九十度的弯，笔直地俯冲下去。这时候你当然渴望变成一只鸟，你沿着大西洋的剖面，也就是世界的边沿垂直而下，你看见了带鱼、梭子蟹、海豚、剑吻鲨、乌贼、海鳗，它们在大西洋的深处很自得地沉浮。它们游弋在世界的边缘，企图冲出来。可是，世界的边沿挡住了它们。冲进来的鱼“当”地一下，被反弹回去了，就像教室里的麻雀被玻璃反弹回去一样。基于此，我发现，世界的边沿一定是被一种类似于玻璃的物质固定住的。这种物质像玻璃一样透明，玻璃一样密不透风。可以肯定，这种物质是冰。是冰挡住了海水的出路。是冰保持了世界的稳固格局。

我拿起竹篙，一把拍在了水面上。水面上“啪”的一声，鸭子们伸长了脖子，拼命地向前逃窜。我要带上我的鸭子，一起到世界的边缘走一走，看一看。

我把鸭子赶出乌金荡，来到了大纵湖。大纵湖一望无际，我坚信，穿过大纵湖，只要再越过太平洋，我就可以抵达大西洋了。

我没有能够穿越大纵湖。事实上，进入大纵湖不久我就彻底迷失了方向。我满怀斗志，满怀激情，就是找不到方向。望着茫茫的湖水，我喘着粗气，斗志与激情一落千丈。

我是第二天上午被两位社员用另外一条小舢板拖回来的。鸭子没有了。这一次不成功的探险损失惨重，它使我们第二生产队永远失去了八十六只也可能是一百零二只鸭子。两位社员没有把我交给我的父亲，直接把我交给了队长。队长伸出一只手，提起我的耳朵，把我拽到了大队部。大队书记在那儿，父亲也在那儿。父亲无比谦卑，正在给所有的人敬烟，给所有的人点烟。父亲一看见我立即走了上来，厉声问：“鸭子呢？”我用力睁开眼，说：“掉下去了。”父亲看了看队长，又看了看大队支书，大声说：“掉到哪里去了？”我说：“掉下去了，还在往下掉。”父亲仔细望着我，摸了摸我的脑门。父亲的手很白，冰凉的。父亲掴了我一个大嘴巴。我在倒地的同时就睡着了。听村子里的人说，倒地之后我的父亲还在我的身上踢了一脚，告诉大队支书说我有神经病。后来王家庄的人一直喊我神经病。“神经病”从此成了我的名字。我非常高兴。它至少说明了一点，我八岁的那一年就和我的父亲平起平坐了。

相爱的日子

嗨,原来是老乡,还是大学的校友,居然不认识。像模像样地握过手,交换过手机的号码,他们就开始寒暄了。也就是三四分钟,两个人却再也没什么好说的了,那就再分开吧。主要还是她不自在。她今天把自己拾掇得不错,又朴素又得体,可到底不自在。这样的酒会实在是太铺张、太奢靡了,弄得她总是像在做梦。其实她是个灰姑娘,蹭饭来的。朋友说的也没错,蹭饭是假,蹭机会是真,蹭着蹭着,遇上一个伯乐,或逮着一个大款,都是说不定的。这年头缺的可不就是机会么。朋友们早就说了,像"我们这个年纪"的女孩子,最要紧的其实就是两件事:第一,抛头;第二,露面——机会又不是安装了 GPS 的远程导弹,哪能瞄准你的天灵盖,千万别把自己弄成本·拉登。

可饭也不好蹭哪,和做贼也没什么两样。这年头的人其实已经分出等级了,三五个一群,五六个一堆,他们在一起说说笑笑,哪一堆也没有她的份。硬凑是凑不上去的。偶尔也有人和她打个照面,都是统一的、礼貌而有分寸的微笑。她只能仓促地微笑,但她的微笑永远都慢了半拍,刚刚笑起来,人家已擦肩而过了。这一来她的微笑就失去了对象,十分空洞地挂在脸上,一时半会儿还拿不下来。这感觉不好,很不好。她只好端着酒杯,茫然地微笑,心里头说,我日你爸爸的!

手机却响了。只响了两下,她就把手机送到耳边去了。没有找到工作或生活还没有着落的年轻人都有一个共同的特征,接手机特别的快。手机的铃声就是他们的命——这里头有一个不易察觉的幻觉,就好像每一个电话都隐藏着天大的机遇,不容疏忽,一疏忽就耽搁了。“喂——”她说,手机却没有回音。她欠下身,又追问了一遍:“喂——?”

手机慢腾腾地说:“是我。”

“你是谁呀?”

手机里的声音更慢了,说:“——贵人多忘事。连我都不认识了。抬起头,对,向左看,对,卫生间的门口。离你八九米的样子。”她看见了,是他。几分钟之前刚认识的,她的校友兼老乡。这会儿她的校友兼老乡正歪在卫生间的门口,低着头,一手端着酒杯,一手拿着手机,挺幸福的,看上去像是与心上人调情,是情到深处的样子。

“羡慕你呀,”他说,“毕业还不到一年半,你就混到这家公司里来了。有一句话是怎么说的? 金领丽人,对,说的就是你了。”

她笑起来,耷拉下眼皮,对着手机说:“你进公司早,还要老兄多关照呢。”

手机笑了,说:“我是来蹭饭的。你要多关照小弟才是。”

她一手握住手机,另一只手抱在了胸前,这是她最喜欢的动作,或者说造型。小臂托在双乳的下面,使她看上去既丰满、又窈窕,是“丽人”的模样。她对手机说:“我也是来蹭饭的。”

两个人都不说话了,差不多在同时抬起了脑袋,对视了,隔着八九米的样子。他们的目光穿过了一大堆高级的或幸运的脑袋,彼此都在打量对方,开心了。他们不再寂寞,似乎也恢复自信。他微笑着低下头,看着自己的脚尖,有闲情了,说:“酒挺好的,是吧?”

她把目光放到窗外去,说:“我哪里懂酒,挑好看的喝呗。”

"怎么能挑好看的喝呢。"他的口气显然是过来人了，托大了，慢悠悠地关照说，"什么颜色都得尝一尝。尝遍了，再盯着一个牌子喝。放开来，啊，放开来。有大哥呢。"随即他又补充了一句，"手机就别挂了，听见没有？"

"为什么？"

"和大哥聊聊天嘛。"

"为什么不能挂？"

"傻呀。"他说，"挂了机你和谁说话？谁会理你呀，多伤自尊哪——就这么打着，这才能挽救我们俩的虚荣心，我们也在日理万机呢。你知道什么叫日理万机？记住了，就是有人陪你说废话。"

她歪着脑袋，在听。换了一杯酒，款款地往远处去。满脸是含蓄的、忙里偷闲的微笑。她现在的微笑有对象了，不在这里，在千里之外。酒会的光线多好，音乐多好，酒当然就更好了，可她就是不能安心地喝，也没法和别人打招呼。忙啊。她不停地点头，偶尔抿一口，脸上的笑容抒情了。她坚信自己的微笑千娇百媚。日你爸爸的。

"谢谢你呀大哥。"

"哪儿的话，我要谢谢你！"

"还是走吧，冒牌货。"她开开心心地说。

"不能走。"他说，"多好的酒，又不花钱。"

三个小时之后，他们醒来了，酒也醒了。他们做了爱，然后小睡了一会儿。他的被窝和身体都有一股气味，混杂在酒精和精液的气息里。说不上好，也说不上不好，是可以接受的那一类。显然，无论是被窝还是身体，他都不常洗。但是，他的体温却动人，热烈、蓬勃，近乎烫，有强烈的散发性。因为有了体温的烘托，这气味又有了好的那一面。她抱紧了他，贴在了他的后背上，做了一个很深的深呼吸。

他就是在这个时候醒来的，一醒来就转过了身，看着她，愣了一下。也就是目光愣了一下，在黑暗当中其实是不容易被察觉的，可还是没能逃出她的眼睛。“认错人了吧?”她笑着说。他笑笑,老老实实地说:“认错人了。”

“有女朋友么?”她问。

“没有。”他说。

“有过?”

“当然有过。你呢?”

她想了想,说:“被人甩过一次,甩了别人两次。另外还有几次小打小闹。你呢?”

他坐起来,披好衣服,叹了一口气,说:“说它干什么。都是无疾而终。”

两个人就这么闲聊着,他已经把灯打开了。日光灯的灯光颠了两下,一下子把他的卧室全照亮了。说卧室其实并不准确——他的衣物、箱子、书籍、碗筷和电脑都在里面。他的电脑真脏啊,比那只烟缸也好不到哪里去。她眯上眼睛,粗粗地估算了一下,她的“家”比这里要多出两三个平方。等她可以睁开眼的时候,她确信了,不是两三个平方,而是四个平方。大学四年她选修过这个,她的眼光早已经和图纸一样精确了。

他突然就觉得有些饿,在酒会上光顾了喝了,还没吃呢。他套上棉毛衫,说:“出去吃点东西吧,我请客。”她没有说“好”,也没有说“不好”,却把棉被拉紧了,掖在了下巴的底下,“再待一会儿吧。”她说,“再做一次吧。”

夜间十一点多钟,天寒地冻,马路上的行人和车辆都少了,显得格外的寥落。却开阔了,灯火也异样的明亮。两侧的路灯拉出了浩荡的透视,华美而又漫长,一直到天边的样子。出租车的速度奇快,“呼”地一下就从身边蹿过去了。

他们在路边的大排档里坐了下来。是她的提议,她说她“喜欢大排档”。他当然是知道的,无非是想替他省一点。他们坐在靠近火炉的地方,要了两碗炒面,两条烤鱼,还有两碗西红柿蛋汤。虽说靠近火炉,可到底还是冷，被窝里的那点热乎气这一刻早就散光了。他把大衣的领口立起来，两只手也抄到了袖管里，对着炉膛里的炉火发愣。汤上来了，在她喝汤的时候，他第一次认真地打量了她。她脸上的红晕早已经退尽了，一脸的寒意，有些黄，眼窝子的四周也有些青。说不上好看，是那种极为广泛的长相。但是，与她做爱的过程中，她瘦小而强劲的腰肢实在是诱人。她的腰肢哪里有那么大的浮力呢？

一阵冬天的风刮过来了。大排档的"墙"其实就是一张塑料薄膜，这会儿被冬天的风吹弯了，涨起来了，像气球的一个侧面。头顶上的灯泡也跟着晃动，他们的身影就在地面上一左一右地摇摆起来，像床上，激烈而又纠缠。他望着地上的影子，想起了和她见面之后的细节种种，突然就来了一阵亲昵，想把她搂过来，好好地裹在大衣的里面。这里头还有歉意，再怎么说他也不该在"这样的时候"把她请到这样的地方来的。下次吧，下次一定要把她请到一个像样的地方去，最起码，四周有真正的墙。

她的双手端着汤碗，很投入，咽下了最后的一大口，上气不接下气了，感叹说："——好喝啊！"

他从袖管里抽出胳膊，用他的手抚住她的腮。她的腮在他的掌心里蹭了一下，替他完成了这个绵软的抚摸。"今天好开心哪！"她说。

"是啊，"他说，"今天好开心哪。"他的大拇指滑过了她的眼角。"开心"这个东西真鬼，走的时候说走就走，来的时候却也慷慨，说来就来。

大排档的老板兼厨师似乎得到了渲染，也很开心，他用通红的火钳点了一根烟，正和他的女帮手耳语什么，很可能是调笑，女帮手的神情在那儿呢。看起来也是一个乡下姑娘，炉膛里的火苗在她开阔的脸庞上直跳。除了他们这"两对"男女，大排档里就再也没有别的人了。天寒地冻。趁着高兴，他和大排档的老板说话了："这么晚了，又没人，怎么还不下班哪？"

"怎么会没人呢，"老板说，"出租车的二驾就要吃饭了，还有最后一拨生意呢。"

“晚饭”过后他们顶住了寒风，在深夜的马路上又走了一段，也就是四五十米的样子。在一盏路灯的下面，他用大衣把她裹住了，然后，顺势靠在了电线杆子上。他贴紧她，同时也吻了她。这个吻很好，有炒面、烤鱼和西红柿蛋汤的味道。都是免费的。他放开她的两片嘴唇，说：“——好吃啊！”

她笑了，突然就有些不好意思，把她的脑袋埋在他的胸前，埋了好半天。她拽紧了他的衣领，抬起头来，说：“真好。都像恋爱了。”

又是一阵风。他的眼睛只好眯起来。等那阵风过去了，他的眼睛腾出来了，也笑了，“可不是么，”他说，“都像恋爱了。”

她回吻了他。他拍拍她的屁股蛋子，说：“回去吧，我就不送了，我也该上班了。”

他的“班”在户部街菜场。在没有找到对口的、正式的工作之前，他一直在户部街菜场做接货。所谓“接货”，说白了也就是搬运，把瓜、果、蔬菜、鱼、肉、禽、蛋从大卡车上搬下来，过了磅，再分门别类，送到不同的摊位上去。这些事以往都是摊主们自己做的，可是外人往往就不知道了——那些灰头土脸的摊主们其实是有钱人，哪有有钱人还做力气活的？摊主们不做，好，他的机会可就来了。他把他的想法和几个摊主说了，还让他们摸了摸他的肌肉。几个摊主一碰头，行。工钱本来也不高，摊开来一算，十分划得来，每一家也就是三个瓜两个枣。

接货的劳动量并不大，难就难在时段上。在下半夜，只能是下半夜。第一，大白天卡车进不了城；第二，蔬菜娇气，不能“隔天”，一“隔天”品相就不对了。品相是蔬菜的命根子，价码全在这上头。关于蔬菜的品相，摊主胡大哥有过十分精辟的论述。胡大哥说，蔬菜就是“小姐”，好价钱也就是二十郎当岁，一旦蔫下来，皮塌塌、皱巴巴的，价格就别想上得去！

撇开“小姐”不说，比较下来，他最喜欢“接”的还就是蔬菜。不油，不腻，“接”完了，冲冲手，天一亮就可以上床了。最怕的是该死的禽蛋，不管是鸡蛋、鸭蛋还是鹌鹑蛋，手一滑，哗啦一下，一个都别想捡得起来。只要

"哗啦"一次,他一个月的汗水就不再是汗,而是尿。尿就不值钱啦。

刚开始接货的时候他有些别扭,似乎很委屈。现在却又好了,挺喜欢的。体力活他不怕,夜里头耗一耗也好。一身的蛮力气绷在身上做什么呢,每天起床的时候裤裆里的小弟弟没头没脑地架在那里,还做出瞄准的样子,又没有目标。现在好多了,小弟弟是懂道理的,凌晨基本上已经不闹了。

可话又说回来了,他到底还是不喜欢,主要是不安全。为了糊口,在户部街菜场临时过渡一下当然没问题,可总不能"接"一辈子"小姐"吧。也二十四岁的人了,总要讨老婆,总要有家吧。一想起这个他的心里总有一股说不上来的落寞,也有些自怜的成分。特别怕看货架。晨曦里的货架琳琅满目,排满了韭菜、芹菜、莴苣、大椒、蒜头、牛肉、羊肉、鸡翅、鸭爪、猪腰子,还有溜光滚圆的禽蛋。这些都不属于他。并不是他买不起,是"买菜"这样的一种最日常的生活方式不属于他。他就渴望能有这样的一天,是一个星期天的早晨,很家常的日子,他一觉醒来了,拉着"她"的手,在户部街菜场的货架前走走停停,然后,和"她"一起挑挑拣拣。哪怕是一块豆腐,哪怕是一把菠菜——能过上那样的日子多好啊。会有的吧。总会有的吧。

作为一个"接货",他在下班的时候从来都不看货架。天一亮,掉头就走,回到"家",倒头就睡。

户部街菜场离他的住处有一段距离。他打算在附近租房子的,由于地段的关系,价格却贵了将近一倍。城里的生计不容易。他不是没有动过回老家的念头,但是,不能够,回不去的。不是脸面上的问题,当初他要是考不上大学反而好了,该成家成家,该打工打工——现在呢,他在老家连巴掌大的土地都没有,又没有本钱,怎么能立得住脚呢?能做的只能是外出打工。与其回去,再出来,还不如就待在城里了。唉,他人生的步调乱了,赶不上城里的趟,也赶不上乡下的趟。当年的中学同学都为人父、为人母了,他一个光棍,回家过年的能力都没有,一声"叔叔"一百块,两声

“舅舅”两百块,他还值钱了。他怎么就“成龙”了呢？他怎么就考上大学了呢？一个人不能有才到这种地步！

到底年轻,火力旺,和她分手才两三天,他的身体作怪了,闹了。“想”她,“想”她瘦小而强劲的腰,“想”她坚忍不拔的浮力。可是,她还肯不肯呢？那一天可是喝了一肚子的酒的——他一点把握也没有了。试试吧,那就试一试吧。他一手拿起手机,另一只手却插进了裤兜,摁住了自己。她没有接。手机最后说:“对不起,对方的手机无人接听。”

他合上手机,羞愧难当。这样的事原本就不可以一而再、再而三的。他站在街头,望着冬日里的夕阳,生自己的气,有股子说不出口的懊恼,还有那么一点恓惶。他就那么站着,一手捏着手机,一手握住自己。不过他到底没有能够逃脱肉体的蛊惑,又一次把手机拨过去了。这一回却通了,喜出望外。

“谁呀?”她说。

“是我。”他说。

“你是谁呀?”她说。她的气息听上去非常虚,嗓音也格外的沙哑,像在千里之外。

他的心口一沉。问题不在于她的气息虚不虚,问题是,她真的没有听出他的声音。不像是装出来的。

“贵人多忘事啊。”他说,故意把声调拔得高高的。这一高其实就是满不在乎的样子了。“是我——同学,还有老乡,你大哥嘛!”

他自己也听出来了,他的腔调油滑了。这样的时候只有油滑才能保全他弱不禁风的体面。这个电话他说什么也不该打的。

手机里没声音了。很长很长的一段沉默。他尴尬死了,恨不得把手机扔出去,从南京一直扔回到他的老家。这个电话说什么也不该打的。

出人意料的事情就在这时发生了。在一大段的沉默过后,手机里突然传来了她的哭泣,准确地说,是啜泣。她喊了一声“哥”,说:“来看看我吧。”

他把手机一直摁在耳边，直到走进地下室，直到推开她的房门。就在他们四目相对的时候，他们的手机依然摁在耳边，已经发烫了。可她的额头比手机还要烫。她正在发高烧，两只瞳孔烧得晶亮晶亮的，烧得又好看、又可怜。

“起来呀，”他大声说，“我带你到医院去。”

她刚才还哭的，他一来似乎又好了，脸上都有笑容了。“不用，”她沙哑着嗓子说，“死不了。”

他望着她枕头上的脑袋，孤零零的，比起那一天来眼窝子已经凹进去一大块了。她一定是熬得太久了，要不然不会是这种样子。他想起了上个月他熬在床上那几天，突然就是一阵酸楚。“——你就一直躺在这儿？”他说，明知故问了。

“是啊，没躺在金陵饭店。”她还说笑呢。

“赶紧去医院哪——”

“不用。”

“去啊！”

“死不了！”她终于还是冲他发脾气了。到底上过一次床，又太孤寂，她无缘无故地就拿他当了亲人，是“一家子”才有的口气，“唠叨死了你！”

“——还是去吧……”

“死不了。”她说，“再挺两天就过去了——去医院干吗？一趟就是四五百。”

他想说“我替你出”的，咽下去了。他们这些人都有一个共同的毛病，在钱这个问题上有病态的自尊，弄不好都能反目。他赔上笑，说：“去吧，我请客。”

“我不要你请我生病。”她闭上眼睛，转过了身去，“我死不了。我再有两天就好了。”

他不再坚持，手脚却麻利了，先烧水，然后，料理她的房间。不知道她平日里是怎样的，这会儿她的房间已经不能算是房间了，满地都是擦鼻子的卫生纸、纸杯、板蓝根的包装袋、香蕉皮、袜子,还有两条皱巴巴的内裤。他一边收拾一边抱怨,哪里还像个女孩子,怎么嫁得出去,谁会要你?谁把你娶回去谁他妈的傻×!

抱怨完了,他也打扫完了。打扫完了,水也就开了。他给她倒了一杯开水,告诉她"烫",下楼去了。他买来了感冒药、体温表、酒精、药棉、面包、快餐面、卷筒纸、水果,还有一盒德芙巧克力。他把买来的东西从塑料口袋里掏出来,齐齐整整地码在桌面上都妥当了,他坐在了她的床边,把她半搂在怀里,拿起杯子给她喂药,同时也喂了不少的开水。在她喝饱了的时候,她拧起了眉头,脑袋侧过去了。他就开始喂面包。他把面包撕成一片一片的,往她的嘴里塞。吃饱了,她再一次拧起了眉头,脑袋又侧过去了。他就又塞了一只梨。也没有找到水果刀,他就用牙齿围绕着梨的表面乱啃了一通。

"昨天为什么不给我打电话?"她说,"前天为什么不给我打电话?"喝饱了,吃足了,她的精神头回来了。

这怎么回答呢,不好回答了。他就不搭理她了,脱了鞋,在床的另外一头钻进了被窝。他们就这样捂在被窝里,看着,也没有话。她突然把身子往里挪了挪,掀起了被窝的一个角,她说:"过来吧,躺到我身边来。"他笑笑,说:"还是躺在这边好。躺在你那儿容易想歪了——你生病呢。"

"哥,你就不知道你的脚有多臭吗?"她踹了他一脚,"你的脚臭死啦!"

大约到初夏,他和她的关系相对稳定了,所谓的稳定,也就是有了一种不再更改的节奏。他们一个星期见一次,一次做两回爱。通常都是她过来。每一次他的表现都堪称完美,有两次她甚至都给他打过一百分。他们俩都喜欢在事后给对方打分,这也是后戏的一个重要部分。前戏是没有的,也用不着,从打完电话到她赶过来,这里头总需要几十分钟。这几十分钟是迫不及待的,可以说火急火燎。他们的前戏就是等待和想象,等待与想象都火急火燎。

没有前戏,后戏反过来就格外重要,要不然,干什么呢?除非接着再做。从体力上说，双方都没有问题，但每一次都是她控制住了，“下次吧，夜里头你还有夜班呢。”他们的后戏没有别的，就是相互打分，两次加起来，再除以二。他们就把除以二的结果刻在墙面上，墙面写满了阿拉伯数字，没有人知道那是怎样的一笔糊涂账。

打了一些日子，他不打了。在打分这个问题上男人总是吃亏的，男人却有他的硬指标。其实，正是因为这一点，她坚持要打。她说了，在数字化的时代里，感受是不算数的，一切都要靠数字来说话。

数字的残酷性终于在那一个午后体现出来了，相当残酷。原是他和她约好了，下午一点钟在鼓楼广场见面，说有好消息要告诉她。没想到一见面他就蔫了，怎么问他都不说一句话。回到“家”，他还是不说，干什么呢，还是做吧。第一次他就失败了。她只好耐着性子，等他。第二次他失败得更快。她笑死了，对他说：“——零加零除以二还是零哦！”她特地从他的抽屉里找出了一把圆规，一定要替他把这个什么也不是的圆圈给他完完整整地画在墙壁上。她一点也没有留意这一刻他的脸色有多阴沉，他从她的手里抢过圆规，“呼噜”一下就扔出了窗外，他的脸铁青，气氛顿时就不对了。

因为他的动作太猛，她的手被圆规划破了，血口子不算深，但到底有三厘米长，吓人了。这么长的日子以来，撇开性，他们其实是像兄妹一样相处的，她在私下里已经把他看作哥哥了。他这样翻脸不认人，她的脸上怎么挂得住。她捂着伤口，血已经出来了，疼得厉害。这时候要哄的当然是她。可她究竟是知道的，一定是她的玩笑伤了他男人的自尊，反过来哄着他了。没想到他还不领情了，一巴掌就把她推开了，血都溅在了墙上。这一推真的伤了她的心，你是做哥哥的，妹妹都这样让着你、哄着你了，你还想怎么样吧你！

她再也顾不得伤口了，拿起衣服就穿。她要走，再也不想见到你。都零分了，你还发脾气！

她的走终于使他冷静下来了，从她的身后一把抱住了她。他拿起了她的手,他望着她的血,突然就流下了眼泪。他把她的手握在掌心里,用他的舌头一遍又一遍地舔。他的表情无比的沮丧,似乎是出血的样子。她的心软了,反过来还是心疼他,喊了他一声“哥”。他最终是用他的蹩脚的领带帮她裹住伤口的,然后就把她的手捂在了脸上。他在她的掌心里说:“我是不是真的没用?我是不是天生就是一个零分的货?”

“玩笑嘛,你怎么能拿这个当真呢?我们又不是第一次。”

“我是个没用的东西。”他口气坚决地说,“我天生就是一个零分的货。”

“你好的。”她说,“你知道的,我喜欢你在床上的。”

他笑了,眼泪却一下子奔涌起来。“我当然知道。我也就这点能耐了。”他说,“我一点自信心也没有了,我都快扛不住了。”

她明白了。她其实早就明白了,只是不好问罢了。他一大早就出去面试,“试”是“试”过了,“面子”却没有留得下来。

“你呀,你这就不如我了。”她哄着他,“我面试了多少回了?你瞧,我的脸面越‘拭’越光亮。”

“不是面试不面试的问题!”他激动起来了,“她怎么能那样看我?那个女老板,她怎么能那样看我?就好像我是一堆屎!一泡尿!一个屁!”

她抱住了他。她知道了。她是知道的。为了留在南京,从大三到现在,她遇见过数不清的眼睛。对他们这些人来说,这个世上什么东西最恐怖?什么东西最无情?眼睛。有些人的眼睛能扒皮,有些人的眼睛会射精。会射精的眼睛实在是太可怕了,一不小心,它就弄得你一身、一脸,擦、换都来不及。目光里头的诸种滋味,不是当事人是不能懂得的。

她把他拉到床上去,趴在了他的背脊上,安慰他。她抚摸他的胸,吻他的头发,她把他的脑袋拨过来,突然笑了,笑得格外的邪。她盯住他的眼睛,无比俏丽地说:“我就是那个老板,你就是一摊屎!你能拿我怎么样?嗯?你能拿我怎么样?”他满腹的哀伤与绝望就是在这个时候决堤的,成了跋扈的性。他一把就把她反摁在床上,她尖叫一声,无与伦比的快感传遍了每一根头发。她喊了，奋不顾身。她终于知道了，他是如此这般的棒。

“轻松啊，”她躺在了床上，四仰八叉。她用手抚摸着自己的腹部，叹息说，“这会儿我什么压力也没有了，真轻松啊——你呢？”

“是啊，”他望着头上的楼板，喘息说，“我也轻松多了。”

“相信我，哥，”她说，“只要能轻松下来，日子就好打发了——我们怎么都能扛得过去！”

就这样了。除去她“不方便的日子”，他们一个星期见一次，一次做两回。他们没有同居，但是，两个人却是越来越亲了，偶尔还说说家乡话什么的。他倒是动过一次念头的，想让她搬过来住，这对她的开销绝对是个不小的补助。不过，话到了嘴边他还是没敢说出来。她的开销是压下来了，他的开销可要往上升，一天有三顿饭呢。他能不能顶得住？万一扛不下来，再让人家搬出去，两个人就再也没法处了。还是不动了吧，还是老样子的好。

可他越来越替她担忧了，她一个人怎么弄呢。还是住在一起好，一起买买菜，做爱也方便。性真是一个十分奇怪的东西，它是什么样的一种药，怎么就叫人那么轻松的呢。还有一点也是十分奇怪的，做得多了，人就变黏乎了，特别亲，就想好好地对待她。可到底怎么一个“对待”才算好，又说不上来了。不过，他的这么一点小小的心思在做爱的时候还是体现出来了。最初的时候，刚开始的时候，他是有私心的，一心只想着解决自己的“问题”。现在不同了，他更像一个哥哥，要体贴得多。他对自己尽可能地控制，好让她更快乐一些。她好了，他也就好了。他就希望她能够早一点好起来。

秋凉下来之后她回了一趟老家。他其实是想和她一起回去的，一想，不成了。离开户部街菜场两个星期，这个岗位是不可能等他的。多少比他壮实的人在盯着他的位置呢。他也就没有客套，只是在临走的时候给她买了几个水果，“路上吃吧。就这么啃，都洗过了。”

都说“小别胜新婚”。新婚的滋味是怎样的,他们不知道,然而,“小别”是怎样的胜境,他和她一起领略了。其实也就隔了两个星期,可这一隔,不一般了。他在呼风,她能唤雨。好死了。这一次她却没有给他打分,她露出了她骄横的、野蛮的和不管不顾的那一面,反反复复地要。后来还是他讨饶了,可怜兮兮说:“不能了。还有夜班呢。”

“不管。你是哥,你就得对我好一点。”

那就再好一点吧。他们是下午上床的,到深夜十点她还没有起床的意思。到后来,他实在也“好”不出什么来了,她就光着身子,躺在他光溜溜的怀里,不停地说啊说,还用胳膊反过来勾住他的脖子。两个人无限地欣喜、无限地缠绵了。她突然“哦”了一声,想起什么来了,弓着腰拽过上衣,从上衣的口袋里面掏出了她的手机。她握住手机,说:“哥,商量个事好不好?”他的双手托住了她的乳房,下巴搁在她的肩膀上,脑袋一抬,说:“说吧。”她从手机里调出一张相片,是一个男人,说:“这个人姓赵,单身,年收入大概在十六万左右。”她噼里啪啦摁了几下按键,又调出了一张相片,却是另外一个男人,说:“这个呢,姓郝,离过一次,有一个七岁的女儿,年收入在三十万左右,有房,有车。”介绍完了,她把手机放在自己的大腿上,握住了他的手,她把她的五只手指全都嵌在了他的指缝里,慢慢地摩挲,“我就想和你商量商量——你说,哪一个好呢?”

他把手机拿过来,反复地比较,反复地看,最终说:“还是姓郝的吧。”她想了想,说:“其实我也是这么想的。”他说:“还是收入多一些稳当。”她说:“其实我也是这么想的。”商量的进程是如此的简单,结论马上就出来了。她就特别定心、特别疲惫地躺在了他的怀里,手牵着手,一遍又一遍地摩挲。后来她说:“哥,给我穿衣裳好不好嘛。”撒娇了。他就光着屁股给她穿好了衣裳,还替她把衣裤上的褶皱都拽了一遍。他想送送她,她说,还是别送了吧,还是赶紧吃点东西去吧。她说,还有夜班呢。

他就没送。她走之后他便坐在了床上,点了一根烟,附带把她掉在床上的头发捡起来。这个疯丫头,做爱的时候就喜欢晃脑袋,床单上全是她的头发。他一根一根地拣，也没地方放，只好绕在了左手食指的指尖上。抽完烟，掐了烟头，他就给自己穿。衣服穿好了，他也该下楼吃饭去了。走到过道的时候他突然就觉得左手的食指有点疼，一看，嗨，全是头发。他就把头发撸了下来，用打火机点着了。人去楼空，可空气里全是她。她真香啊。

青　衣

一

乔炳璋参加这次宴会完全是一笔糊涂账。宴会都进行到一半了，他才知道对面坐着的是烟厂的老板。乔炳璋是一个傲慢的人，而烟厂的老板更傲慢，所以他们的眼睛几乎没有好好对视过。后来有人问“乔团长”，这些年还上不上台了？炳璋摇了摇头，大伙儿才知道“乔团长”原来就是剧团里著名的老生乔炳璋，八十年代初期红过好一阵子的，半导体里头一天到晚都是他的唱腔。大伙儿就向他敬酒，开玩笑说，现在的演员脸蛋比名字出名，名字比嗓子出名，乔团长没赶上。乔团长很好听地笑了笑。这时候对面的胖大个子冲着乔炳璋说话了，说：“你们剧团有个叫筱燕秋的吧？”又高又胖的烟厂老板担心乔炳璋不知道筱燕秋，补充说：“一九七九年在《奔月》中演过嫦娥的。”乔炳璋放下酒杯，闭上眼睛，缓慢地抬起眼皮，说：“有的。”老板不傲慢了，他把乔炳璋身边的客人轰到自己的坐位上去，坐到乔炳璋的身边，右手搭到乔炳璋的肩膀上，说：“都快二十年了，怎么没她的动静?”乔炳璋一脸的矜持,解释说:“这些年戏剧不景气,筱燕秋女士主要从事教学工作。”烟厂老板一听这话直着腰杆子反问说:“什么景气?你说说什么景气?关键是钱。”老板向乔炳璋送出他的大下巴,莫名其妙地颁布了他的命令,说:“让她唱。”乔炳璋的脸上带上了狐疑的颜色,试探性地说:“听老板的意思,老板想为我们搭台啰?”老板的脸上重又傲慢了,他一傲慢脸上就挂上了伟人的神情。老板说:“让她唱。”乔炳璋对小姐招招手,让她给自己换上白酒。炳璋捏着酒杯站起身,说:“老板可是开玩笑?”老板不仅傲慢,还严肃,一严肃就像做报告。老板说:“我们厂没别的,钱还有几个。——你可不要以为我们光会赚钱,光会危害人民的身体健康,我们也要建设精神文明。干了。”老板没有起立,乔炳璋却弓着腰站起来了。他用酒杯的沿口往老板酒杯的腰部撞了一下,仰起了脖子。酒到杯干。乔炳璋激动了。人一激动就顾不上自己的低三下四。乔炳璋连声说:“今天撞上菩萨了,撞上菩萨了。”

《奔月》是剧团身上的一块疤。其实《奔月》的剧本早在一九五八年就写成了,是上级领导作为一项政治任务交代给剧团的。他们打算在一年之后把《奔月》送到北京,献给共和国十周岁的生日。可是,公演之前一位将军看了内部演出,显得很不高兴。他说:“江山如此多娇,我们的女青年为什么要往月球上跑?”这句话把剧团领导的眼睛都说绿了,浑身竖起了鸡皮疙瘩。《奔月》当即下马。

严格地说,后来的《奔月》是被筱燕秋唱红的,当然,《奔月》反过来又照亮了筱燕秋。戏运带动人运,人运带动戏运,戏台本来就是这么回事。不过这已经是一九七九年的事了。一九七九年的筱燕秋年方十九,正是剧团上下一致看好的新秀。十九岁的燕秋天生就是一个古典的怨妇,她的运眼、行腔、吐字、归音和甩动的水袖都弥漫着一股先天的悲剧性,对着上下五千年怨天尤人,除了青山隐隐,就是此恨悠悠。说起来十五岁那年筱燕秋还在《红灯记》中客串过一次李铁梅的,她高举着红灯站立在李奶奶的身边,没有一点铮铮铁骨,没有一点“打不尽豺狼决不下战场”的霹雳杀气,反倒秋风秋雨愁煞人了。气得团长冲着导演大骂,谁把这个狐狸精弄来了!?

但到了一九七九年,《奔月》第二次上马了。试妆的时候筱燕秋的第一声导板就赢来了全场肃静。重新回到剧团的老团长远远地打量着筱燕秋,嘟哝说:“这孩子,黄连投进了苦胆胎,命中就有两根青衣的水袖。”

老团长是坐过科班的旧艺人,他的话一言九鼎。十九岁的筱燕秋立马变成了A档嫦娥。B档不是别人,正是当红青衣李雪芬。李雪芬在几年前的《杜鹃山》中成功地扮演过女英雄柯湘,称得上红极一时。但是,在A档和B档这个问题上,李雪芬表现出了一位成功演员的得体与大度。李雪芬在大会上说:“为了剧团的明天,我愿意做好传帮带,我愿意把我的舞台经验无私地传授给筱燕秋同志,做一个合格的接力棒。”筱燕秋眼泪汪汪地和同志们一起鼓了掌。《奔月》被筱燕秋唱红了。剧组在各地巡回演出,《奔月》成了全省戏剧舞台上最轰动的话题。所到之处,老戏迷抚今追昔,青年人则大谈古代的服装。全省的文艺舞台“和其他各条战线一样”,迎来了他们的“第二个春天”。《奔月》唱红了,和《奔月》一样蹿红的当然是当代嫦娥筱燕秋。军区著名的将军书法家一看完《奔月》就豪情迸发,他用苍松翠柏般的遒劲魏体改换了叶剑英元帅的伟大诗篇:“攻城不怕坚,攻戏莫畏难。梨园有险阻,苦战能过关。”下面是一行行书落款:“与燕秋小同志共勉。”将军书法家把筱燕秋叫到了家中,他在抚今追昔之后亲自将一条横幅送到了筱燕秋的手上。

谁能料得到“燕秋小同志”会自毁前程呢。事后有老艺人说,《奔月》这出戏其实不该上。一个人有一个人的命,一出戏有一出戏的命。《奔月》阴气过重,即使上,也得配一个铜锤花脸压一压,这样才守得住。后羿怎么说也应当是花脸戏,须生怎么行?就是到兄弟剧团去借也得借一个。否则剧组怎么会出那么大的乱子,否则筱燕秋怎么会做那样的事?

《奔月》剧组到坦克师慰问演出是一个冰天雪地的日子。这一天李雪芬要求登台。事实上,李雪芬的要求不过分。她毕竟是嫦娥的B档。相反，过分的倒是筱燕秋。《奔月》公演以来，筱燕秋就一直霸着毡毯，一场都没有让过。嫦娥的唱腔那么多，戏那么重，筱燕秋总是说自己“年轻”，“没问题”，“青衣又不是刀马旦”，“吃得消的”。其实大伙儿早就看出来了，闷不吭声的筱燕秋心气实在是旺了，有吃独食的意思。这孩子的名利心开始膨胀了，想着法子横在李雪芬的面前。可是谁也没法说，领导一找她，她漂亮的小脸就成了猪肝。筱燕秋没心没肺，就有猪肝，她是做得出来的。领导们只能反过来给李雪芬做工作，让她“多指导指点年轻人”，“多扶持扶持年轻人”。可是李雪芬这一次的理由很充分，李雪芬说，她演《杜鹃山》的时候就经常下部队，今天下午还有很多战士冲着她喊“柯湘”呢，她在部队有观众基础，她不上台，“战士们不答应”。

李雪芬在这个晚上征服了坦克师的所有官兵，他们从嫦娥的身上看到了当年柯湘的影子，当年的柯湘头戴八角帽，一双草鞋，一把手枪，威风凛凛的。而今夜的柯湘却穿起了古装。李雪芬嗓音高亢，音质脆亮，激情奔放，这种高亢与奔放经过十多年的巩固与发展，业已构成了李雪芬独特的表演风格，即李派唱腔。基于此，李雪芬在舞台上曾经成功地塑造过一连串的巾帼豪杰，透过李雪芬的一招一式，观众们可以看到女战士慷慨赴死，女民兵英姿飒爽，女知青豪情冲天，女支书须眉不让。李雪芬在这个晚上重点展示了她的高亢嗓音，战士们有组织地给她鼓掌，掌声整齐而又有力，使人想起接受检阅的正步方阵。

没有人注意到筱燕秋。其实戏演到一半，筱燕秋已经披着军大衣来到舞台了，一个人站立在大幕的内侧，冷冷地注视着舞台上的李雪芬。谁都没有注意到筱燕秋，谁都没有发现筱燕秋的脸色有多难看。厄运在这个时候其实已经降临了，它笼罩着筱燕秋，同时也笼罩着李雪芬。《奔月》演完了。五次谢幕之后，李雪芬来到了后台，脸上洋溢着一股难以掩抑的飞扬神采。李雪芬就是在这个时候和筱燕秋在后台相遇了，面对面，一个热气腾腾，一个寒风飕飕。李雪芬一看见筱燕秋的脸色便主动迎了上去，左手拉着筱燕秋的右手，右手拉着筱燕秋的左手，说：“燕秋，都看了？”筱燕秋说:“看了。”李雪芬说:“还行吧?”筱燕秋却不开口。说话的工夫许多人已经走上来了,围在了她们的四周。李雪芬掀掉肩膀上的军大衣,说:“燕秋,我正想和你商量呢,你看看这样,这样,这句唱腔我们这样处理是不是更深刻一些,哎,这样。”李雪芬这么说着,手指已经翘成了兰花状,一挑眉毛,兀自唱了起来。艺人们都是知道的,同行是冤家,即使是师傅传艺,“宁教一声腔,不教一个字,宁教一个字,不教一口气。”可是李雪芬不。她把李派唱腔的一字一气毫无保留地演示给了筱燕秋。

筱燕秋不声不响,只是望着李雪芬。人们站立在李雪芬和筱燕秋的四周,默默地看着剧团里的两代青衣,一个德艺双馨,一个谦虚好学,许多人都看到了这个令人感慨的一幕,这个令人心宽的一幕。但是筱燕秋的眼神很快就出了问题了,是那种极为不屑的样子。所有的人都看得出,燕秋这孩子的心气实在是太旺了,心里头不谦虚就算了,连目光都不会谦虚了。李雪芬却浑然不觉,演示完了,李雪芬对着筱燕秋探讨性地说:“你看,这样,这才是旧社会的劳动妇女。我们这样处理,是不是好多了?”筱燕秋一直瞅着李雪芬,脸上的表情有些说不上来路。“挺好,”筱燕秋打断了李雪芬,笑着说,“只不过你今天忘了两样行头。”李雪芬一听这话就把双手捂在了身上,又捂到头上去,慌忙说:“我忘了什么了?”筱燕秋停了好大一会儿,说:“一双草鞋。一把手枪。”大伙儿愣了一下,但随即就和李雪芬一起明白过来了。燕秋这孩子真是过分了,眼里不谦虚就不谦虚吧,怎么说嘴上也不该不谦虚的!

筱燕秋微笑着望着李雪芬,看着热气腾腾的李雪芬一点一点地凉下去。李雪芬突然大声说:“你呢?你演的嫦娥算什么?丧门星,狐狸精,整个一花痴!关在月亮里头卖不出去的货!”李雪芬的脚尖一踮一踮的,再一次热气腾腾了。这一回一点一点凉下去的却是筱燕秋。筱燕秋似乎被什么东西击中了,鼻孔里吹的是北风,眼睛里飘的却是雪花。这时候一位剧务端过来一杯开水,打算给李雪芬焐焐手。筱燕秋顺手接过剧务手上的搪瓷杯,“呼”地一下浇在了李雪芬的脸上。

后台立即变成了捅开的马蜂窝。筱燕秋愣在原处,看着无序的身影在自己的面前急速穿梭,耳朵里充斥着慌乱的脚步声。脚步声轰隆轰隆的,从后台移向了过道,从过道移向了远处,最后变成了远处汽车的马达声。眨眼的工夫后台就空荡荡的了,而过道更空荡,像通往月亮的路。筱燕秋站立在原处,愣了好大一会儿,沿着寂静的过道拐进了化妆间。筱燕秋站在镜子面前,吃惊地盯着镜子里的自己。直到这个时候筱燕秋才弄明白自己到底干了什么。她失神地望着自己的双手,一屁股坐在了化妆间的凳子上。

保温杯里的水到底有多烫,这个问题已经没有任何意义了。事情的"性质"永远决定着事态的严峻程度。一心扶持筱燕秋的老团长气得晃动了脑袋,他把中指与食指并在一处,对着筱燕秋的鼻尖晃了十来下。老团长说:"你,你,你,你你你你你呀——啊!"老团长急得都不会说话了,就会背戏文,"丧尽天良本不该,名利熏心你毁就毁在妒良才!"

"不是这样的。"筱燕秋说。

"又是哪样?"

"不是这样的。"筱燕秋泪汪汪地说。

老团长一拍桌子,说:"又是哪样?"

筱燕秋说:"真的不是这样的。"

筱燕秋离开了舞台。嫦娥的 A 角调到戏校任教去了,而 B 角则躺在医院不出来。《奔月》第二次熄火。"初放蕊即遭霜雪摧,二度梅却被冰雹擂。"《奔月》没那个命。

二

谁能想到《奔月》会遇上菩萨呢。

启动资金终于到账了。这些日子炳璋一直心事重重。他在等。没有烟厂的启动资金,《奔月》只能是水中月。其实炳璋只等了十一天,可是炳璋就好像熬过了一个漫长的岁月。等钱的日子里炳璋发现,钱不只是数量,还是时光的长度。这年头钱这东西越来越古怪了。

但是,炳璋没有料到反对筱燕秋重新登台的力量如此巨大,预备会在筱燕秋能不能登台这个问题上僵持住了。炳璋把玩着手上的圆珠笔,一直在听。后来他把手上的圆珠笔丢到会议桌的桌面上,上身靠在了椅背。炳璋笑了笑,说:“你们还是让步吧,人家可是点了筱燕秋的名的。这年头给钱让步,不丢脸。”会议室里一片沉默。人们不说话。不说话虽说还是反对,但通融的余地肯定就大了。幸亏李雪芬离开剧团开饭店去了,要不然,李派唱腔的高亢嗓音炳璋现在可是招架不住的。大伙儿继续沉默,不说是,也不说否。但无声有时就是默许。炳璋因势利导,很含糊地说:“我看就这样了吧。”

然而,谁担纲B档,问题又来了。对一个演员来说,给当红演员做B档,本来就是一个寒碜人的角色,更何况又是筱燕秋的B档呢。还是老高出了一个好主意,B档让筱燕秋自己在学生里挑。筱燕秋嫉妒心再重,再名欲熏心、利欲熏心,总不能和自己的弟子争风。大家都说好。可是老高接下来的一句话让炳璋心里不踏实了。老高说:“我看你们都白说,二十年过去了,筱燕秋也四十岁的人了,她的嗓子还能不能扛得住?我看玄。”这句话让炳璋觉得自己真的疏忽了,怎么就没有想到这个?毕竟是二十年呢。二十年,什么样的好钢不给你锈成渣?炳璋偷偷地叹了一口气。会议开来开去,在筱燕秋一个人的身上就纠缠了将近两个小时。这哪里是筹备?简直是回顾历史。没钱的时候想钱,钱来了却不知道怎么花。钱这东西不只是时光的长度,还有历史的脸色。钱这东西现在实在是太古怪了。

炳璋想听筱燕秋溜溜嗓子,这是必须的。要不然,烟厂的钱再多,还不如拿来卷鞭炮去放响呢。筱燕秋依照约定的时间来到会议室,刚一落座,炳璋发现自己又冒失了。很空的会议室里头只有他们两个,炳璋坐在这头,筱燕秋坐在那头,中间隔了一张长长的椭圆桌,有些公事公办的意味。筱燕秋胖了，人却冷得很，像一台空调，凉飕飕地只会放冷气。炳璋打算先和筱燕秋谈一谈《奔月》的，可《奔月》是筱燕秋永远的痛，炳璋越发不知道从哪儿开口了。

炳璋有几分惧怕筱燕秋。要是细说起来，炳璋比筱燕秋还长出一个辈分，不过筱燕秋的脾气戏校里头可是有名的。这个女人平时软绵绵的，一举一动都有些逆来顺受的意思，有点像水，但是，你要是一不小心冒犯了她，眨眼的工夫她就有可能结成了冰，寒光闪闪的，用一种愚蠢而又突发性的行为冲着你玉碎。所以戏校食堂里的师傅们都说："吃油要吃色拉油，说话别找筱燕秋。"炳璋不知道怎么和筱燕秋挑开话题，就开始和筱燕秋绕。一会儿聊她的生活，一会儿聊她的教学、学生，还扯到了天气，有些前言不搭后语。东扯西拽了几分钟，筱燕秋闷头闷脑地说："你到底想和我说什么？"炳璋被堵住了，心里头一急，脱口说："你亮个相吧。"筱燕秋望着炳璋，把两只胳膊放到桌面上来，抱成了一个半圆，却又看不出任何风吹草动。

筱燕秋毫无表情地望着炳璋，突然说："想听什么？是西皮《飞天》还是二黄《广寒宫》？"《飞天》和《广寒宫》是《奔月》里著名的唱腔选段，筱燕秋因为《奔月》倒了二十年的霉，这会儿主动把话题扯到《奔月》上去，无疑就有了一种挑衅的意思，有了一种子弹上膛的意思。炳璋本能地直了直上身，等着筱燕秋的唇枪舌剑。不过炳璋手里有牌，倒也没有过分担心。炳璋说："那就来一段二黄。"筱燕秋站起身，离开坐椅，拽了拽上衣的前下摆，又拽了拽上衣的后下摆，把目光放到窗户的外面去，凝神片刻，开始运手，运眼，咿咿呀呀地居然进了戏。她的嗓音还是那样地根深叶茂。炳璋还没有来得及诧异，一阵惊喜已经袭上了心头，一个贪婪而又充满悔恨的嫦娥已经站立在他的面前了。炳璋闭上眼睛，把右手插进裤子的口袋，跷起了四只手指头，慢慢地敲了起来，一个板，三个眼，再一个板，再三个眼。

筱燕秋一口气唱了十五分钟，炳璋睁开眼，眯起来，仔细详尽地打量起前面的这个女人。这段二黄慢板转原板转流水转高腔有极为复杂的表现难度,音域又那么宽,一个离开戏台二十年的演员能把它一口气完成下来,答案只有一个,她一直没有丢。炳璋歪在椅子里头,没有动。但是,他在暗中唏嘘感叹了一回。二十年,二十年哪。炳璋有些百感交集,对筱燕秋说:“你怎么一直坚持下来了?”

“坚持什么?”筱燕秋说,“我还能坚持什么?”

炳璋说:“二十年,不容易。”

“我没有坚持。”筱燕秋听懂炳璋的话了,仰起脸说,“我就是嫦娥。”

筱燕秋从炳璋的办公室里出来,人却恍惚了。这是十月里的一个日子,一个有风有阳光的日子。像春天。风和阳光都有些明媚,都有些荡漾,但是恍惚,像梦寐,萦绕在筱燕秋的周遭。筱燕秋踩着自己的身影,就这么在马路上游走。后来筱燕秋停下了脚步,迷迷糊糊朝四下打量。筱燕秋低下头,失神地看着自己的身影。现在正是午后,筱燕秋的影子很短,胖胖的,像一个侏儒。筱燕秋注视着自己的身影,夸张变形的身影臃肿得不成样子,仿佛泼在地上的一摊水。筱燕秋往前走了几大步,地上的身影像一个巨大的蛤蟆那样也往前爬了几大步。筱燕秋突然凝神了,确信了这样一个事实:地上的身影才是自己,而自己的身体只是影子的附带物。人就是这样,都是在某一个孤独的刹那突然发现并认清了自己的。筱燕秋的眼神再一次茫然了,伤心与绝望成了十月的风,从一个不确切的地方吹来,又飘到一个不确切的地方去了。

筱燕秋突然决定减肥,立即就减。

在命运出现转机的时候,女人们习惯于以减肥开启她们的崭新人生。筱燕秋叫了一辆红夏利,直奔人民医院而去。人民医院是筱燕秋的伤心之地。这么多年了,即使在肾脏闹得最厉害的日子,筱燕秋也没有到这家医院就诊过一次。她的命运其实就是在人民医院彻底改变的,或者说,她的内心就是在人民医院彻底被击垮的。李雪芬住院的第二天,筱燕秋就被老团长逼到人民医院来了。李雪芬躺在医院里发过话了,只有筱燕秋自我批评的“态度”让她满意,她才可以考虑“是不是放她一马”。老团长一心想保筱燕秋，这一点全团的上下都是知道的。老团长亲手给筱燕秋写了一份检查，让她到医院里念。事态是明摆着的，筱燕秋必须在李雪芬的面前走好这个场，剩下来的话才能往下说。筱燕秋看完检查书，合起来，急了。她一急就更加愚蠢。筱燕秋拼命地辩解说："我没有嫉妒她，我不是故意想毁了她。"老团长盯着筱燕秋，到了这样的光景这孩子的心气还这么旺，老团长的眼睛都气红了，就想抽她一耳光，怔了好半天又下不了手。老团长甩开了胳膊，大声说："大牢我待过七年，我可不想到那地方去看你！"筱燕秋望着老团长的背影，她从老团长的背影里头看清了自己潜在的厄运。

筱燕秋还是到人民医院去了。李雪芬躺在床上，脸上蒙着一块很长的白纱布。团里的领导都在，《奔月》的主创也在，高高矮矮站了一屋子。筱燕秋把两手叉在小肚子面前，走到李雪芬的床前，耷拉着两只眼皮。她看着自己的脚步，开始骂。她把自己的祖宗八代里里外外都骂了一遍，骂成了一摊屎。骂完了，病房里静悄悄的，没有一个人说话，只有李雪芬在纱布的后面干咳了一声。气氛顿时压抑了。没有人好说什么。李雪芬到现在都没有把筱燕秋告到公安局去，已经算对得起她了。筱燕秋承受不了这样的压抑，泪汪汪地四处找人。老团长站在门框的旁边，对她瞪起了眼睛。筱燕秋没有退路了，她慢腾腾地从口袋里掏出检查书，一层一层地打开来，开始念。筱燕秋像油印打字机那样，一个字一个字地往外蹦。念完了，所有的人都松了一口气。检查书的内容最终肯定了检查者的"态度"。李雪芬把脸上的纱布掀开来，她的脸上紫红了一大块，涂着一层油亮亮的膏。李雪芬接过检查书，拉起筱燕秋的手，笑着说："燕秋，你还年轻，心胸要宽，可不能再这样了。"筱燕秋看到了李雪芬的笑。还没看清，李雪芬却又把脸盖上了。筱燕秋感到李雪芬的笑容才是一杯水，并不烫，浇在了筱燕秋的心坎上。"吱"的一下，筱燕秋如焰的心气就彻底熄灭了。

筱燕秋走出病房的时候满天都是大太阳。她走到楼梯口，站在扶手的旁边停下了脚步，转过头来。她看到了老团长如释重负的叹息。老团长对她点了点头。筱燕秋就那么望着老团长,突然也笑了一下,可是没能收住。她笑出了声来,一阵一阵的,两个肩头一耸一耸的,像戏台上须生或者花脸才有的狂笑。许多人都听到了筱燕秋出格的动静,她们从病房里探出脑袋,一起望着筱燕秋。筱燕秋就知道傻笑,膝盖一软,顺着楼梯的沿口一头栽了下去,从四楼一直滚到了三楼半。大伙儿跟下来,筱燕秋趴在水磨石地板上,听见老团长不停地对众人说:"态度还是好的,态度还是深刻的。"

都二十年了。筱燕秋挂的是内分泌科,开过药,筱燕秋特地绕到了后院。二十年了,筱燕秋远远地看见了那座病房楼。一些人在那里进进出出。楼已经不是老样子了,墙面上贴上了马赛克,但是屋顶、窗户和过廊一如过去,这一来又似乎还是老样子。筱燕秋立在那里,发现生活并不像常人所说的那样,在伸向未来,而是直指过去。至少,在框架结构上是这样的。

筱燕秋比平时到家晚了近一个小时,女儿已经趴在餐桌上做作业了。筱燕秋打开门,丈夫正歪在沙发里头看电视,电视只有画面,没有声音。筱燕秋提着人民医院的药袋,懒懒地倚在了门框上,疲惫地看着自己的丈夫。丈夫从筱燕秋的神情里头感到了某些异样,连忙走上来。筱燕秋把药袋递到丈夫的手上,一径往卧室去,进了卧室就把卧室的门反关上了。丈夫把目光从筱燕秋的身上移到药袋里面,疑疑惑惑地掏出药盒子,翻过来覆过去地看。药盒子上全是外文,一副看不到底又望不到边的样子,这一来事态就进一步严峻了。丈夫从药盒子上预感到了大难,匆忙跟进卧室。刚一进门筱燕秋便扑在了他的身上,胳膊箍住他的脖子,用力往里收。她的腹部贴在他的腹部,一吸一吸的。他感到了她的努力。她用力忍着,一种强烈而又迅猛的伤恸。丈夫手里的药袋掉在了地上,大祸真的临头了。丈夫的身体向后退了一步,"咚"的一声,卧室的门重又关死了。丈夫就那么拥着自己的妻子,毁灭性的念头在脑袋里窜来窜去。筱燕秋终于开口了,她哭着说:"面瓜,我又上台了。"面瓜似乎没听清,拨过筱燕秋的脑袋,用那种侥幸的和将信将疑的目光再一次打量妻子。筱燕秋说:“我又能上台了。”面瓜一把把筱燕秋推开了,惊魂未定,脱口说:“至于嘛,你!弄成这样!”筱燕秋有些不好意思,瞥了一眼面瓜,笑了笑,却不停地掉泪,自语说:“我就是难过。”面瓜拉开门,准备给妻子热晚饭,女儿却怯生生地堵在房门口。面瓜逃出了假想中的劫难,骨头都轻了,故意拉下脸来,粗声恶气地说:“做作业去!”

筱燕秋把面瓜拉住了,对女儿招了招手,示意女儿过来。她让女儿坐到自己的身边,端详起自己的女儿。女儿一点都不像自己,骨骼大得要命,方方正正的,全像她老子。但是筱燕秋今天晚上觉得自己的女儿特别地耐看,细细地推敲起来还是像自己,只是放大了一号。面瓜又要上厨房,筱燕秋说:“你不要做,我要减肥。”面瓜站在卧室的门口,不解地说:“肥什么?我什么时候说你肥了?”筱燕秋把巴掌放到女儿的头顶上去,说:“你不嫌我肥,观众可不承认嫦娥是个胖婆娘。”

幸运的夫妻最急着要做的事情就是命令孩子上床。等孩子入睡了,他们好回到自己的床上,开始他们的庆典。幸福的夜晚都是宁静似水的,但又是轰轰烈烈的。这个夜晚实在让面瓜喜出望外,他上上下下地忙,里里外外地忙,进进出出地忙,都不知道怎么好了。

面瓜是一个交通警察,从部队上下来的,五大三粗,就是不活络。说起婚姻,面瓜最大的愿望也就是娶上一位国营企业的正式女工。面瓜做梦也没有想到著名的美人嫦娥会成为自己的老婆。真的像一个梦。

面瓜的婚姻算得上一桩老式婚姻,没有一丝一毫的新鲜花样。先是由介绍人在公园的一棵柳树下面介绍他们认识了。接下来便是“谈”。“谈”了一些日子,匆匆便步入了洞房。

那时的筱燕秋绝对是一个冰美人。她在公园鹅卵石的路面上不像一个行人,而更像一个梦游者,一个失魂的走尸。不过女人的落魄不仅没有妨碍女人的美丽,反而让她们炫目起来了。对于年轻而又漂亮的女人来说,落魄会赋予她们额外的魅力,在体貌的姣好之外,附带上一种气息的美——那种让人怦然心动的、招人怜爱的异质。面瓜一见到筱燕秋两只手就凉了,心口也凉了。筱燕秋一身寒气,凛凛的,像一块冰,要不像一块玻璃。面瓜顿时就自惭形秽了。面瓜甚至在暗中抱怨起介绍人来了,再怎么说他面瓜也配不上这样亮晶晶的美人的。面瓜小心翼翼地陪着筱燕秋沿着鹅卵石的路面往前走,筱燕秋不说话,面瓜就更不敢说了。最初的那些日子面瓜不是"谈"恋爱,简直是受罪。然而,这份罪受起来又有一份说不出来头的甜蜜。筱燕秋还是那么凛凛的,魂不守舍的,瞳孔里虚散着目光的。面瓜起初以为筱燕秋看不上他,可是又不像。只要面瓜约她,筱燕秋总是会病歪歪地准时到达。

面瓜一点都不知道筱燕秋现在的心思,筱燕秋中了邪了,她铁定了心思一心要把自己嫁出去,越快越好。但是筱燕秋却又不好好"谈"。她不说话,就知道和面瓜一起走。面瓜在筱燕秋的面前自卑得要了命,一点想象力都没有了。他反反复复地把筱燕秋约到公园的那条鹅卵石路上去,——既然他们是在那儿认识的,他们的"恋爱"就只能和必须在那儿"谈"了。筱燕秋从来不问心思以外的事,她只是面瓜的影子。面瓜怎么走她怎么走,面瓜往哪儿去她往哪儿去。其实面瓜也不知道往哪儿走,但是第一次既然那么走了,第二次当然也那样走。依此类推。他们每一次都走相同的路,以同样的方向向同样的地方走去,在同一个地方拐弯,在同一个地方休息,走完了,在同一个地方分手。然后,面瓜说同样的话,约好下一次见面的时间。

局面的改变起源于一次意外。那一天筱燕秋的鞋后跟意外地在鹅卵石的路面上崴了一下,呼噜一下倒在了地上。在此以前筱燕秋一直斜着头,看着天上的月亮。她的鞋跟一定踩到了鹅卵石路上的罅隙,脚踝迅速地朝外一撇,说倒就倒下去了。面瓜的脸色吓得比月光还要白。面瓜天生的慢性子,是那种火上了头顶也能够不紧不慢地迈动四方步的男人。面瓜乱了。面瓜在手忙脚乱的时候越发不知所措。他慌慌张张地把筱燕秋送进医院,慌慌张张地把筱燕秋送到了家中。筱燕秋的脚踝肿起来了,青紫了一大块，肘部也蹭掉了一块皮。

筱燕秋对自己的受伤一点都没有在意。受伤的似乎是别人，她只不过是一个旁观者，偶然看见的罢了。她那种事不关己的样子使你相信，即使有人把她的脑袋砍下来，放在了桌面上，她也能镇定自若地，不慌不忙地眨巴她的眼睛。

疼的是面瓜。面瓜在疼。面瓜望着筱燕秋的脚脖子，不敢看筱燕秋的眼睛。后来他到底偷看了一眼筱燕秋，目光立即又避开了。面瓜说："还疼么？"面瓜的声音很小，但是筱燕秋听见了。筱燕秋不是一块玻璃，而是一块冰。只是一块冰。此时此刻，她可以在冰天雪地之中纹丝不动，然而，最承受不得的恰恰是温暖。即使是巴掌里的那么一丁点余温也足以使她全线崩溃、彻底消融。面瓜木头木脑的，痛心地说："我们还是别谈了吧，我把你摔成这种样子。"筱燕秋冷冷地望着面瓜，面瓜木头木脑的，扯不上边地胡乱自责。可胡乱的自责不是怜香惜玉又是什么？筱燕秋的心潮突然就是一阵起伏，汹涌起来了，所有的伤心一起汪了开来。坚硬的冰块一点一点地、却又是迅猛无比地崩溃了、融化了。收都来不及收，不能自已，不可挽回。她一把拉住面瓜的手，她想叫面瓜的名字，但是没有能够，筱燕秋已经失声痛哭了。她拼了命地哭，声音那么大，那么响，全然不顾了脸面。面瓜吓得想逃，没能逃掉。筱燕秋死死地拽住了面瓜，面瓜没有能够逃掉。

筱燕秋和面瓜都没有意识到这一次大哭对他们来说意味着什么。在某种时候，女人为谁而哭，她就为谁而生。

戏校的筱燕秋老师匆匆忙忙把自己嫁了出去。筱燕秋置身于大海，面瓜是她惟一的独木舟。在筱燕秋看来，这桩婚姻过了此村就再无此店了。面瓜是令人满意的，是那种典型的过日子的男人，顾家、安稳、体贴、耐苦，还有那么一点自私。筱燕秋还图什么？不就是一个过日子的男人么？面瓜惟一的缺点就是床上贪了些，有点像贪食的孩子，不吃到弯不下腰是不肯离开餐桌的。不过这又算什么缺点呢？筱燕秋只是有点弄不明白,床上就那么一点事,每次也就是那么几个动作,又有什么意思?面瓜哪里来的那么大兴致,每一次都像吃苦,把自己累成那样。但是面瓜是疼老婆的,他在一次房事过后这样肉麻地对老婆说:"只要没有女儿,你就是我的女儿。"面瓜的这句呆话让筱燕秋足足想了一个多星期。床上的事筱燕秋不太喜欢做,想起来有时候反而倒是蛮好的。

这个晚上是筱燕秋命令女儿上床的。面瓜从妻子垂挂着的睫毛上猜到了这个晚上精彩的压轴戏。结婚这么多年了,每一次做爱都是面瓜巴结着筱燕秋,都是面瓜死皮赖脸的,今天的光景还是头一次。筱燕秋在女儿的床边轻声喊了一声女儿,女儿那边没有了动静。面瓜站在客厅里头就高兴,又是转圈,又是搓手。后来筱燕秋回到了自己的卧室,默默地脱光了,钻进了被窝,再后来筱燕秋从被窝里伸出了一只胳膊,五根手指挂在那儿。筱燕秋对面瓜说:"面瓜,来。"

这个晚上的筱燕秋近乎浪荡。她积极而又努力,甚至还有点奉承。她像盛夏狂风中的芭蕉,舒张开来了,铺展开来了,恣意地翻卷、颠簸。筱燕秋不停地说话,好些话说得都过分了,又不敢大声,一字一句都通了电。她急促地换气,紧贴着面瓜的耳边,痛苦地请求:"要喊,面瓜。我想喊,面瓜。"筱燕秋像换了一个人,陌生了。这是好日子真正开始的征候。面瓜心花怒放,心旌摇荡,忘乎所以。面瓜疯了,而筱燕秋更疯。

三

炳璋算过一笔账,决定从启动资金里拿出一部分来请烟厂老板一次客。要想把这顿饭吃得像个样,费用虽说不会低,这笔费用也许还能从烟厂那边补回来的。现在,关键中的关键是必须让老板开心。他开心了,剧团才能开心。过去的工作重点是把领导哄高兴了,如今呢,光有这一条就不够了。作为一个剧团的当家人,一手挠领导的痒,一手挠老板的痒,这才称得上两手都要抓,把老板请来,再把头头脑脑的请来,顺便叫几个记者，事情就有个开头的样子了。人多了也好，热闹。只要有一盆好底料，七荤八素全可以往火锅里倒。革命不是请客吃饭，对的。炳璋不想革命，就想办事。办事还真的是请客吃饭。

烟厂的老板成了这次宴请的中心。这样的人天生就是中心。炳璋整个晚上都赔着笑，有几次实在是笑累了，炳璋特意到卫生间里头歇了一会儿。他用巴掌把自己的颧骨那么揉了又揉，免得太僵硬，弄得跟假笑似的。卖东西要打假，笑容和表情同样要打假。这可不是闹着玩的。

炳璋原以为启动资金到账之后他能够轻松一点的，相反，炳璋更紧张、更焦虑了。这么多年了，剧团没法上戏，一直干耗着，说过来居然也过来了。剧团不是美术家协会，不是作家协会，那些协会里的人老了，一个人待在家里，写几块招牌，画几枝腊梅、几串葡萄，再不就到晚报上骂骂人，伸胳膊抬腿都有银子跟着来。一句话，那些人都是越来越值钱的。剧团不一样，再好的演员一个人待在家里也唱不来一台戏。当然了，为住房和职称找领导除外，在住房和职称面前，出色的演员一个人就能将生旦净末丑全部反串一遍。演戏这个行当说到底又与别的不同，不论是说唱念打还是吹拉弹奏，扛的是“艺术家”这块招牌，做的终究是体力活，吃的还是身体这碗饭，一到岁数身子骨就破了。他们的破身子骨全是沙漠，一盆水浇下去，不要说看不见水漂，就连“嗞”的一声都没有。他们挣不来一分钱，耗起银子来却是老将出马，一个顶俩。炳璋就愁钱。炳璋感到自己不只是一个剧团的团长，都快成商人了，就等着资本全部到位。炳璋想起了当年在学习班上听来的一句话，是一位领袖的著名格言：资本来到世上，从头到脚都滴着血和肮脏的东西。这话对。资本就是流淌的血，肮脏不肮脏事后再说。剧团等着这滴血，靠着这滴血，生产、生产、再生产、扩大再生产。急命呢。炳璋就等着《奔月》上马，越快越好。夜长了难免梦多。钱哪，钱哪。

宴会在老板和筱燕秋认识的那一刻达到高潮，这就是说，晚宴从头到尾都是高潮。宴会尚未开始，炳璋便把筱燕秋十分隆重地领了出来，十分隆重地叫到了老板的面前。这次见面对老板来说只是一次交际，也可以说，是一次娱乐活动，然而，它是筱燕秋一生中的一件大事。筱燕秋的后半生如何，完全取决于这次见面。筱燕秋得到宴会通知的时候不仅没有开心，相反，她的心中涌上了无边的惶恐，立即想起了前辈青衣、李雪芬的老师柳若冰。柳若冰是五十年代戏剧舞台上最著名的美人，“文革”开始之后第一个倒霉的名角。她去世之前的一段往事曾经在剧团里头广为流传，那是一九七一年的事了，一位已经做到副军长的戏迷终于打听到当年偶像的下落了，副军长的警卫战士钻到了戏台的木地板下面，拖出了柳若冰。柳若冰丑得像一个妖怪，裤管上黏满了干结的大便和月经的紫斑。副军长远远地看看柳若冰，只看了一眼，副军长就爬上他的军用吉普车走了。副军长上车之前留下了一句千古名言：“不能为了睡名气而弄脏了自己。”筱燕秋捏着炳璋的请柬，毫无道理地想起了柳若冰。她坐在美容院的大镜子面前，用她半个月的工资精心地装潢她自己。美容师的手指非常柔和，但她感到了疼。筱燕秋觉得自己不是在美容，而是在对着自己用刑。男人喜欢和男人斗，女人呢，一生要做的事情就是和自己做斗争。

老板在筱燕秋的面前没有傲慢，相反，还有些谦恭。他喊筱燕秋“老师”，用巴掌再三再四地请筱燕秋老师坐上座。老板并不把文化局的头头们放在眼里，但是，他尊重艺术，尊重艺术家。筱燕秋几乎是被劫持到上座上来的。她的左首是局长，右首是老板，对面又坐着自己的团长，都是决定自己命运的大人物，不可避免地有点局促。筱燕秋正减着肥，吃得少，看上去就有点像怯场了，一点都没有二十年前头牌青衣的举止与做派。好在老板并没有要她说什么。老板一个人说。他打着手势，沉着而又热烈地回顾过去。他说自己一直是筱燕秋老师的崇拜者，二十年前就是筱燕秋老师的追星族了。筱燕秋很礼貌地微笑着，不停地用小拇指捋耳后的头发，以示谦虚和不敢当。但是老板回忆起《奔月》巡回演出的许多场次来了。老板说，那时候他还在乡下，年轻，无聊，没事干，一天到晚就跟在《奔月》的剧组后面，在全省各地四处转悠。他还回忆起了一则花絮,筱燕秋那一回感冒了,演到第三场的时候居然在舞台上连着咳嗽了两声,——台下没有喝倒彩,而是响起了雷鸣般的掌声。老板说到这儿的时候酒席上安静了。老板侧过头,看着筱燕秋,总结:“那里头就有我的掌声。”酒席上笑了,同时响起了掌声。老板拍了几下巴掌。这掌声是愉快的,鼓舞人心的,还是继往开来的、相见恨晚和同喜同乐的。大伙儿一起干了杯。

老板还在聊。语气是推心置腹的,谈家常的。他聊起了国际态势,WTO,科索沃,车臣,香港,澳门,改革与开放,前途还有坎坷;聊起了戏曲的市场化与产业化;聊起了戏曲与老百姓的喜闻乐见。他聊得很好。在座的人都在严肃地咀嚼,点头。就好像这些问题一直缠绕在他们的心坎上,是他们的衣食住行,油盐酱醋;就好像他们为这些问题曾经伤神再三,就是百思不得其解。现在好了,水落石出、大路通天了。答案终于有了,豁然开朗了,找到出路了。大伙儿又干了杯,为人类、国家以及戏剧的未来一起松了一口气。

炳璋一直望着老板。自从认识老板以来,他对老板一直都心存感激,但在骨子里头,炳璋瞧不起这个人。现在不同。炳璋对老板刮目相看了。老板不仅仅是一个成功的企业家,他还是一个成熟的思想家兼政治家。如果爆发战争,他也许就是一个出色的战略家和军事指挥家。一句话,他是伟人。炳璋有些激动,没头没脑地说:“下次人代会改选市长,我投厂长一票!”老板没有接他的话茬,点烟,做了一个意义不明的手势,把话题重新转移到筱燕秋的身上来了。

话题到了筱燕秋的身上老板更机敏了,更睿智也更有趣了。老板的年纪其实和筱燕秋差不多,然而,他更像一个长者。他的关心、崇敬、亲切都充满了长者的意味,然而又是充满活力的、男人式的、世俗化的、把自己放在民间与平民立场上的,因而也就更亲切、更平等了。这种平等使筱燕秋如沐春风,人也自信、舒展了。筱燕秋对自己开始有了几分把握,开始和老板说一些闲话。几句话下来老板的额头都亮了,眼睛也有了光芒。

他看着筱燕秋，说话的语速明显有些快，一边说话一边接受别人的敬酒。从酒席开始到现在，他一杯又一杯，来者不拒，酒到杯干，差不多已经是一斤五粮液下了肚子。老板现在只和筱燕秋一个人说，旁若无人。酒到了这个份上炳璋不可能没有一点担忧，许多成功的宴席就是坏在最后的两三杯上，就是坏在漂亮女人的一两句话上。炳璋开始担心，害怕老板过了量。成功体面的男人在女演员的面前被酒弄得不可收拾，这样的场面炳璋见得实在是太多了。炳璋就害怕老板冒出了什么唐突的话来，更害怕老板做出什么唐突的举动。他非常担心，许多伟人都是在事态的后期犯了错误，而这样的错误损害的恰恰正是伟人自己。炳璋害怕老板不能善终，开始看表。老板视而不见，却掏出香烟，递到了筱燕秋的面前。这个举动轻薄了。炳璋看在眼里，咽了一口，知道老板喝多了，有些把持不住。炳璋看着面前的酒杯，紧张地思忖着如何收好今晚这个场，如何让老板尽兴而归，同时又能让筱燕秋脱开这个身。许多人都看出了炳璋的心思，连筱燕秋都看出来了。筱燕秋对老板笑笑，说："我不能吸烟的。"老板点点头，自已燃上了，说："可惜了。你不肯给我到月亮上做广告。"大伙儿愣了一下，接下来就是一阵哄笑。这话其实并不好笑，但是，伟人的废话有时候就等于幽默。

哄笑之中老板却起身了，说："今天我很高兴。"这句话是带有总结性的。老板朝远处招招手，叫过司机，说："不早了，你送筱燕秋老师回家。"炳璋吃惊地看了一眼老板，炳璋担心他会在筱燕秋面前纠缠的，但是没有。老板举止恰当，言谈自如，一副与酒无关的样子，就好像一斤五粮液不是被他喝到肚子里去了，而是放在裤子的口袋里面。老板实在是酒席上的大师，酒量过人，见好就收。整个晚宴凤头、猪肚、豹尾，称得上一台好戏。倒是筱燕秋有些始料不及，没想到这么快就结束了。筱燕秋一时不知道说什么，慌忙说："我有自行车。"老板说："哪有大艺术家骑自行车的。"老板一边坚持着"请"的手势，一边关照司机回头来接他。筱燕秋瞥了老板一眼，只好跟着司机往门口去。她在走向门口的时候知道许多眼睛都在看她，便把所有的注意力全部集中到走路的姿势上，感觉有些别扭，甚至都不会走路了。好在没有人看出这一点。人们望着筱燕秋的背影，她的背影给人以身价百倍的印象。这个女人的人气说旺就旺了。

老板转过身来，和局长闲聊，请局长得空的时候到他们厂去转转。炳璋插进来，抢过话茬，说："老板好酒量，好酒量！"他一口气把这句话重复了四五遍。炳璋自己也弄不懂为什么逮着老板的酒量不要命地死奉承，听上去好像心里有什么疙瘩，受了什么惊吓似的。老板莞尔一笑，笑而不答，掐烟的工夫又一次把话题岔开了。

四

老话是对的，好运气想找你，就算你关上大门它也会侧着身子从门缝里钻进来。这年头好运气并不玄乎，说白了，就是钱。只有钱才能够侧着身子从门缝里钻来钻去的。烟厂的老板算什么？这年头大街上的老板比春天的燕子多，比秋天的蚂蚱多，比夏天的蚊子多，比冬天的雪花多。然而，烟厂的老板有钱，又不是他自己的，这就齐了。可是，剧团和戏校里的人们真正羡慕的倒不是筱燕秋，而是春来。春来这个小丫头这一回真的是撞上大运了。

春来十一岁走进戏校，从二年级到七年级一直跟在筱燕秋的身后，知道筱燕秋的人都知道，春来不仅仅只是筱燕秋的学生，简直就是筱燕秋的宝贝女儿。春来最初学的并不是青衣，而是花旦，是筱燕秋厚着脸皮硬把她拽到自己的身边的。青衣与花旦其实是两个完全不同的行当，只不过现在喜欢看戏的人少了，许多人都习惯于把戏台上的年轻女性统统称之为"花旦"。这种混淆局面的形成固然是后来的戏迷们功夫不到，但是，要是真的细究起来，这笔账还要记到著名大师梅兰芳的头上。梅老板博大精深，他在长期的舞台实践中把青衣与花旦的唱腔与表演程式杂糅在了一起，创建了一种有别于青衣同时又有别于花旦的新行当，也就是"花衫”。“花衫”行当的出现体现了梅老板的求新与创造的精神，也给后来的人们带来了不必要的麻烦，人们对青衣与花旦的区分也就再也不那么顶真，不那么严格了。比如说，当初所谓的“四大名旦”。这个统称其实就十分马虎，贴切的说法应当是“两大名旦，两大青衣”。好在所有的剧种都一起没落了，分不清青衣花旦也不算什么大事。可是，话还得反过来说，对于学戏和演戏的人来说，这可是一点含混不得的，青衣就是青衣，花旦就是花旦。它们的唱腔、道白、行头、台步、表演程式隔着九九艳阳天，真的是花开两朵，各表一枝的，永远弄不到一起去。

春来想学花旦有她的理由。就说道白，花旦的道白用的是脆亮的京腔，而青衣的韵白则拖声拖气的，在没有翻译、不打字幕的情况下，比看盗版碟片还要吃力，一句话，青衣的韵腔道白说的整个就不是人话。唱腔就更不一样了，花旦唱起来利索、爽朗，接近于捏着嗓子的流行歌曲，还歪着脑袋一蹦三跳，又活泼，又可爱，像一只叽叽喳喳的小麻雀。青衣则不同，就那么一个字，她也要咿咿呀呀的，一步三晃的，一手捂着小肚子，一手比划着，在那儿晃悠着，跷着个小指头，慢慢地哼，等你上完了厕所，把该尿的尿了，该拉的拉了，前前后后擦完了，一回头，那个字还没唱完呢。戏剧如此不景气，喜欢青衣的也就剩下那么几个离休老干部了。许多当红青衣都走下舞台了，不是穿上漆黑的皮夹克站在麦克风前面乱了头发狮吼，就是到电视连续剧里头演一回二奶，演一回小蜜，好歹也能到晚报的文化版上“文化”那么一下子。青衣说到底不能和花旦比，现在的晚会那么多，笑星歌星们再闹腾，民族文化总是要弘扬的，国粹总是要保留的，“爱江山更爱美人”之后，最次也得来个“打不尽豺狼决不下战场”。花旦的出路比青衣多少要好一些，要不然，人们也不会把剧团戏称为“蛋窝”的。

春来是在三年级的下学期改学的青衣。春来这孩子说话的嗓音和筱燕秋并不像。可是，一开腔，春来的唱腔简直就是另一个筱燕秋。戏校的老师们开玩笑说，春来的嗓子天生就是和筱燕秋唱对台戏的料。筱燕秋和春来商量，让她放弃花旦，改学青衣。春来不肯。商量来商量去，春来就是不肯。筱燕秋急了，筱燕秋的那句名言至今还是戏校里的一个笑话，一个笑柄。筱燕秋一急，拉下了脸来，对春来说："你要是不肯拜我为师，我就拜你，我拜你做我的学生，你答应不答应?"做老师的把话说到了这个份上，春来还敢说什么?

戏校的人们还记得春来刚到戏校时的模样，一口浓重的乡下口音，衣袖和裤腿都短得要命，袜子的上方还留了一截小腿肚。那时的春来一到冬天两只腮帮总是皴着的，裂了好几道红颜色的口子。没有人会相信春来能出落成今天的这副模样，什么叫女大十八变？春来就是一个最生动的例子，一个最具感召力的例子。谁能想到筱燕秋能有今天？谁能想到春来能赶上这趟车?

筱燕秋在戏校待了二十年了，教了那么多学生，细细排下来，却没有一个能唱出来的。大红大紫就不说了，显一下山露一下水的都没有过。这样的局面给筱燕秋带来了十分强烈的失败感。筱燕秋对自己是彻底死了心了，然而，毕竟又没有死透。一个人可以有多种痛，最大的痛叫做不甘。筱燕秋不甘。三十岁生日那一天筱燕秋就知道自己死了，十年里头筱燕秋每天都站在镜子面前，亲眼目睹着自己一天一天老下去，亲眼目睹着著名的"嫦娥"一天一天地死去。她无能为力。焦虑的过程加速了这种死亡。用手拽都拽不住，用指甲抠都抠不住。说到底时光对女人太残酷，对女人心太硬，手太狠。

三十岁，我的亲爹，我的亲娘。三十岁生日那一天筱燕秋头一回喝了酒，不到二两。筱燕秋醉得不成样子。酒后的筱燕秋握着剪刀把厨房里的围裙剪成了两块。她把两块白布捏在手上，权当了水袖。筱燕秋挥舞着油迹斑斑的围裙，跌跌撞撞，油盐酱醋的罐子倒了一厨房，咣丁咣当的，碎了一厨房。她的手不知道被什么碎片刮破了，鲜红的血液流淌在水袖上，红白相间的围裙在半空中抛上去，又落下来，再抛上去，再落下来。面瓜冲进了厨房，抱住了筱燕秋，筱燕秋愣愣地盯着面瓜，喊面瓜"亲娘"。筱燕秋用纯正的韵腔对着面瓜念起了道白："亲——娘——啊——啊！"面瓜知道筱燕秋醉了。面瓜担心妻子的叫喊传播出去，他把带血的围裙堵在了筱燕秋的嘴边。筱燕秋的嘴巴给堵紧了，腹部却激荡了起来，一挺一挺的，嗓子里发出母兽的呼噜声。面瓜心疼万分，不住地喊燕秋的名字。筱燕秋侧过头，回望着面瓜，叫不出声。然而，她的腹部还在叫，面瓜看得见。她用她的腹部一遍又一遍地呼喊："亲、娘、啊、啊、啊、啊！"

"千生万旦，难求一净。"这是旧时的艺人留下来的古话了。其实这话不对。筱燕秋从一开始就不能同意这句话。生、旦、净、末、丑，唱花脸的固然难求一个，然而，没有一个行当的演员可以成千上万地一把抓。自古到今，唱青衣的成百上千，真正把青衣唱出意思来的，真正领悟了青衣的意蕴的，也就那么几个。唱青衣固然要有上好的嗓音，上好的身段，——可是好嗓音算得了什么？好身段又算得了什么？出色的青衣最大的本钱是你是一个什么样的女人。哪怕你是一个七尺须眉，只要你投了青衣的胎，你的骨头就再也不能是泥捏的，只能是水做的，飘到任何一个码头你都是一朵雨做的云。

戏台上的青衣不是一个又一个女性角色，甚至不是性别，而是一种抽象的意味，一种有意味的形式，一种立意，一种方法，一种生命里的上上根器。女人说到底不是长成的，不是岁月的结果，不是婚姻、生育、哺乳的生理阶段。女人就是女人。她学不来也赶不走。青衣是接近于虚无的女人。或者说，青衣是女人中的女人，是女人的极致境界。青衣还是女人的试金石，是女人，即使你站在戏台上，在唱，在运眼，在运手，所谓的"表演"、"做戏"也不过是日常生活里的基本动态，让你觉得生活就是如此这般的——话就是那样说的，路就是那样走的；不是女人，哪怕你坐在自家的沙发上，床头上，你都是一个拙巴的戏子，你都在"演"，演也演不像，越演越不像人。与此相应的是，花脸则是一个绝对的男人，或者说，是绝对男人的绝对侧面。男人就应当是简单的，所有的身心只是一张脸谱，简单到夸张的程度，简单至恒久与一成不变的程度。所以，戏的衰退首先是男人与女人的携手衰退。是种性的一天不如一天。

老天爷创造出一个花脸不容易,老天爷创造出一个青衣同样不容易。筱燕秋是其中的一个,其中的另一个则是春来。

春来的出现让筱燕秋看到了希望。春来是“嫦娥”能够活在这个世上最充分的理由。筱燕秋宛如一个绝望的寡妇,拉扯着惟一的孩子。只要有春来,筱燕秋的香火终究可以续上了,这是老天爷对筱燕秋的最后一点补贴,最后一点安慰。春来刚过了十七岁,严格地说,还是一个女孩子。但是春来从来就不是女孩子,她天生就是一个女人,一个风姿绰约的女人,一个风情万种的女人,一个风月无边的女人,一个她看你一眼就让你百结愁肠的女人。这不是早熟,只能说,它与生俱来。春来在十七岁的这个夏天就此步入了青衣的黄金年段,身段该有的都有,该没的都没。腰肢里头流荡着一股天成的婀娜态,风流态。春来的一双眼睛里头有一种独特而美妙的神采,她看所有的东西都不是看,而是盼顾,左盼盼,右顾顾,有股美目盼兮的意思,有股依依不舍的意思,还有股此怨不知所从何来的意思。春来运动的眼珠就像戏台上的运眼,她有一种将最戏剧化的程式还原到生活中来的禀赋,她同时还有一种将最日常化的动态提升到戏台上的异质。而春来的变声期也是格外地顺利,居然没怎么在意说过去就过去了,许多演员过不了变声期这么一个鬼门关,昨晚上洗澡的时候还好好的,一觉睡来,好嗓子已经被鬼偷走了。

春来这孩子命好。所有的一切好像都是给预备好了的。虽说只是嫦娥的 B 档,但是谁也不能否认,二郎神的灵光已经照亮春来了。

五

一部戏总是从唱腔戏开始。说唱腔俗称说戏,你先得把预设中一部戏打烂了,变成无数的局部、细节,把一部戏中戏剧人物的一恨、一怒、一喜、一悲、一伤、一哀、一枯、一荣,变成一字、一音、一腔、一调、一颦、一笑、一个回眸、一个亮相、一个水袖,一句话,变成一个又一个说、唱、念、打,然后，再把它组装起来，磨合起来，还原成一段念白，一段唱腔。说戏过后，排练阶段才算真正开始。首先是连排。一个人成不了一台戏，“戏”首先是人与人的关系。那么多的演员挤在一个戏台上，演员与演员之间就必须沟通、配合、交流、照应，这样的完善过程也就是连排。连排完了还不行。演员的唱腔、造型还得与乐队、锣鼓家伙形成默契，没有吹、拉、弹、奏、打，那还叫什么戏？把吹、拉、弹、奏、打一同糅合进去，这就是所谓的响排了。响排过了还得排，也就是彩排。彩排接近于实弹演习，是面对着虚拟中的观众进行的一次公演，该包头的得包头，该勾脸的得勾脸，一切都得按实在演出的模样细细地走场。彩排过去了，一出大戏的大幕才能拉得开。

几乎所有的人都注意到了，从说了唱腔的第一天开始，筱燕秋就流露出了过于刻苦、过于卖命的迹象。筱燕秋的戏虽说没有丢，但毕竟是四十岁的人了，毕竟是二十年不登台了，她的那种卖命就和年轻人的莽撞有所不同，仿佛东流的一江春水，在入海口的前沿拼命地迂回、盘旋，巨大的旋涡显示出无力回天的笨拙、凝重。那是一种吃力的挣扎、虚假的反溯，说到底那只是一种身不由己的下滑、流淌。时光的流逝真的像水往低处流，无论你怎样努力，它都会把覆水难收的残败局面呈现给你，让你竭尽全力地拽住牛的尾巴，再缓缓地被牛拖下水去。

截止到说戏阶段，筱燕秋已经从自己的身上成功地减去了四点五公斤的体重。筱燕秋不是在“减”肥，说得准确一些，是抠。筱燕秋热切而又痛楚地用自己的指甲一点一点地把体重往外抠，往外挖。这是一场战争，一场掩蔽的、没有硝烟的、只有杀伤的战争。筱燕秋的身体现在就是筱燕秋的敌人，她以一种复仇的疯狂针对着自己的身体进行地毯式轰炸，一边轰炸一边监控，减肥的日子里头筱燕秋不仅仅是一架轰炸机，还是一个出色的狙击手。筱燕秋端着她的狙击步枪，全神贯注，密切注视着自己的身体。身体现在成了她的终极标靶，一有风吹草动筱燕秋就会毫不犹豫地扣动她的扳机。筱燕秋每天晚上都要站到磅秤上去，她对每一天的要求都是具体而又严格的:好好减肥,天天向下。筱燕秋一定要从自己的身上抠去十公斤——那是她二十年前的体重。筱燕秋坚信,只要减去十公斤,生活就会回到二十年前,她就会站在二十年前,二十年前的曙光一定会把她的身影重新投射在大地上,颀长、婀娜、娉婷世无双。

这是一场残酷的持久战。汤、糖、躺、烫是体重的四大忌,也就是说,吃和睡是减肥的两大法门。筱燕秋首先控制的就是自己的睡。她把自己的睡眠时间固定在五个小时,五个小时之外,她不仅不允许自己躺,甚至不允许自己坐。接下来控制的就是自己的嘴了。筱燕秋不允许自己吃饭,不允许自己喝水,更不用说热水了。她每天只进一些瓜果、蔬菜。在瓜果与蔬菜之外,筱燕秋像贪婪的嫦娥那样,就知道大口大口地吞药。

减肥的前期是立竿见影的,她的体重如同股票遭遇熊市一样,一路狂跌。身上的肉少了,然而,皮肤却意外地多了出来。多余的皮肤挂在筱燕秋的身上,宛如捡来的钱包,浑身上下找不到一个存放的地方。多出来的皮肤使筱燕秋对自己产生了这样一种错觉:整个人都是形式大于内容的。这是一个古怪的印象,一个恶劣的印象,这还是一个滑稽的和歹毒的印象。最要命的还在脸上,多出来的皮肤使筱燕秋的脸庞活脱脱地变成了一张寡妇脸。筱燕秋望着镜子里的自己,寡妇一样沮丧,寡妇一样绝望。

真正的绝望还在后头。减肥见了成效之后筱燕秋整日便有些恍惚,这是营养不良的具体反应。精力越来越不济了。头晕、乏力、心慌、恶心,总是犯困,贪睡,而说话的气息也越来越细。说戏阶段过去了,《奔月》就此进入了艰苦的排练阶段,体力消耗逐渐加大,筱燕秋的声音就不那么有根,不那么稳,有点飘。气息跟不上,筱燕秋只好在嗓子里头发力,声带收紧了,唱腔就越来越不像筱燕秋的了。

筱燕秋再也没有料到自己会出那么大的丑,当着那么多人的面。她在给春来示范一段唱腔的时候居然"刺花儿"了,"刺花儿"俗称"唱破"了,是任何一个靠嗓子吃饭的人最丢脸的事。那声音不像是人的嗓子发出来的,像玻璃刮在了玻璃上,像发情期的公猪趴在了母猪的背脊上。其实

“刺花儿”也不是什么大不了的事，每一个演员都会碰上的，然而，筱燕秋到底又不是别人，她不能忍受一起集中过来的目光。那些目光不是刀子，而是毒药，它不需要你流一滴血，不让你有半点疼痛，活生生地就要了你的命。筱燕秋决定挽回她的体面。她必须在众人的面前捞回这个脸面。

筱燕秋强作镇定，示意再来。连续两次，嗓子就是不肯给筱燕秋下这个台。筱燕秋的嗓子痒得要了命，宛如爬上了一万只小虫子，想咳。筱燕秋用力忍住，咬着牙，把满嘴的咳嗽堵在嗓眼里头。坐在一边的炳璋端来了一杯水，递到筱燕秋的面前，故意轻松地对大伙儿说：“歇会儿，歇会儿了，哈。”筱燕秋没有接炳璋的杯子，接杯子这个动作筱燕秋无论如何是不肯做的。筱燕秋看着演后羿的男演员，说：“我们再来一遍。”筱燕秋这一回没有“刺花儿”，她的高音部只爬到了一半，筱燕秋自己就停下来了。筱燕秋重重地吁出一口气，僵在那儿。没有一个人敢上来和筱燕秋搭腔，没有一个人敢看筱燕秋。筱燕秋强忍着，越忍越难忍。人在丢脸的时候不能急着挽回，有时候，你想挽回多少，反过来会再丢出去多少。她开始用目光去扫别人，他们像是约好了的，都是一副过路人的样子，似乎什么都没发生过。众人的心照不宣有时候更像一次密谋，其残忍的程度不亚于千夫所指。筱燕秋想再来一遍，到底没有勇气了。炳璋端着茶杯，大声对众人宣布：“筱燕秋老师感冒了，就到这儿，今天就到这儿了，哈。”筱燕秋泪汪汪地盯着炳璋，知道他的好意。可是筱燕秋就想扑上去，揪着炳璋的领口给他两个耳光。

排练厅立即走空了，只留下了筱燕秋与春来。春来同样不敢看她的老师，弓着腰，假装收拾东西。筱燕秋长久地望着春来，她年轻的侧影是多么的美，颧骨和下巴那儿发出瓷器才有的光。筱燕秋失神了，反反复复在心里问：自己怎么就没她那个命？春来直起身来，发现老师的目光一直罩在自己的身上，唬了一大跳。筱燕秋突然说：“春来，你过来。”春来停住了，愣在那儿没有动。筱燕秋说：“春来，你把刚才我唱的那一段重来一遍。”春来咽了一口，她在这样的时候怎么敢做那样的事。春来说：“老师。”筱燕秋没开口,却挪了一张椅子,坐了下来。春来的心里头慌乱了一回,不过看老师的架势,躲是躲不过去了,反倒镇定下来了,站好了,进了戏。筱燕秋坐在椅子上,用心地看着春来,听着春来,几分钟过后筱燕秋却走神了。她瞥了一眼墙上的大镜子,大镜子像戏台,十分残酷地把春来和自己一同端出来了。

筱燕秋有意无意地拿自己和春来做起了比较。镜子里的筱燕秋在春来的映照之下显得那样地老,几乎有些丑了。当初的自己就是春来现在的这副样子,她现在到哪儿去了呢?人不能比人,这话真是残忍。人不能比别人,人同样不能和自己的过去攀比。什么叫青山遮不住,毕竟东流去?镜子会慢慢地告诉你。筱燕秋的自信心在往下滑,像水往低处流,挡都挡不住。她想起了当初复出时的那种喜悦,那样的喜悦说到底也不过是过眼的烟云,刹那之间就荡然无存了。筱燕秋动摇了,甚至产生了打退堂鼓的意思,却又舍弃不下。虽说春来的表演还有许多地方需要打磨,然而,从整体上说,这孩子超过自己也就是眼前的事了。春来如此年轻,未来的岁月实在是不可限量。

筱燕秋突然就是一阵难受,内中一阵一阵地酸,一阵一阵地疼。筱燕秋知道自己嫉妒了。细细说起来,筱燕秋就因为嫉妒吃了二十年的苦头,可是,她实在没有嫉妒过李雪芬。从来没有,一天都没有。但是,面对自己的学生,筱燕秋遏制不住。筱燕秋知道自己在嫉妒,她第一次尝到了嫉妒的厉害。她看到了血在流。筱燕秋痛恨自己,她不能允许自己嫉妒。她决定惩罚。她用指甲拼命地掐自己的大腿。越用力越忍,越忍越用力。大腿上尖锐的疼痛让筱燕秋产生了一种古怪的轻松感。她站起身来,决定利用这个空隙帮春来排练,不允许自己有半点保留。筱燕秋站到春来的面前,面对面,手把手,从腰身到眼神,一点一点地解释,一点一点地纠正,她一定要把春来锻造成自己的二十年前。

太阳落下去了,梧桐树的巨大阴影落在窗户的玻璃上,抚摸着玻璃,絮絮叨叨的,苦口婆心的。排练大厅里的光线越来越暗,越来越安静了。

她们忘记了开灯，师徒两个在昏暗的光线下面反反复复地比划，一遍又一遍，每一个动作都细微到手指的最后一个关节。筱燕秋的脸离春来只有几寸那么远，春来的眼睛忽闪忽闪的，在昏暗的排练大厅里反而显得异样地亮，那样地迷人，那样地美。筱燕秋突然觉得对面站着的就是二十年前的自己，二十年前的筱燕秋就在自己的面前，亭亭玉立。筱燕秋迷惑了，像做梦，像水中观月。眼前的一切都像梦幻那样飘忽起来了，充满了不确定性。筱燕秋停下来，侧着看，用那种不聚集的、近乎烟雾的目光笼罩了春来。春来不知道自己的老师怎么了，也侧过了脑袋，端详着自己的老师。筱燕秋绕到了春来的身后，一手托住春来的肘部，另一只手捏住了春来跷着的小拇指的指尖。筱燕秋望着春来的左耳，下巴几乎贴住春来的腮帮。春来感到了老师的温湿的鼻息。筱燕秋松开手，十分突兀地把春来揽进了怀抱。她的胳膊是神经质的，搂得那样地紧，乳房顶着春来的后背，脸贴在了春来的后颈上。春来猛一惊，却不敢动，僵在了那里，连呼吸都止住了。但只是一会儿，春来的呼吸便澎湃了，大口大口地换气，她喘息一次两只乳房就要在筱燕秋的胳膊里软绵绵地撞击一回。筱燕秋的手指在春来的身上缓缓地抚摸，像一杯水泼在了玻璃台板上，开了岔，困厄地流淌。她的手指流淌到春来腰部的时候春来终于醒悟过来了，春来没敢叫喊，春来小声央求说："老师，别这样。"

筱燕秋突然醒来了。那真是一种大梦初醒的感觉。梦醒之后的筱燕秋无限地羞愧与恓惶，她弄不清自己刚才到底做了些什么。春来捡起包，冲出了排练大厅。筱燕秋被丢在排练大厅的正中央，耳朵里头充满了春来下楼的脚步声，急促得要命。筱燕秋想叫住春来，可她实在不知道还能对春来说什么。筱燕秋就觉得羞愧难当。天已经黑了，却又没有黑透，是梦的颜色。筱燕秋垂着手，呆呆地站住，不知身在何处。

下班的路上筱燕秋就觉得这一天太古怪了，大街是古怪的，路灯的颜色是古怪的，行人走路的样子也是古怪的。筱燕秋一直想哭，但是，实在又不知道要哭什么。不知道要哭什么就不那么容易哭得出来。这一来筱燕秋的胸口反而堵住了。胸口堵住了,肚子却出奇地饿,这阵饿是丧心病狂的,仿佛肚子里长了十五只手,七上八下地搜。筱燕秋走到路边的一家小饭店,决定停下脚步。她怀着一股难言的仇恨走进了小饭店,要过菜单,专门挑大油大腻的点。一上来筱燕秋就恶狠狠地吞下了三只大肉丸。筱燕秋又是嚼,又是咽,一直吃到喘息都困难的程度。

六

春来并没有在筱燕秋的面前流露什么,戏还是和过去一样地排。只是春来再也不肯看筱燕秋的眼睛了。筱燕秋说什么,她听什么,筱燕秋叫她怎么做,她就怎么做,就是不肯再看筱燕秋的眼睛。一次都不肯。筱燕秋与春来都是心照不宣的,不过,这不是母亲与女儿之间才有的心照不宣,是女人与女人之间的那种,致命的那种,难以启齿的那种。

筱燕秋再也没有料到会和春来这样别扭,一个大疙瘩就这样横在了她们的面前。这个疙瘩看不见,也就越发无从下手了。筱燕秋恢复了饮食,可还是累。筱燕秋说不出这种累掩藏在身体的哪个部位,它具有发散性,在身体的内部四处延展,都无所不在了。好几次她都想从剧组退出,就是下不了那个死决心。这样的心态二十年以前曾经有过一次的,她想到过死,后来竟一次又一次犹豫了。筱燕秋责怪自己当初的软弱。二十年前她说什么也应当死去的。一个人的黄金岁月被掐断了,其实比杀死了更让你寒心。力不从心地活着,处处欲罢不能,处处又无能为力,真的是欲哭无泪。

春来那里一点动静都没有。她永远都是那样气闲神定的,没有一点风吹,没有一点草动,远远地,和筱燕秋隔着一两丈的距离。筱燕秋现在怕这孩子,只是说不出。如果春来就这么和自己不冷不热地下去,筱燕秋的这辈子就算彻底了结了,一点讨价还价的余地都没有了。"嫦娥"要是不能在春来的身上复生,筱燕秋站二十年的讲台究竟是为了什么?

筱燕秋终于和老板睡过了。这一步跨出去了，筱燕秋的心思好歹也算了了。这是迟早的事，早一天晚一天罢了。筱燕秋并没有什么特别的感觉，这件事说不上好，也说不上不好，从古到今反正都是这样的。老板是谁？人家可是先有了权后有了钱的人，就算老板是一个令人恶心的男人，就算老板强迫了她，筱燕秋也不会怪老板什么的。更何况还不是。筱燕秋在这个问题上没有半点羞答答的，半推半就还不如一上来就爽快。戏要不就别演，演都演了，就应该让看戏的觉得值。

可是筱燕秋难受。这种难受筱燕秋实在是铭心刻骨。从吃晚饭的那一刻起，到筱燕秋重新穿上衣服，老板从头到尾都扮演着一个伟人，一个救世主。筱燕秋一脱衣服就感觉出来了，老板对她的身体没有一点兴趣。老板是什么？这年头漂亮新鲜的小姑娘就是货架上的日用百货，只要老板喜欢，下巴一指，售货员就会把什么样的现货拿到他们的面前。筱燕秋是自己脱光衣服的，刚一扒光，老板的眼神就不对劲了，它让筱燕秋明白了减肥后的身体是多么地不堪入目。老板一点都没有掩饰。在那个刹那里头筱燕秋反而希望老板是一个贪婪的淫棍，一个好色的恶魔，她就是卖给老板一回她也卖了，然而，老板不那样。老板上了床就更是一个伟人了。他十分从容地躺在了席梦思上，用下巴示意筱燕秋骑上去。老板平躺在席梦思上，一动不动，筱燕秋骑上去之后就只剩下筱燕秋一个人忙活了。有一个阶段老板对筱燕秋的工作似乎比较满意，嘴里哼叽了几声，说，“哦，叶儿。哦，叶儿。”筱燕秋不知道老板到底在哼叽什么。

几天之后，筱燕秋伺候老板之前老板先让她看了几部外国毛片，看完了毛片筱燕秋才算明白过来，大老板在学洋人叫床呢。老板在床上可是冲出了亚洲走向了世界，一下子就与世界接轨了。这固然不是做爱，可是，这甚至不是性交，筱燕秋只是莫名其妙地巴结着一个男人，伺候着一个男人。筱燕秋就觉得自己贱。她好几次都想停下来了，然而，性是一个歹毒的东西，不是你想停就停得下来的。这样的感觉筱燕秋在和面瓜做爱的时候反而没有过。筱燕秋一边动作一边骂着自己，她这个女人实在是下贱得到家了。

筱燕秋从老板那儿回来的时候外面下了一点小雨，马路上水亮水亮的，满眼都是汽车尾灯的倒影与反光，猩红猩红，热烈得有些过分，有些无中生有，因而也就平添了许多颓伤的意思。筱燕秋望着路面上的斑驳反光，认定了自己今晚是被人嫖了。被嫖的却又不是身体。到底是什么被嫖了，筱燕秋实在又说不上来。她弓在巷子的拐角处，想呕吐出一些什么，终于又没有能够如愿，只是呕出了一些声音。那些声音既难听，又难闻。

女儿已经睡了。面瓜正看着电视，陷在沙发里头等着筱燕秋。筱燕秋进了门就没有看面瓜。她不肯和面瓜打照面，低着头径直往卫生间去。筱燕秋打算先洗个澡的，又有些过于多疑，担心这样匆忙地洗澡面瓜会怀疑什么，只好坐到便池上去了。坐了一会儿，没有拉出什么，也没有尿出什么。只是拽着内衣，正过来看了看，反过来又看了看。筱燕秋把自己的上上下下全都检查了一遍，没有发现任何点点斑斑，放下心来走出了卫生间。筱燕秋困乏得厉害，为了不让面瓜看出来，便故意弄出一副精神饱满的样子。面瓜还坐在那儿，弄不懂筱燕秋为什么这样开心，傻笑起来，说："喝酒啦？脸红红的。"筱燕秋的心口咯噔了一下，轻描淡写地说："哪里红。"面瓜认真起来，说："是红了。"筱燕秋不敢纠缠，立即把话岔开了，说："孩子呢？"面瓜说："早就睡了。"筱燕秋不情愿面瓜老是站在自己的面前，她实在不能承受面瓜的目光。筱燕秋说："你先上床去吧，我冲个澡。"她回避了"睡觉"这两个字，但"上床"的意思其实还是一样的。筱燕秋说这句话的时候迅速地瞥了一眼面瓜，面瓜却开心起来了，不住地搓手。筱燕秋的胸口平白无故地便是一阵痛。

筱燕秋把洗澡水的温度调得很烫，几乎达到了疼痛的程度。筱燕秋就希望自己疼。疼的感觉具体而又实在，甚至还有一点快慰，有一种自虐和自戕的味道。筱燕秋把自己冲了又冲，搓了又搓。她用指头抠向身体的深处，企图抠出一点什么，拽出一点什么。洗完了，筱燕秋坐在了客厅里的沙发上，皮肤上泛起了一层红，有些火烧火燎的。大约在深夜十一点，面瓜裹着毛巾被出来了。面瓜显然没睡，挂着一脸巴结的笑，面瓜说："魂不守舍的，捡到钱包了吧？"筱燕秋没有搭腔。面瓜文不对题地"嗨"了一声，说："今天是周末了。"筱燕秋凛了一下，紧张起来了，不动。面瓜挨着筱燕秋坐下来，嘴唇正对着筱燕秋的右耳垂。面瓜张开嘴巴，顺势把筱燕秋的耳垂衔在了嘴里，手却向常去的地方去了。筱燕秋的反应是她自己都始料不及的，她一把就把面瓜推开了，她的力气用得那样猛，居然把面瓜从沙发上推下去了。筱燕秋尖声叫道："别碰我！"这一声尖叫划破了宁静的夜，突兀而又歇斯底里。面瓜怔在地上，起先只是尴尬，后来竟有些恼羞成怒了，夜深人静的，又不敢发作。筱燕秋的胸脯一鼓一鼓的，像胀满了风的帆。筱燕秋抬起头来，眼眶里突然沁出了两汪泪，她望着自己的丈夫，说："面瓜。"

今夜不能入眠。筱燕秋在漆黑的夜里瞪大了眼睛，黑夜里的眼睛最能看清的就是自己的今生今世。筱燕秋的一只眼睛看着自己的过去，一只眼睛看着自己的未来。可筱燕秋的两眼都一样的黑。筱燕秋好几次想伸出手去抚摸面瓜的后背，终于忍住了。她在等天亮。天亮了，昨天就过去了。

除了学戏，春来总是闷不吭声，静得像一杯水。空闲的时刻春来习惯于一个人坐在一边，又长又弯的眉毛挑在那儿，大而亮的眼睛这儿睃睃，那儿瞅瞅，一副妩媚而又自得的模样。春来的身上有一种寂静的美，恬然的美，一举一动都透出弱柳扶风的意味。但是，这样的女孩子说来动静就来了动静。春来无风就是三尺浪。她带来了消息，一个让筱燕秋五雷轰顶的消息。

临近响排的那一天炳璋突然把筱燕秋叫住了。炳璋的脸上很不好看，他闷着头，不声不响地只是把筱燕秋往自己的办公室里带。春来坐在炳璋的办公室里，安安静静地翻着当天的晚报。筱燕秋一看见春来就预感到有什么事发生了。

“她要走。”炳璋一进办公室就这样没头没脑地说。

“谁要走?”筱燕秋懵在那儿。她看了一眼春来,不解地问:“要到哪里去?”

春来站起身来,依旧不肯看自己的老师。她站在筱燕秋的面前,一言不发,只是望着自己的脚尖。春来的模样再一次使筱燕秋想起了自己的当初,她当初站在李雪芬的病床前面就是这副样子的。但是,自己的心气和春来的现在显然是不可同日而语的。春来磨蹭了半天,开口说话了。春来说:“我想走。”春来说:“我要到电视台去。”

筱燕秋听清楚了,就是不明白。春来的那两句话前言不搭后语的,筱燕秋弄不清里面的山高水深。筱燕秋说:“你要到哪里去?”

春来直接把底牌亮出来了。春来说:“我不想演戏了。”

筱燕秋听明白了,每一个字都听清楚了。筱燕秋静静地打量着她的学生,慢慢歪过了脑袋。筱燕秋轻声说:“你不想做什么?”

春来又沉默了,接下来的话是炳璋帮她说的。炳璋说:“电视台要一个主持人,她报名去了,一个月之前她就报名去了。都已经面试过了,人家要她。”筱燕秋想起来了,说戏的那些日子里头电视台的确是在晚报上做过广告的,那有一个月了,这孩子不声不响居然把什么都准备好了。筱燕秋傻在了沙发旁边,身体晃了一下,就好像被谁拽了一把。筱燕秋顿时就乱了方寸。她伸出双手,打算搭到春来的肩膀上去的,刚一伸手,又收回了原处。筱燕秋喘息了,突然喊道:“你知道你在说什么?”

春来看了看窗外,不说话。

“你休想!”筱燕秋大声说。

“我知道你在我的身上花费了心血,可我走到今天也不容易。你不要拦我。”

“你休想!”

“那我退学。”

筱燕秋抬起了双手，就是不知道要抓什么。她看了看炳璋，又看了看春来。双手抖动起来。她一把拽住了春来的衣襟，心碎了。筱燕秋低声说：“你不能，你知道你是谁？”

春来耷拉着眼皮，说：“知道。”

“你不知道！”筱燕秋心痛万分地说，“你不知道你是多好的青衣——你知道你是谁？”

春来歪了歪嘴角，好像是笑，但没出声。春来说：“嫦娥的B档演员。”

筱燕秋脱口说：“我去和他们商量，你演A档，我演B档，你留下来，好不好？”

春来掉过头去，说：“我不抢老师的戏。”

春来还是那样生硬，然而，口气上毕竟有所松动了。筱燕秋抓住了春来的手，慌忙说：“没的，你没有抢我的戏！你不知道你多出色，可我知道。出一个青衣多不容易，老天爷要报应的——你演A档，你答应我！”她把春来的手捂在自己的掌心里，急切地说，“你答应我。”

春来抬起了头来，望着她的老师。这么些日子来春来还是第一次这样正眼看她的老师。筱燕秋仔细地研究着春来的目光，这是一种疑虑的目光，一种打算改弦更张的目光。筱燕秋全神贯注地看着春来，就好像春来的目光一移开立即就会飞走了似的。炳璋一直注视着春来，他从春来细微的变化当中看到了玄机。那绝对是七不离八的。炳璋有底了，知道和春来的谈话从哪儿入手了。炳璋对筱燕秋摆了摆手，示意她先出去。筱燕秋不动，都有些神经质了，直到炳璋把手搭在了她的肩上她才还过了神来。筱燕秋一步一回头。炳璋悄声说：“先回去，你先回去。”

筱燕秋回到了排练大厅，远远地打量着炳璋的那扇窗。那扇窗现在是她的命。排练结束了，人去楼空，空荡荡的排练大厅孤零零地吊着筱燕秋的身影。筱燕秋在焦急地等。夕阳残照，大厅里的粉尘悬浮在半空，橙黄橙黄的，弥漫着一股毫无由头的温馨，植物的叶片被残阳放大了，已经看不出植物叶片的轮廓。筱燕秋抱着胳膊，在大厅里来来回回。炳璋的窗户突然打来了，探出了炳璋的脑袋和一条手臂。筱燕秋看不见炳璋的表情，然而，她看到了炳璋挥舞胳膊。炳璋挥得很有力，最后还把指头握成了拳头。筱燕秋明白了。她扶着墙边的练功架，泪水涌了上来。她的身体沿着墙面慢慢滑落了下去。在她坐在地板上的时候，筱燕秋终于哭出了声来。她的一切差一点就付诸东流了，这真的是一场劫后余生。这是多么幸福的泪水？多么令人欣慰的泪水？筱燕秋扶着一把椅子，扶着椅子的靠背坐了上去。她在椅子上慢慢地哭，慢慢地体会这份幸福和欣慰。筱燕秋在抹眼泪的时候认认真真地责备了自己一回，剧组一成立她其实就应该和春来说明白的，春来要是有戏演，她断不至于去找别的出路的。自己都这个年纪了，一个青衣到了这个岁数，还争什么戏？还演什么A档。这样多好！反正春来都已经顶上来了，再怎么说，春来终究是另一个自己，是自己的另一种方式。只要春来唱红了，自己的命脉一样可以在春来的身上流传下来的。这么一想筱燕秋突然轻松了，心中的压力与阴影荡然无存。放弃，彻底放弃。筱燕秋深深地出了一口气，心情为之一振。

减肥真的像一场病。病去如抽丝，病来如山倒。开禁没几天，磅秤的红色指针呼啦一下就把筱燕秋的体重反弹上去了，还捞回了零点五公斤，都有点像有奖销售了。筱燕秋的心情爽朗了一些日子，但是，等体重真的回复到过去，筱燕秋便又后悔了。刚刚到手的机会说失去就这么失去了，这样的伤心实在是毁灭性的。筱燕秋望着磅秤上的红色指针，指针上去一点筱燕秋的心就沉下去一点。但是筱燕秋不允许自己伤心，不是不允许自己流露出伤心，而是不允许自己产生一点点难受的念头，产生多少就掐死多少。

做出放弃的承诺之后，筱燕秋原以为自己从此就能够心静如水的。但是没有。相反，登台的念头甚至比以往更强烈了。可是放弃A档毕竟是筱燕秋在炳璋的面前亲口承诺的，这个承诺是一把剑，筱燕秋亲眼看着自己被这把剑劈成两个，一个站在岸上，另一个则被摁在了水底。当水下的筱燕秋企图浮出水面的时候,岸上的筱燕秋毫不犹豫地就会用鞋底把她踩向水的深处。岸上的筱燕秋感到了水下的窒息,而水下的筱燕秋则亲眼目睹了谋杀的冷酷。岸上和水下的两个女人一起红眼了,怒目相向。筱燕秋在水底与岸上两头挣扎,疲惫万分。她选择了拼命进食,宛如溺水的人拼命喝水。她的体重就此一路飙升。捞回来的体重不仅是对春来的一种交代,同样也是对自己最有效的阻拦。筱燕秋第一次发现自己这么能吃,实在是好胃口。

剧组的人们从筱燕秋的身上看出了反常种种。这个沉默的女人在减肥初见成效的时刻说放弃就放弃了。没有人听到筱燕秋说起过什么,然而,人们看着筱燕秋的脸色重新红润起来了,而唱腔的气息也再一次落了地,生了根。有人猜测,那次"刺花儿"对筱燕秋的刺激一定太大了,要不然,像筱燕秋这样好强的女人不可能说放弃就放弃了。真正反常的也许还不是筱燕秋放弃了减肥,几乎所有的人都注意到了,《奔月》刚进入响排,筱燕秋其实已经把自己撤下来了。实地排练的差不多全是春来,筱燕秋只是提着一张椅子,坐在春来的对面,这儿点拨一下,那儿纠正一下。筱燕秋显出一副愉快万分的模样,只是愉快得有些过了头,就好像太阳都已经放到她们家冰箱里了。这一来就免不了夸张和表演的意思。筱燕秋把所有的精力全都耗在了春来的身上,看上去再也不像一个演员在排练,更像一个导演,严格地说,像春来一个人的导演。人们不知道筱燕秋到底怎么了,没有人知道这个女人的脑子里栽的是什么果,开的是什么花。

一到家筱燕秋的疲惫就全上来了。那种疲惫像秋雨之后马路两侧被点燃的落叶,弥散出的呛人的浓烟,缭绕着,纠缠着,盘旋在筱燕秋的体内。筱燕秋甚至连眼睛都有些累了,只要一看住什么东西,一看就是好半天,眼珠子就再也懒得挪动一下了。好几次筱燕秋都直起了腰,大口大口地做深呼吸,想把虚拟的烟雾从自己的胸口呼出去,可是深呼吸总也是吸不到位,努力了几次,筱燕秋只好作罢了。

筱燕秋的失神自然没有逃出面瓜的眼睛,她那种半死不活的模样不能不引起面瓜的高度关注。她在床上已经连续两次拒绝面瓜了，一次冷漠，另一次则神经质。她那种模样就好像面瓜不是想和她做爱，而是提了一把匕首，存心想刺刀见红。面瓜已经暗示了几次了，有些话说得都已经相当露骨了，她竟然什么都没有听得进去。这个女人的心一定开岔了，这个女人看来是不为所动了。

七

炳璋在筱燕秋给春来示范亮相的时候找到了筱燕秋。春来在亮相这个问题上老是处理得不那么到位。亮相不仅是戏剧心理的一种总结，它还是另一种戏剧心理无言的起始。亮相有它的逻辑性，有它的美。亮相最大的难点就是它的分寸，艺术说到底都是一种恰如其分的分寸。筱燕秋连续示范了好几遍。筱燕秋强打着精神，把说话的声音提到了近乎喧哗的程度。她要让所有的人都看出来，她热情洋溢，她还心平气和，她没有丝毫不甘，没有丝毫委屈，她的心情就像用熨斗熨过了一样平整。她不仅是最成功的演员，她还是这个世上最幸福的女人，最甜蜜的妻子。

炳璋这时候过来了。他没有进门，只在窗户的外面对着筱燕秋招了招手。炳璋这一次没有把筱燕秋叫到办公室里去，而是喊到了会议室。他们的第一次谈话是在办公室里进行的。那一次谈得很好，炳璋希望这一次同样谈得很好。炳璋先是询问了排练的一些具体情况，和颜悦色的，慢条斯理的。炳璋要说的当然不是排练，可他还是习惯于先绕一个圈子。他这个团长不知道为什么，就是有点害怕面前的这个女人。

筱燕秋坐在炳璋的对面，专心致志。她那种出格的专心致志带上了某种神经质的意味，好像等待什么宣判似的。炳璋瞥了一眼筱燕秋，说话便越发小心翼翼了。

炳璋后来把话题终于扯到春来的身上来了，炳璋倒也是打开窗子说起了亮话。炳璋说，年轻人想走，主要还是担心上不了戏，看不到前途，其实也不是真的想走。筱燕秋突然堆上笑，十分突兀地大声说：“我没有意见，真的，我绝对没有意见。”炳璋没有接筱燕秋的话茬，顺着自己的思路往下走。炳璋说：“照理说我早就该找你交流交流的，市里头开了两个会，耽搁了。”炳璋自我解嘲似的笑了笑，说：“你是知道的，没办法。”筱燕秋咽了一口，又抢话了，说：“我没意见。”炳璋小心地看了一眼筱燕秋，说：“我们还是很慎重的，专门开了两次行政会议，我想再和你商量商量，你看这样好不好——”筱燕秋突然站起来了，她站得如此之快，把她自己都吓了一跳。筱燕秋又笑，说：“我没意见。”炳璋紧张地跟着站起了身，疑疑惑惑地说：“他们已经和你商量了？”筱燕秋茫然地望着炳璋，不知道“他们”和她“商量了”什么了。炳璋把下嘴唇含在嘴里，不住地眨眼，有些欲言又止。炳璋最后还是鼓起了勇气，磕磕绊绊地说：“我们专门开了两次行政会议，我们想呢——他们还是觉得我来和你商量妥当一些，能够从你的戏量里头拿出一半，当然了，你不同意也是合情合理的，你演一半，春来演一半，你看看是不是——”

下面的话筱燕秋没有听清楚，但是前面的话她可是全听清楚了。筱燕秋突然醒悟过来了，这些日子她完全是自说自话了，完全是自作主张了！领导还没有找她谈话呢！一出戏是多大的事？演什么，谁来演，怎么可能由她说了算呢？最后一定要由组织来拍板的。她筱燕秋实在是拿自己太当人了。一人一半，这才是组织上的决定呢，组织上的决定历来就是各占百分之五十。筱燕秋喜出望外，喜出了一身冷汗，脱口说：“我没意见，真的，我绝对没有意见。”

筱燕秋的爽快实在出乎炳璋的意料。他小心地研究着筱燕秋，不像是装出来的。炳璋悄悄地松了一口气。炳璋有些激动，想夸筱燕秋，一时居然没有找到合适的词句。炳璋后来自己也奇怪，怎么说出那样一句话来了，几十年都没人说了。炳璋说：“你的觉悟真是提高了。”筱燕秋在返回排练大厅的路上几乎喜极而泣，她想起了春来闹着要走的那个下午，想起了自己为了挽留春来所说的话。筱燕秋突然停下了脚步，回头看会议室的大门。筱燕秋当着炳璋的面说过的，春来演A档，可炳璋并没有拿她的话当回事。显然，炳璋一定只当是筱燕秋放了个屁。筱燕秋对自己说，炳璋是对的，她这个女人所做的誓言顶多只是一个屁。不会有人相信她这个女人的，她自己都不相信。

过道里旋起了一阵冬天的风，冬天的风卷起了一张小纸片。孤寂的小纸片是风的形式，当然也就是风的内容。没有什么东西像风这样形式与内容绝对同一的了。这才是风的风格。冬天的风从筱燕秋的眼角膜上一扫而过，给筱燕秋留下了一阵颤栗。纸片像风中的青衣，飘忽，却又痴迷，它被风丢在了墙的拐角。又是一阵风飘来了，纸片一颠一颠的，既像躲避，又像渴求。小纸片是风的一声叹息。

天气说冷就冷了，而公演的日子说近也就近了。老板在这样的时刻表现了老板的威力，老板实在是一个操纵媒体的大师，最初的日子媒体上只是零零星星地做一些报道，随着公演一天一天地逼近，媒体逐渐升温了，大大小小的媒体一起喧闹了起来。热闹的舆论营造出这样一种态势，就好像一部《奔月》业已构成了公众的日常生活，成了整个社会倾心关注的焦点。媒体设置了这样一个怪圈：它告诉所有的人，“所有的人都在翘首以待。”舆论以倒计时这种最为撩拨人的方式提醒人们，万事俱备，只欠东风。

响排已经接近了尾声。这个上午筱燕秋已经是第五次上卫生间了，一大早起床的时候筱燕秋就发现身上有些不大对路，恶心得要了命。筱燕秋并没有太往心里去。前些日子服用了太多的减肥药，感受好像也是这样的。第五次走进卫生间之后，筱燕秋的脑子里头一直挂牵着一件事，到底是什么事，一时又有点想不起来，反正有一件要紧的事情一直没有做。筱燕秋就觉得自己胀得厉害，不住地要小解。其实也尿不出什么。利用小解的机会筱燕秋又想了想，还是觉得有一件要紧的事情还没有做。就是想不起来。

洗手的时候一阵恶心重又犯上来了，顺带着还涌上来一些酸水。筱燕秋呕了几口，突然愣住了。她想起来了。筱燕秋终于想起来了。她知道这些日子到底是什么事还没做了。她惊出了一身汗，站在水池的面前，一五一十地往前推算。从炳璋第一次找她谈话算起，今天正好是第四十二天。四十二天里头她一直忙着排戏，居然把女人每个月最要紧的事情弄忘了。其实也不是忘了，破东西它根本就没有来！筱燕秋想起了四十二天之前她和面瓜的那个疯狂之夜。那个疯狂的夜晚她实在是太得意忘形了，居然疏忽了任何措施。她这三亩地怎么就那么经不起惹的呢？怎么随便插进一点什么它都能长出果子来的呢？她这样的女人的确不能太得意，只要一忘乎所以，该来的肯定不来，不该来的则一定会叫你现眼。筱燕秋下意识地捂住了自己的小肚子，先是一阵不好意思，接下来便是不能遏制的恼怒。公演就在眼前，她那天晚上怎么就不能把自己的大腿根夹紧呢？筱燕秋望着水池上方的小镜子，盯着镜子中的自己。她像一个最粗鲁的女人用一句最下作的话给自己做了最后总结："操你妈的，夹不住大腿根的贱货！"

肚子成了筱燕秋的当务之急。筱燕秋算了一下日子，这一算一口凉气一直逼到了她的小腿肚子。公演的日子就在眼前，要是在戏台上犯了恶心，呕吐起来，救火都来不及的。首选当然是手术。手术干净、彻底，一了百了。可手术到底是手术，皮肉之苦还在其次，恢复起来可实在是太慢了。上了台，你就等着"刺花儿"吧。筱燕秋五年之前坐过一次小月子，刮完了身子骨便软了，拖拉了二十多天。筱燕秋不能手术，只有吃药。药物流产不声不响的，歇几天或许就过去了。筱燕秋站在水池的前面，愣在那儿，突然走出了卫生间，直接往大门口的方向去。筱燕秋要抢时间，不是和别人抢，而是和自己抢，抢过来一天就是一天。

筱燕秋的手上捏了六粒白色的小药片。医生交代了，早晚各一粒，后天上午两粒，吃完了再去找他。小药片的名字起得实在是抒情，"含珠停"。就好像筱燕秋的肚子里头这刻儿含着的是一粒锃亮的珍珠，正在缓缓地生长，筱燕秋要做的事情是把它停下来。难怪现在写诗的少了，写戏的少了，他们都忙着给大大小小的药丸子起名字去了。筱燕秋望着手里的小药片，心中涌起了一阵酸楚。女人的一生总是由药物相陪伴，嫦娥开了这个头，她筱燕秋也只能步嫦娥的后尘。药物实在是一个古怪的东西，它们像生活当中特别诡异的阴谋。

筱燕秋的家离医院有一段路，筱燕秋还是决定步行回去。一路上她生着自己的气，更多的是生面瓜的气。到家的时候她已经不是在生面瓜的气了，而是对面瓜充满了仇恨。一进家门她就没有给面瓜好脸。筱燕秋没有吃，没有洗，倒下头便睡。

筱燕秋没有请假，说到底流产这样的事情也不是什么了不得的光荣，没必要弄得路人皆知。只不过筱燕秋有点扛不住“含珠亭”的药物反应。她恶心得厉害了，身子骨全轻了，像是从月亮上刚飞回来的。筱燕秋用力支撑着，总算把这一天的排练挺过来了。但是，她的仇恨却与日俱增。筱燕秋这一次总算把面瓜恨到骨子里头了。第二天的夜晚是昨天晚上的翻版，气氛却比昨天更为凌厉。筱燕秋走进家门的时候更加严峻地阴着一张脸，不吃，不喝，不洗，不说，一声不响地上床。家里异样了。冬天的风一起堵在了面瓜的门口，顺着门缝扁扁地劈了进来。面瓜静静地听了一会儿，不知所以，不知所措。

但是筱燕秋并没有睡。面瓜在夜深人静的时候听到了她的沉重叹息。她把气吸得那么深，而呼的时候却故意收住了，静悄悄的，好像故意不让人听见似的，这又瞒得住谁呢？面瓜也轻轻地叹了一口气。生活出了问题了，生活绝对出了问题了。面瓜看到了生活的尽头。

面瓜开始缅怀起过去。一个人学会了缅怀，必然意味着某一种东西走到了尽头。面瓜是在筱燕秋最落魄的时候鸠占了雀巢，两个人原本就不般配的。人家现在又能演戏了，又要做大明星了，做了嫦娥的人除了想往天上飞还往哪儿飞？她迟早总是要飞回到天上去的。这个家离鸡飞狗跳的日子绝对不远了。面瓜记起了筱燕秋这些日子里的诸种反常，面对着夜的颜色，兀自冷笑了一回。

一大早筱燕秋吃掉最后两粒药片,坐在家里静静地等。上午九点,筱燕秋带上擦换的纸巾往医院去。医生没有做别的,还是命令她吃药。这一回医生给她的是三颗六角形的白色片剂,筱燕秋一口吞进了肚子,转了一会儿,在一边的椅子上静静地坐等。腹部的阵痛在她坐下之后慢慢开始了,一阵紧似一阵。筱燕秋弓在那里,不声不响地喘息。后来医生过来了,厉声说:"坐在这儿做什么?要等四个小时呢。出去跑,跳,坐在这儿做什么?"筱燕秋来到了楼下,肚子却疼得咬人了,有些支撑不住,就想找个地方好好躺下来。筱燕秋不敢回到楼上,实在又不愿意待在医院的门口,万一碰上熟人免不了丢人现眼。

筱燕秋实在熬不过去,一赌气就回到了家中。家中没有人,整座楼上都没有人。筱燕秋站在客厅里头,突然想起了医生的话。她决定跳,决定在这个无人的时刻弄出一点动静来。筱燕秋脱了鞋,光着脚,"呼"地一下一蹦多高。光着的脚后跟落在了楼板上,楼板"咚"地一下,吓了筱燕秋一跳,听上去却鼓舞人心。筱燕秋倾听了片刻,再跳,楼板"咚"地又一下。楼板的轰隆声激励了筱燕秋,筱燕秋越跳越疼,越疼越跳,颠跳伴随着疼痛,疼痛伴随着颠跳。筱燕秋越跳越高,越跳越来神了。一阵空前的畅快与轻松突然间布满了筱燕秋全身,这真是一次意外的收获,意外的惊喜。筱燕秋扒掉了大衣,在自己的大衣上拼命地跳跃、拼命地扭动。她的头发散开来了,像一万只手,在半空中乱舞乱抓。筱燕秋就想叫,只想叫。不过不叫也没有关系,这样就足够了。筱燕秋都忘记了为什么而跳的了,她现在只是为跳而跳,为"咚咚"作响而跳,为地动山摇而跳。筱燕秋痛快淋漓了,升腾起来了,飞起来了。她竭尽了全力,直至耗尽了最后一丝体力。筱燕秋躺在地板上,眼窝里沁出了幸福的泪。

楼下小卖部的女人听到了楼上的反常动静。她伸出了脖子,自语说:"楼上这是怎么啦?"她的丈夫正在数钱,没有抬头,"嗨"了一声,说:"装修呢。"

中午时分那粒"珍珠"从筱燕秋的体内滑落了出来。血在流,疼痛却终止了。无痛一身轻，从疼痛中解脱出来的时刻多么令人陶醉！筱燕秋疲惫万分。她躺在床上，仔细详尽地体会着这份陶醉、这份轻松、这份疲惫。陶醉是一种境界。轻松是一种领悟。疲惫是一种美。

筱燕秋睡着了。

筱燕秋不知道这一觉睡了有多久，昏睡之中筱燕秋做了许多细碎的梦，连不成片断，像水面上的月光，波光粼粼的，密密匝匝的，闪闪烁烁的，一个都捡不起来。筱燕秋甚至知道自己在做梦，但是醒不来。

“咣当”一声，面瓜下班了。今天下午面瓜下班到家之后显得有点异样，手上没有了轻重，似乎什么都碍他的事。面瓜摔摔打打的，这儿“咚”的一下，那儿“轰”的一下。筱燕秋想支起身子和他说些什么，但是整个人都绵软了，只好罢了。筱燕秋翻了个身，接着睡。

筱燕秋看出了事态的严重性。事实上，当一个人看出了事态的严重性的时候，事态往往已经超出了当事人的认知程度。说起来还是女儿提醒了筱燕秋，那天女儿晚上故意绕到了卫生间里头，问筱燕秋说：“爸爸最近怎么啦？”女儿的脸上是一无所知的样子，孩子的一无所知往往意味着知根知底。这句话把筱燕秋问醒了，她从女儿的目光当中看到了自己的恍惚，看到了家中潜在的危险性。第二天排练一结束筱燕秋就撑着身子拐到了菜场，买了一只老母鸡，顺便还捎了一些洋参片。天这么冷了，面瓜一天到晚站在风口，该给他补一补了。再说自己也该补一补了。等吃完了这顿饭，筱燕秋一定要和面瓜好好聊一聊的。

面瓜回家的时候脸上紫紫的，全是冬天的风。筱燕秋迎了上去。筱燕秋一点都不知道自己热情得有多过分，一点都不像居家过日子的模样。面瓜疑疑惑惑地看了筱燕秋一眼，挪开之后的目光愈加疑云密布了。女儿远远地看了看父母这边，趴在阳台上做作业去了。客厅里头只有筱燕秋和面瓜两个。筱燕秋回头瞄了一下阳台，舀了一碗鸡汤端到了餐桌上。筱燕秋像一个下等酒馆的女老板，热情地劝了，说：“喝点吧，天冷了，补补，鸡汤，还加了洋参片。”

面瓜陷在沙发里头,没动,却点起了一根香烟,面瓜的胸脯笑了一下,脸上的笑容就不那么像笑,看上去有些古怪。面瓜把打火机丢在茶几上,自语说:“补补。鸡汤。还加了洋参片。”面瓜抬起头,说,“补什么补?这么冷的天,让我夜里到大街上去转圆圈?”

这话伤人了。这话一出口面瓜也知道伤人了,听上去还特别的别扭,就好像夫妻两个在一起生活就为了床上那些事似的,这一来又戳到了筱燕秋的痛处。面瓜其实并没有细想,只是心情不好,脱口就出来了。面瓜想缓和一下,又笑,这一回笑得就更不像笑了,看上去一脸的毒。筱燕秋当头遭到了一盆凉水,生活中最恶俗、最卑下的一面裸露出来了。筱燕秋重新把脸拉了下来,说:“不喝拉倒。”

说完这话筱燕秋瞄了一眼阳台,目光正好和女儿撞上了。女儿立即把目光避开了。仰起头,做出一副认真思考的样子。

八

彩排极其成功。春来演了大半场,临近尾声的时候筱燕秋演了一小段,算是压轴。师生同台,真的成了一件盛事了。炳璋坐在台下的第二排,控制着自己,尽量平静地注视着戏台上的两代青衣。炳璋太兴奋了,差不多溢于言表了。炳璋跷着二郎腿,五根手指像五个下了山的猴子,开心得一点板眼都没有。几个月之前剧团是一副什么样子,现在说上戏就上戏了。炳璋为剧团高兴,为春来高兴,为筱燕秋高兴,然而,他还是为自己高兴。炳璋有理由相信自己成了最大赢家。

筱燕秋没有看春来的彩排,她一个人坐在化妆间里休息了。她的感觉实在不怎么好。后来筱燕秋上台了,筱燕秋一登台就演唱了《广寒宫》,这是嫦娥奔月之后幽闭于广寒宫中的一段唱腔,即整部《奔月》最大段、最华彩的一段唱,二黄慢板转原板转流水转高腔,历时十五分钟之久。嫦娥置身于仙境,长河既落,晓星将沉,嫦娥遥望着人间,寂寞在嫦娥的胸中无声地翻涌，碧海青天放大了她的寂寞，天恩浩荡，被放大的寂寞滚动起无从追悔的怨恨。悔恨与寂寞相互厮咬，相互激荡，像夜的宇宙，星光闪闪的，浩淼无边的，岁岁年年的。人是自己的敌人，人一心不想做人，人一心就想成仙。人是人的原因，人却不是人的结果。人啊，人哪，你在哪里？你在远方，你在地上，你在低头沉思之间。人总是吃错了药，吃错了药的一生经不起回头一看，低头一看。吃错药是嫦娥的命运，女人的命运，人的命运。人只能如此，命中八尺，你难求一丈。

这段二黄的后面有一段笛子舞，嫦娥手里拿着从人间带过去的一把竹笛，众仙女飘飘然，徐徐而上。嫦娥在众仙女的环抱之中做无助状，做苦痛状，做悔恨状，做无奈状，做盼顾状。嫦娥与众仙女亮相。整部《奔月》就是在这个亮相之中降下大幕的。

照炳璋原来的意思，彩排的戏量筱燕秋与春来一人一半的。筱燕秋没有同意。她对自己的身体没有把握。嫦娥在服药之后有一段快板唱腔，快板下面又是一段水袖舞，水袖舞张狂至极，幅度相当大。不论是快板还是水袖舞，都是力气活儿。放在过去筱燕秋自然是没有问题的，今天却不行。筱燕秋流产毕竟才第五天。虽说是药物流产，可到底失了那么多的血，身子还软，气息还虚，筱燕秋担心自己扛不下来，到底也不是正式演出。筱燕秋的决定的确是明智的，笛子舞过大，大幕刚刚落下，筱燕秋一下子就坍塌在地毯上了，把身边的"仙女们"吓了一大跳。好在筱燕秋并不慌张，她坐在毡毯上，笑着说："绊了一下，没事的。"筱燕秋没有谢幕，直接到卫生间去了。她感到了不好，下身热热的，热热的东西在往下淌。

筱燕秋从卫生间里出来，一拐弯就被众人围住了。炳璋站在最前面，冲着她无声地微笑，跷着他的大拇指。炳璋在赞美筱燕秋。炳璋的赞美是由衷的，他的眼里噙着泪水。筱燕秋的嫦娥实在是太出色了。炳璋把左手搭在筱燕秋的肩膀上，说："你真的是嫦娥。"

筱燕秋无力地笑着。她突然看见春来了，还有老板。春来依偎在老板身边，仰着脸，满面春风，一路走一路和老板说着什么。老板步履矫健，神采奕奕,像微服私访的伟人。老板亲切地微笑着,边微笑边点头。筱燕秋从他们的神态上面敏锐地捕捉到了异样的征候,心口"咯噔"了一下。筱燕秋笑了笑,迎了上去。

《奔月》公演的这天下起了大雪,一大早就是雪霁之后晴朗的冬日。晴朗的太阳把城市照得亮亮的,白白的,都有些刺眼了。大雪覆盖了城市,城市像一块巨大的蛋糕,铺满了厚厚的奶油,又柔和,又温馨,笼罩着一种特殊的调子,既像童话,又像生日。筱燕秋躺在床上,目光穿过了阳台,静静地看着玻璃外面的巨大蛋糕。筱燕秋没有起床,她就是弄不明白,下身的血怎么还滴滴答答的,一直都不干净。筱燕秋没有力气,她在静养。她要把所有的力气都省下来,留给戏台,留给戏台上的一举一动,一字一句。

临近傍晚的时分厚厚的蛋糕已经被糟蹋得不成样子了,有一种客人散尽、杯盘狼藉的意味。雪化了一部分,积余了一部分,化雪的地方裸露出了大地的乌黑、肮脏、丑陋,甚至狰狞。筱燕秋叫了一辆出租车,早早来到了剧院。化妆师和工作人员早到齐了。今天是一个不一般的日子,是筱燕秋这一生当中最为重要的日子。一下车筱燕秋就在台前与台后都走了一遍,看了一遍,和工作人员招呼了几回,然后,回到化妆间,查看过道具,静静地坐在了化妆台的前面。

筱燕秋望着镜子里的自己,慢慢地调息。她细细地端详着自己,突然觉得自己今天是一个古典的新娘。她要精心地梳妆,精心地打扮,好把自己闪闪亮亮地嫁出去。她不知道新郎是谁,尚未拉开的红色大幕是她头上的红盖头,把她盖住了。一阵慌张十分突兀地涌向了筱燕秋的心房,筱燕秋慌张得厉害。红盖头是一个双重的谜,别人既是你的谜,你同样又构成了别人的谜。你掩藏在红头盖的下面,你与这个世界彻底变成了互猜的关系,由不得你不紧张,不心跳,不神飞意乱。

筱燕秋深吸了一口气,定下心来。她披上了水衣,扎好,然后,筱燕秋伸出了手去。她取过了底彩。她把肉色的底彩挤在了左手的掌心上,均匀地抹在脸上，脖子上，手背上。抹匀了，筱燕秋开始搽凡士林。化妆师递上了面红，筱燕秋用中指一点一点地把自己的眼眶、鼻梁画红了，左右研究了一回，满意了，拍定妆粉。筱燕秋开始上胭脂了。胭脂搽在了面红抹过的部位，面红立即出彩了，鲜亮了起来，镜子里青衣的模样顿时就出来了一个大概。现在轮到眼睛了。筱燕秋用指尖顶住了眼角，把眼角吊向太阳穴的斜上方，画眼，画眉。画好了，筱燕秋松开手，眼角的皮肤一起松垮垮地掉了下来，而眼眶却画在了高处，这一来眼角那一把就有些古怪，妖里妖气的。

化完妆，筱燕秋便把自己交给了化妆师。化妆师湿好了勒头带，开始为筱燕秋吊眉，化妆师把筱燕秋的眼角重新顶上去，筱燕秋感到有点疼。化妆师用潮湿的勒头带把筱燕秋的脑袋裹了一圈又一圈，勒住了眼角的皮，紧绷绷的，吊上去的眼角这一回算是固定住了，筱燕秋的双眼呈到“八”字状，看上去有点像传说中的狐狸，妩媚起来了，灵动起来了。吊好眉，化妆师为筱燕秋贴上大片，左腮一个，右腮一个，筱燕秋的脸型一下子变了，居然变成了一只剥了壳的鸡蛋。上好齐眉穗，盖好水纱，戴上头套，假发，一个活灵活现的青衣立时就出现在镜框里了。筱燕秋盯着自己，看，她漂亮得自己都认不出自己来了。那绝对是另一个世界里的另一个人。但是，筱燕秋坚信，那个女人才是筱燕秋，才是她自己。筱燕秋挺起了胸，侧过头，意外地发现化妆间里挤了好些人。他们一起愣在那儿，专心地看着她，用一种疑惑的眼光研究着她。筱燕秋看到了春来，春来就在身边。春来一直就站在筱燕秋的身边。春来呆在那儿，她不敢相信面前的女人就是与她朝夕相处的老师筱燕秋。筱燕秋简直就是变魔术，突然变出一个人来了。筱燕秋睃了春来一眼。她知道这个小女人此时此刻的心情，她看得出，这个小女人妒忌了。筱燕秋没有开口，她现在谁也不是。她现在只是自己，是另一个世界里的另一个女人。是嫦娥。

大幕拉开了。红盖头掀起来了。筱燕秋撂开了两片水袖。新娘把自己嫁出去了。没有新郎，这个世界就是新郎，所有的人都是新郎。所有的新郎一起盯住了惟一的新娘。筱燕秋站在入口处,锣鼓响了起来。

筱燕秋没有料到一出戏如此之短,筱燕秋只觉得刚开了一个头,刚刚离开了这个世界,说回来就又回来了。筱燕秋起初还担心自己的身体吃不消的,刚刚登台的时候是有那么一点紧张,很快她就完全放松下来了。她开始了抒发,开始了倾诉,她彻底忘记了自己,甚至,彻底忘记了嫦娥,她把满腔的块垒抽成了一根绵延的细长的丝,一点一点地吐了出来。缠绕了起来,挥洒了起来。她在世界的面前袒露出了她自己,满世界都在为她喝彩。她越来越投入,越来越痴迷,筱燕秋越陷越深。这是喜悦的两个小时,哭泣的两个小时,五味俱全的两个小时,缤纷飞扬的两个小时,酣畅的两个小时,凄艳的两个小时,恣意的两个小时,迷乱的两个小时,这还是类似于床第之欢的两个小时。

筱燕秋的身体连同她的心窍,一起全都打开了,舒张了,延展了,润滑了,柔软了,自在了,饱满了,接近于透明,接近于自溢,处在了亢奋的临界点。筱燕秋感到自己成了一颗熟透了的葡萄,就差轻轻的、尖锐的一击,然后,所有黏稠的汁液就会了却心愿般地流淌出来。可是,戏完了,没戏了,结束了,“那个女人”说走就走了,毫不留情地把筱燕秋留给了筱燕秋。筱燕秋置身于巨大的惯性之中,她停不下来,她的身体不肯停下来。筱燕秋欲罢不能,她还要唱,还要演。筱燕秋不知道自己是怎么谢幕的,可大幕黑了一张脸,拉下了。那感觉就如同高潮临近的时候男人突然收走了他的器具。筱燕秋伤心欲绝。筱燕秋就想对着台下喊:“不要走,我求求你们,你们都回来,你们快回来!”

散场了,一切都结束了。筱燕秋不是不累,而是有劲无处使。她在焦虑之中蠢蠢欲动。她在百般失落之中走向了后台,炳璋站在那儿,似乎在等着她。炳璋张开了双臂,正在出口那边高兴地迎候着她。筱燕秋走到炳璋的面前,委屈得像个孩子。她扑在了炳璋的怀里。她把脸埋进炳璋的胸前,失声痛哭。炳璋拍着她,不停地拍着她。炳璋懂。炳璋一个劲地眨巴他的眼睛。没有人知道筱燕秋的心思,没有人知道筱燕秋此时此刻最想做的是什么。筱燕秋自己也说不上来。嫦娥飞走了，只把筱燕秋一个人留在了这个世界上。筱燕秋就觉得自己想找一个男人，不要命地做一次爱。筱燕秋突然抬起了头来，脸上的油彩糊成了一片，三分像人，七分像鬼，炳璋吓了一跳。炳璋再也没有料到筱燕秋会说出这样的话来，炳璋听了筱燕秋的话才知道自己并不懂得这个女人。筱燕秋冷冷地望着炳璋，说："明天还是我。你答应我。明天我还是要上！"

筱燕秋一口气演了四场。她不让。不要说是自己的学生，就是她亲娘老子来了她也不会让。这不是 A 档 B 档的事。她是嫦娥，她才是嫦娥。筱燕秋完全没有在意剧团这几天气氛的变化，完全没有在意别人看她的目光，她管不了这些。只要化妆的时间一到，她就平平静静地坐在了化妆台的前面，把自己弄成别人。

天气晴好了四天，午后的天空又阴沉下来了。昨晚的天气预报说了，今天午后有大风雪的。下午风倒是起了，雪花却没有。午后的筱燕秋又乏了，浑身上下像是被捆住了，两条腿费劲得要了命。下午刚过了三点，筱燕秋突然发起了高烧，而下身又见红了，量比以往似乎还多了些，都没完没了了。高烧来得快，上得更快。筱燕秋的后背上一阵一阵地发寒，大腿的前侧似乎也多出了一根筋，拽在那儿，吊在那儿，无缘无故地扯着疼。筱燕秋到底不踏实了，到医院挂了妇科门诊。筱燕秋计划好了的，开上药，吃了，好歹也不会耽搁晚上的演出。可这一回医生倒是没有忙着让她吃药，而是问了又问，开出一大串的检查单子，叫她查了又查。医生一脸的肃穆，既没有吓人的话，也没有宽慰人的话，一副死不了也不怎么好的样子。医生最后开口了，医生说："怎么拖到现在？内膜都感染成这样了，你看看血项。"医生后来说，"手术还是要做。最好呢，住下来。"筱燕秋没有讨价还价，生硬地说："我不住。"筱燕秋又追了一句，说，"手术能不能等些时候？"医生的目光从眼镜框的上方看过来，说："身体不等人哪。"筱燕秋说："我不住。"医生拿起了处方，龙飞凤舞，说："先消炎，再忙你也得先消炎。先吊两瓶水再说。"

利用取药的工夫筱燕秋拐到大厅,她看了一眼时钟,时间不算宽裕,毕竟也没到火烧眉毛的程度。吊到五点钟,完了吃点东西,五点半赶到剧场,也耽搁不了什么。这样也好,一边输液,一边养养神,好歹也是住在医院里头。

筱燕秋完全没有料到会在输液室里头睡得这样死,简直都睡昏了。筱燕秋起初只是闭上眼睛养养神的,空调的温度打得那么高,养着养着居然就睡着了。筱燕秋那么疲惫,发着那么高的烧,输液室的窗户上又挂着窗帘,人在灯光下面哪能知道时光飞得有多快?筱燕秋一觉醒来,身上像松了绑,舒服多了。醒来之后筱燕秋问了问时间,问完了眼睛便直了。她拔下针管,包都没有来得及提,拔完了针管就往门外跑。

天已经黑了。雪花却纷扬起来。雪花那么大,那么密,远处的霓虹灯在纷飞的雪花中明灭,把雪花都打扮得像无处不入的小婊子了,而大楼却成了器宇轩昂的嫖客,挺在那儿,在错觉之中一晃一晃的。筱燕秋拼命地对着出租车招手,出租车有生意,多得做不过来,傲慢得只会响喇叭。筱燕秋急得没病了,一个劲地对着出租车挥舞胳膊,都精神抖擞了。她一路跑,一路叫,一路挥舞她的胳膊。

筱燕秋冲进化妆间的时候春来已经上好妆了。她们对视了一眼,春来没有开口。筱燕秋上课的时候关照过她的,化上妆这个世界其实就没有了,你不再是你,他也不再是他,——你谁都不认识,谁的话你也不要听。筱燕秋一把抓住了化妆师,她想大声告诉化妆师,她想告诉每一个人,"我才是嫦娥,只有我才是嫦娥!"但是筱燕秋没有说。筱燕秋现在只会抖动她的嘴唇,不会说话。此时此刻,筱燕秋就盼望着王母娘娘能从天而降,能给她一粒不死之药,她只要吞下去,她甚至连化妆都不需要,立即就可以变成嫦娥了。王母娘娘没有出现,没有人给筱燕秋不死之药。筱燕秋回望着春来,上了妆的春来比天仙还要美。她才是嫦娥。这个世上没有嫦娥,化妆师给谁上妆谁才是嫦娥。

锣鼓响起来了。筱燕秋目送着春来走向了上场门。大幕拉开了,筱燕秋看见老板坐在了第三排的正中央。他像伟人一样亲切地微笑，伟人一样缓慢地鼓掌。筱燕秋望着老板，反而平静下来了。筱燕秋知道她的嫦娥这一回真的死了。嫦娥在筱燕秋四十岁的那个雪夜停止了悔恨。死因不详，终年四万八千岁。

筱燕秋回到了化妆间，无声地坐在化妆台前。剧场里响起了喝彩声，化妆间里就越发寂静了。她望着自己，目光像秋夜的月光，汪汪地散了一地。筱燕秋一点都不知道她做了些什么，她像一个走尸，拿起水衣给自己披上了，然后取过肉色底彩，挤在左手的掌心，均匀地、一点一点地往脸上抹，往脖子上抹，往手上抹。化完妆，她请化妆师给她吊眉、包头、上齐眉穗、带头套，最后她拿起了她的笛子。筱燕秋做这一切的时候是镇定自若的，出奇地安静。但是，她的安静让化妆师不寒而栗，后背上一阵一阵地竖毛孔。化妆师怕极了，惊恐地盯着她。筱燕秋并没有做什么，也没有说什么，只是拉开了门，往门外走。

筱燕秋穿着一身薄薄的戏装走进了风雪。她来到剧场的大门口，站在了路灯的下面。筱燕秋看了大雪中的马路一眼，自己给自己数起了板眼，同时舞动起手中的竹笛。她开始了唱，她唱的依旧是二黄慢板转原板转流水转高腔。雪花在飞舞，剧场的门口突然围上来许多人，突然堵住了许多车。人越来越多，车越来越挤，但没有一点声音。围上来的人和车就像是被风吹过来的，就像是雪花那样无声地降落下来的。筱燕秋旁若无人。剧场内爆发出又一阵喝彩声。筱燕秋边舞边唱，这时候有人发现了一些异样，他们从筱燕秋的裤管上看到了液滴在往下淌。液滴在灯光下面是黑色的，它们落在了雪地上，变成了一个又一个黑色窟窿。

是谁在深夜说话

关于时间的研究最近有了眉目，我发现，时间在大部分情况下只呈现两种局面：一、白昼；二、黑夜。时间大致上没有超出这两种范畴。但是，人类的生存习惯破坏了时间的恒常价值，白昼的主动意义越来越显著了，黑夜只是作为陪衬与补充而存在。其实我们错了。我想把上帝的话再重复一遍：你们错了，黑夜才是世界的真性状态。

基于上述错误，我们在白天工作，夜间休息。但是，优秀的人，不，也可以这么说：接近上帝的人不采取这种活法。例子信手拈来，我们的哲学家，我们的妓女，他们就只在夜间劳作。白天里他们马马虎虎，整天眯着一双瞌睡眼。他们处置白昼就像我们对待低面值破纸币，花出去多少就觉得赚回来多少。

我也是夜里不睡的那种人。我的生命大部分行进在夜间。熬夜消耗了我的许多大好时光，反过来说也一样，熬夜构成了我的许多大好时光。但我必须把话挑明了说，我熬夜并不能说明我也是优秀的那种人，不是的。我只是有病，失眠。你千万别以为我能和哲学家、妓女平起平坐了，这点自知我还有。在夜间我偶尔跟在哲学家或妓女身后，狐假虎威，或虎假狐威，都一样。

我住在南京城的旧城墙下面，失眠之夜我就在墙根下游荡。这里是哲学家与妓女常出没的地方。城墙下有许多树，树与树不一样，但每棵树有每棵树自己的哲学家，这一点至关重要。它决定了那么多的树在根子上是相通的。

稍通历史的人都知道，南京的城墙始于明代。我在一本书上发现，那时候城墙下徘徊的可不是哲学家与妓女，而是月光与狐狸。这两样东西加在一起鬼气森然。但鬼气森然不是大明帝国的风格。大明帝国的南京纸醉金迷，遍地金粉，秦淮河边云集了最杰出的哲学家和最杰出的妓女。几乎所有的中国人都能对明代的妓女如数家珍：董小宛、柳如是、李香君……扳一扳指头就是秦淮八艳。南京城今天的泱泱帝气得力于明代，得力于秦淮河边彩袖弄雨的惊艳一绝。

那一天夜里有很好的月亮，由于月亮的暗示，我把自己想象成狐狸。我点了根烟，以动物的心态贴墙而行。我发现夜很好，真的好极了。月亮照在城墙上，城墙很破，坍塌了许多块，但破得不失大气，有脸有面，月光一照，像一张高清晰度的黑白相片。我行走在夜里，我知道黑夜是没有朝代的，所以我可以在明代散步。只走了两步我就想哭泣，我怀念明代，明代的南京城感人至深。当然，南京现在比那时强多了，人人会说普通话（即官话），家里的卫生间贴上了瓷砖，去年的十月一日还放了礼花。但作为一个夜间失眠的人，一个梦游者，我的梦始发于明代。至少，在每天的黄昏过后，月亮总是从四百年前升起，笼罩了一圈极大的古典光晕。

我和邻居的关系不好。我是说不好，也不一定就是说坏。我们处在一种“物我两忘”的情境中。当然，对小云我不能够。小云是我们楼上最著名的美人，从长相上说，她的眼角和走路的样子都接近于狐狸。她的笑容相当迷人，往往只笑到一半，就收住了，另一半存放在目光的角度里头。许多夜里我看见她行走在墙根边沿，她走到哪里哪里的月亮就流光溢彩，哪里的天空就会有一朵雨做的云。事实上，她的行踪和狐狸十分相似，走得好好的，然后在某一棵大树下面滞留片刻，裙子的下摆一闪，她就没了。我欣赏她身上的诡异风格。我曾经非常认真地准备向她求婚，我已经打听到她是秦淮烟雨小学的音乐老师，甚至连她擅长吹箫我也打听得清清楚楚。那几天我整天想象小云抚管弄箫的模样，越想越陷入痴迷。她吹箫时的脖子应该倾得很长，下唇摁在箫管的顶部，十只指头参差婀娜，像白蜡烛，浸淫在半透明的光中。我必须坦白，我的想象夹杂了相当的色情内容，但这怨不得我，我都三十好几的人了，至今都没有挨过女人。你们都是饱汉，哪知饿汉饥；再说，我整天读那些旧书，哪一本不闹人？

我把我的想法告诉了刘大妈。这名字一听就是居委会的主任。刘大妈听完我的话推了我一把，笑着说："书呆子，人家嫁给你？人家可是鸡窝里的金凤凰！"好多人听到了刘大妈的这句话，他们笑得很厉害。他们一边笑一边侧过头去往小云家的门口看，小云正在那里洗头，旁边晒着她的紫裙子。她的动作又懒又散和她的眼神一样有一股仿古气息，像秦淮河里四百年前的倒影。我伤心地望着小云，伤心地眯起了双眼。我一眯眼小云和她的紫色裙子离我竟远了，成了我和刘大妈讨论婚姻大事的旧背景。我失神了，无端端地想起了一本书上的话：不是历史滋养了现在，而是现在照亮了历史。这话说得多好，小云活生生地在那里洗头，她的长发足以概括整个明代，足以说明任何问题。

江苏省兴化市第二建筑队终于驻扎在城墙边了。有七支建筑队参加了南京市旧城墙的修理招标，兴化市第二建筑队成了最后的胜利者。为了不影响市内交通，他们的修理工程选择在每天夜晚，正像牌子上标明的那样：晚上八时至凌晨四时。这是一个好的决定。修理城墙这样的事应当"历史地"放在深夜。这再一次证实了我的研究成果。细心的读者还记得我在小说的开头所讲的话。历史大部分是在白天完成的，而修补历史是另一码事，只能在深夜。

一盏两千瓦的太阳灯悬挂在城墙垛口。城墙因此而惊心动魄，城墙上的野草、伤痕、子弹坑因此而纤毫毕见。我就此改变了夜间散步的习惯，拿了一张小凳，通宵坐在搅拌机的旁边。建筑队的队长后来发现了我，他特地从城墙的断裂处爬下来，向我汇报了工程的总体构思。我接过他的烟，不说话，直到最后我才点了点头，对他说："可以。"他的话说得很多，概括起来说，他决定把城墙修复到比明代"还完整"。他把这话重复了一遍，我看了他一眼，告诉他"可以"。我顺便问了一句，明代的城墙到底什么样？他把手头的过滤嘴扔到搅拌机的水泥浆里去，大声说："修出来看，修出来是什么样明代就是什么样。"我拍了拍他的肩，这家伙不错，是个哲学家的料。我早就说过，我们的哲学家只在深夜工作。

但小云到底出事了，她给"抓住了"。这三个字时常跟随在美人身后，世俗生活因此险象环生又饶有情致。具体的细节我不清楚。事情也不复杂：一位电工沿着墙根检查电路，他看到了小云的丑态种种。照道理说小云应当能够听到动静的，可她在那种时候就是忘乎所以。手电筒一下子把她抓住了，一只狐狸在喇叭形光柱里头立马原形毕露。她的眼睛到了这个份上居然还闭着。男人这一点比女的强。男人做任何事都能闭一只眼睁一只眼，所以男人历来都能选择最佳时机撒腿狂奔。我在第二天一早专程到现场勘探过，那里有几棵大树，树冠比城墙的垛口还高，树与树之间堆放的全是旧城砖。我就不明白，这地方有什么好，能做什么？

不过，后来我肯定了一点，这种地方绝对不只是月光和狐狸出没的地方，有一块砖头上还有出事当天的晚报。那块砖头被屁股磨得都发亮了，字迹都没有了。旧城砖上可是有字的，这个我很清楚。由谁出资，哪个窑匠生产，提调官是什么人，全烧在砖头背脊上。这些字就是磨平了，劳动人民的历史功绩就是这样给抹杀的。我听到出事的动静冲进了工棚，音乐老师惊魂未定，没有一点凤凰的样子，没有一点仿古气息。我的心情走了样，好在心智尚未大乱。我走到小云面前，扶她，她不动。我说："跟我回家，孩子等你热牛奶呢。"我至今不能相信我能这样大智大勇，大智大勇对我来说仅仅是一次脱口而出。我挽起小云，从建筑工人们的身边款款而出。两千瓦太阳灯的炽白光芒照耀在深夜，它使一轮满月黯然失色。

建筑队长揪过那位电工大声骂道:“操你妈,说过多少次了,只管修墙,别管别的,操你妈,我说过一百次了!”

英雄救美必然导致风流韵事,大部分书上都这样。英雄在一页纸的正面救出了美人,到了这页纸的背面总免不去一些苟且之事。小云来到我的房间,她不做任何铺垫,爽直地脱,赤条条地往床上爬。她望着天花板,说:“你救了我,来吧。”我回头望望一墙壁的书,想起了柳下惠。才过了几秒钟我就乱掉了。到了这种时候我才明白“乱”这个字的厉害。我上了床,因为是自己的床,所以轻车熟路,那种感觉是从城墙上往下跳的感觉,是旧城砖全部风化,以沙的姿态在风中流淌的那种感觉。我坚信我和小云做得很认真,很投入,称得上行云流水。她的嘴唇不停扯动,声音就像纸张慢慢撕裂。她就那样一页一页地撕。后来我对她说;“嫁给我吧,小云,你知道的,嫁给我吧。”后来小云一把推开了我,坐起来穿衣。“还干什么吧,你?”小云无精打采地说,“你救了我你就了不起啦?”

拆迁通知来得很突然。我从拆迁的通告里知道了这样一个基本事实:我们楼房底部的基础部分是用旧城砖砌成的。这是一个易于让人忽视的事实。拆迁通知说,旧城墙需要旧城砖,旧城砖属于国家,属于历史,理当回归国家,还给历史。

拆除楼房当然也是在夜间进行的。那一天没有月亮,建筑工程队在楼房的四个角落支起了四只两千瓦太阳灯,整个工地一片通明。明亮的程度甚至超越了白昼。明亮使灰尘越发纷乱。我站在城墙的顶部,亲眼俯视了脚下的纷乱场景,尘埃被照耀得漫天纷飞,我从来没有见过这样华丽的颓败景象。我想起了古人关于现实生活的高度概括:尘世。我站在旧城墙的顶部,明白了尘世的历史是怎么回事,俏皮一点说,就是拆东墙,补西墙。

兴化市第二建筑工程队按期完成了城墙修复。看过新城墙的人都说,修得好,垛口齐齐整整,蜿蜿蜒蜒,凸凸凹凹,原先不就是这样的吗?有几位赞助商在电视上对记者说,比过去的还要好,新修的部分干干净净，比下面的旧墙漂亮多了，颜色在那儿呢，真是泾渭分明。不怕不识货，就怕货比货嘛。

我住进了新楼，是一个两居室的小套间。样样都好。我真正像一个大都市的现代人了。不好的只有一点，失眠之夜我的梦游不简捷了。我只好骑上自行车，花二十分钟到原先的地方游走。明眼人一眼就看出来了，我的散步另有所图。我徘徊在小云被“抓住了”的地方，怀念单骑闯营、虎口救美的英雄一幕。那些砖头还在，撂在老地方，我成了旧城砖所做的梦，萦绕在它们四周。我夹着烟，坐在小云曾经坐过的砖头上。我突然想起来了，为了修城，我们的房子都拆了，现在城墙复好如初，砖头们排列得合榫合缝、逻辑严密，甚至比明代还要完整，砖头怎么反而多出来了？这个发现吓了我一大跳。从理论上说，历史恢复了原样怎么也不该有盈余的。历史的遗留盈余固然让历史的完整变得巍峨阔大，气象森严，但细一想总免不了可疑与可怕，仿佛手臂砍断过后又伸出了一只手，眼睛瞎了之后另外睁开来一双眼睛。我望着这些历史遗留的砖头，它们在月光下像一群狐狸，充满了不确定性。

与阿来生活二十二天

二黑这小子进去了两年,出来的时候人反而精神了。随便往哪儿一坐都威风凛凛的。华哥给他接风的那天他喝了很多酒,大概有一斤上下,四五种牌子,两三种颜色,最后又用两瓶啤酒清了清嗓子。那一天好多人都趴下了,二黑却稳如磐石。他一杯又一杯地往下灌,脸上还挂着说不上来路的微笑。他脸上的颜色一点也没变,倒是额头上的那块长疤发出了酒光。进去的时候二黑的额头上没有疤,现在有了。一斤酒下肚二黑额上的长疤安安静静地放着光芒。我们轮番向二黑敬酒,他并不和我们干杯,我们的意思一到他就痛快地把酒灌下去。

华哥那一天好像多喝了两杯。人比平时更爽朗了。他当着大伙的面高声说,他决定把上海路上的333酒吧丢给二黑,每个月交给他几个水电费就拉倒了。华哥有钱,他不在乎333酒吧的那点零花。不过华哥肯把333酒吧丢给二黑,多少表明了二黑的面子。333酒吧可是有名的,艺术家们弄女人大多在那儿。女人们想上艺术家的床,不在333酒吧走一遭是难以实现她们的理想的。二黑这小子有福,一出来就能挣上很体面的钱,等头发和胡子的长度都到位了,他当然也就成了艺术家。

我一直忙，接下来的好几个月都没有和二黑联系。有一天深夜，大约两三点钟吧，二黑突然呼我，让我过去坐坐。我正在乡下，为文化馆拍摄一组宣传照片，离城里有好几个小时汽车的路程呢。我只能告诉他去不了。不过我从电话的背景声响上知道二黑的酒吧生意不错。我说改日吧。二黑说："改日？"二黑用老板兼艺术家的腔调对我说："改日就改日吧。"

一晃又是好几个月。城里头的日子经不起过，这个大伙儿都知道。我突然想找个地方一个人坐坐。都已经是晚上十一点多钟了。我想起333。十一点钟正是333的早晨，是一天刚开始的时候。我一进333就被名贵烟酒的气味裹住了。许多艺术家的眼珠子正在这里闪闪发光。我到后间和二楼找了一通二黑。他不在。其实这样更合我的心意。我找了一张空台坐下来，开始喝。我喜欢这个地方。我喜欢看艺术家的长相，他们的头发、胡子。我还喜欢听艺术家的笑。

大约在深夜零时，也就是一个日子与另一个日子相交接的性感时刻，一个漂亮的丫头走进了333。这绝对是个丫头，不是已婚女人。和我一样，她到后间的门口张望了片刻，随后就在楼梯边上的台子上坐下来了，也就是我的台子。她气呼呼的，可能在生什么人的气。她叉着两条腿，不停地用舌尖舔上唇和门牙。后来男招待端上来一杯东西，看样子大概是西洋酒。这丫头一定是常客，她和333有默契。再后来我们就对视了。因为我一直在看她。这丫头犟，她以为我会把目光让开去，可是我不，她就那么盯着我。

"看什么？"

我笑笑，说："看看。"

"没看过？"

我说："没看过。"

这丫头就是阿来。一个小我十四岁的新派丫头，言谈举止让我觉着自己旧。我们在一个日子与另一个日子相交接的性感时分相识在333。

后来我们又换了两个酒吧。到了凌晨三时四十五分，我们的手指已经长在对方的指缝里了。我们喝了一夜，天快亮的时候，酒吧里除了烟味和酒气之外，已经没有什么人了。阿来开始向我叙述她的生活理想。她说她只热爱两件事：第一，性爱；第二，麻将。阿来说，只要有这两样东西，生活其实就齐了。这丫头是个注重个人体验的人，这丫头一定还是一个害怕独处的人，所以她“只”热爱性爱与麻将。这是两项极端个人化的集体活动。

阿来说，她就希望两三天能摸一回麻将，两三天能享受一次稳定的、持久的、高质量的性爱。“这样就好。”阿来叼着红樱桃对我说，“这就是我的英特纳雄耐尔。”

这丫头是个骚货。这很叫我着迷。我的同代人中很少有这样的天才骚货。后来的事实证明了这一点。我喜欢她在床上的奔放风格。她能把床上的一切都上升为行为艺术。她是不留络腮胡子的艺术家。这孩子肯定和许多男人上过床，要不然她不可能这样。我说：“别整天在酒吧里泡了，和我待在一起吧。”我一定是忘形了，居然说了一句又酸又臭的话。我说：“我们恋爱吧。”阿来斜了我一眼，歪着嘴角挖苦我说：“丑不丑？难听死了。”我很不好意思。好在我还算沉着。我拍了拍她的屁股，说：“就这么说吧，别再往别的男人床上爬了。”阿来一撂头发，弄得像做洗发水广告似的，反问说：“凭什么呀我？”我说：“就这么说吧。”

我终于在四牌楼租了一套单居室住房，我和阿来就这样生活在一起了。为了表明我对阿来的珍惜，我决定为我们买一张红木床，谁让我们这样喜爱床上的事呢。但是阿来反对。阿来说：“床上的事，精彩的是人，不是床。”我说：“我总得为你花点钱吧，好歹也是个意思。”阿来脱口说：“谁不让你花钱了？买一套最高档的红木麻将桌嘛。”我就知道这丫头不省油。麻将桌是买回来了，但是我有点别扭，家徒四壁，除了一张席梦思，就是价值上万元的麻将桌。这有点过，有点不着四六。然而，这正是阿来的风格，大处可以马虎，全局可以马虎，所热衷的细节却必须完美。

这丫头是一匹母马,她在奔跑的时候认定了她的尾巴比四只蹄子更重要。

当然,我美化了我们的环境。我为我的阿来拍了近十卷彩照。我把相片放大了,挂在墙上。阿来的各种表情和肌肤掩盖了墙面的驳离。阿来在墙体上千姿百态,又浪荡又圣洁,又破鞋又处女。这丫头经得起拍。她有无数的瞬间心情与瞬间欲念。她的心中装满了千百种女人,惟独没有她自己。我甚至认为这世上其实没有阿来这丫头,她像水一样把自己装在想象的瓶子里,瓶子的造型就是她的造型,瓶子的颜色就是她的颜色。这样纯天然的水性我们这一代人是不具备的。由于寒冷,我们被结成了冰。我们的生硬体态只表明了温度的负数。阿来是流淌的,阿来是淙淙作响的,阿来是卷着旋涡的。如果说,人不能踏进同一条河流,我要说,我不能和同一个阿来做爱。这个小骚货实在太迷人了。

我还想重点介绍我的一幅摄影作品,那是我用 B 门为阿来在灯下拍摄的。由于感光的时间长达一秒,我要求阿来静止不动。但是,她的手闲不住。她不停地用双手在脑后撂头发。照片出来的时候她的脸庞似娇花照水,安娴而又静穆,然而双手与头发却糊成了一片。她的十只指头几乎燃烧起来了,而头发也成了火焰。照相机是从来不说谎的。我只能说,阿来不只是水,她还是燃烧与火焰。我把这幅相片放大到三十四英寸,挂在我们的床前。由于这幅照片,阿来在高潮临近的时候不是说"我淹死你",就是说"我烧死你"。我喜欢我们的水深与火热。

我们的好日子只持续了二十二天。

我们同居的第二十二天是星期六,依照常规,星期六的下午阿来的舅舅又来打麻将了。阿来的舅舅做外装潢生意,有数不尽的钱。他的一举一动包括轻轻一笑都透射出大款的派头,有点像电视剧里的黑社会老大。我注意过欧美电影,欧美电影里的有钱人一个个都像哲学教授,而我们的舅舅一有钱就成了黑老大了。这蛮好玩的。我和阿来都喜欢黑老大舅舅,他每次带了司机过来其实不叫打牌,而是输钱。黑老大舅舅在大把输钱的时候面目十分慈善。所有的黑老大都觉得输钱是一种风度，一种美。

我们和黑老大舅舅围着红木麻将桌坐下来，一摞一摞地码牌，再一张一张地出牌。我们的桌面上没有铺垫子，我们追求并且喜爱骨牌拍在红木桌面上所产生的那种效果：决然，清脆，大义凛然，义无反顾。而最迷人的当数和牌，尤其在门清的时候，一排充满了骨气的骨头十分傲岸地倒下去，这一倒也叫摊牌，骨头们在红木桌面上蹦蹦跳跳的，愉悦，却不张狂。

这个晚上，我的手气背极了。更要命的是，我不停地走神。我不停地想起与麻将无关的事。比方说红木。我记起了我的同事小窦，这个受过高等教育的广西人居然把红木上升到了历史文化和东方审美的高度，他说，由于明朝皇帝对红木的病态迷恋，红木在中国经历了明清两代早就不是植物了，它汉化了，堕落了，成了中国人的病。时间是一把斧头，把明代以后的所有疾病都打进了红木。我就这么开着小差，居然忘记了摸牌，眼睁睁地做起了相公。但是阿来机灵，她把牌摊在红木桌面上，轻描淡写地说："和了。"我瞄了一眼阿来的牌，她诈和。她在诈和的时候居然也能够这样气闲神定。舅舅看也没看，用手背把面前的牌搡开去，笑着说："皇帝是假，福气是真。"舅舅叼着烟，眯着眼问阿来："几个花？"随后便掏钱。

十一点钟不到黑老大舅舅就把他的钱输光了。他心满意足地站起身，准备走人。我和阿来都没有留他的意思，顺了他的意送他下楼。下楼的时候阿来挽着她舅舅的手，小脑袋还依偎到他的胸前，弄得跟一对老夫少妻似的。到了楼下阿来踮起了脚跟，在黑老大舅舅的腮帮子上亲了半天。阿来这丫头逮住谁都会小鸟依人，不管是三叔还是四舅。还是黑老大舅舅中止了她的腻歪，他用大手拍了拍阿来的屁股蛋子，拖声拖气地说："好啦，好啦。"

手里有了钱，我们决定到酒吧里再坐上两三个小时，反正明天是星期天。我说："我们去 333 吧。"阿来怔了一下，脱口说："不去。"这不是阿来的风格。我说："去吧，我正好去看一个兄弟。"阿来说："换一个地方。"我说："怎么啦？又不是找情人。"这话一出口我就后悔了，这句话说不定会让阿来不高兴的。出乎我的意料，阿来居然笑了，说："换酒吧当然就是换情人。"阿来说完这句便把十只指头叉在一起，放在腹部，说："我过去在333有个情人，还没了断呢。"我静了一会儿，批评阿来说："这就是你的不对了，在特定的历史时期内，我坚决反对两个萝卜一个坑。"阿来很有风情地斜了我一眼，说："可是你自己插进来的。"我说："那家伙怎么样？"阿来说："还行，就是脾气大了点。——进去过，挺酷。"我的头皮一阵发紧，连忙问："是二黑吧？"阿来不解地眨巴了几下眼睛，反问我："你偷看我call机了？"

"你他妈怎么不早说！"我突然高声叫道，"我们是十多年的仗义兄弟。"

"喊什么？"阿来说，"喊什么？"阿来轻描淡写地说，"是你半路上拦截了你仗义兄弟的女人，又不是我。"

妈拉个巴子的。你说这是什么事。我把头侧到左边去，窗外霓虹灯的灯管正一组连着一组地闪烁。事情都这样了，我不知道霓虹灯还在那儿添什么乱。妈拉个巴子的。

问题严重了。我要说，问题已经相当严重了。我和二黑是十几年的仗义兄弟，都称兄道弟十多年了。兄弟们在一起的时候是怎么说的？"兄弟的女朋友，最多摸奶头，不能上枕头。"这话其实就是"朋友妻不可戏"的现代版本。你让我如何在兄弟们面前见人？

我们没有去333。我们吵完了架就上床了。阿来在床头上方的照片里望着我，一只眼里是水，另一只眼里是火。而身体的阿来就在我的身边。我们不说话。不说话的关系才是男人和女人最真性的关系。我把手指叉进阿来的指缝，脑子里全是二黑。他额上的伤疤在我的记忆深处放射着酒光。我和阿来对视，打量了好大一会儿。后来我便把阿来扒光了。她不呼应，不反抗。她的样子就好像我们在打麻将。她是白皮，我是红中。

在这个晚上我的身体没有能够进入那种稳定、持久、高质量的能动状态。在某一个刹那,我认定了我并不是我。这让我难过。我忙了半天,结果什么也干不了。真是发乎情,止乎身体。

阿来的话就更伤人了。阿来说:"没有金刚钻,不要揽瓷器活。"

我必须和二黑谈一次。为了仗义,我也应当和我的兄弟谈一次,否则我没脸见我的兄弟们。二黑当初就是为了兄弟们才进去的。他仁,我不能不义。

走到333的门口我又犹豫了。我承认,这件事并不好开口。还有一点我必须有所准备,我们动起手来怎么办?二黑的脑子慢,然而拳头比脑子快。他是男人,问题在于,我也是。他动手了我就不能不动手。更何况我不想放弃阿来。即使为了性,我也会拼命。二黑一定和阿来上过床,他懂。

权衡再三我决定给二黑去个电话。我走到马路对面,站在IC卡电话机的旁边就可以看见333的吧台。虽然隔了一层333酒吧的玻璃,我还是清晰地看见了二黑。这个电话打起来真是怪,我的眼前是无声的现实场景,而耳朵里却是二黑的同期声。差不多是一部电影了。我看见一个女招待把电话递给了二黑。二黑的头发长了,而胡子更长。

"谁?"二黑在吧台边上动起了嘴巴,在电话里说。

"是我。"我说。

二黑在电话里"哎呀"了一声,没有说"狗日的你死哪儿去了"。二黑说:"怎么没你的动静,忙什么呢?"二黑这小子文雅了,不仅说话的口气开始像艺术家,连做派也是。

"我把阿来接到我那儿住了。"我说。话一出口我自己就吃了一惊。刚才我打过腹稿的,先虚应几下,再慢慢步入正题。可是我一见到二黑我就不好意思了,做不出,也说不出。我一下子就把事情端了出来。

"哪个阿来?"二黑的身影机警起来。

"就是那个阿来。"我说。说完了我就把电话挂了,我不情愿和我的仗义兄弟在电话里大吵。隔了玻璃,我看见二黑也挂了电话。他走到玻璃窗前，双手叉在腰间。我看到二黑的下嘴唇歪到左边去了。这是一个相当具有杀伤性和危险性的信号。随后二黑兀自摇了几下脑袋，阴着脸，走到后间去了。

我知道二黑不会放过我。我有数。我会等待那一天。不过我还是轻松多了，至少我没有欺骗我的仗义兄弟。这一点至关重要。

二黑的反应如此之快，我有些始料不及。刚过了两天，也就是四十八小时，二黑就约我去吃晚饭了。请人吃饭往往是复仇的套路，著名的鸿门宴就开始了。二黑约我到三岔河去，那是郊区。那种地方除了能暗算一个朋友，我不知道还能吃些什么。我知道，我的麻烦已经来了，比预想的要迅猛得多。凌厉、干净，这正是二黑的风格。

吃饭是五点。而我接到呼机已经临近下午三点了。两个小时，我有许多事情要做。我决定先把阿来呼回来。我得好好和她做一回爱。我特别想这样。晚上的事我是没法预料后果的，也许我会躺到医院去。但是现在，我应当和阿来彼此享受一下身体，那种吮吸，以及那种喷涌。阿来回来的时候显得很不开心，她正在逛街，我硬是把她呼回来了。阿来一进门我就把她抱紧了。她没有准备。她不知道我这刻儿的心情有多坏。阿来说："怎么回事嘛，我还在买衣裳。"我说："女人为什么买衣裳？"阿来没好气地说："穿呗。"我告诉她："不，是为了给男人脱。"

在这个下午，我们借助于对方的身体天马行空。我们折腾得半死。我感觉到了空，身体是这样，而心情更是这样。我光着身子躺在床上，对阿来说："我晚上有点事。晚饭你一个人吃。"阿来又不高兴，说："那我找舅舅打牌去。"我说："好好玩，把好心情赢回来。"

阿来离开之后我开始精心准备。我穿上了牛仔裤，牛仔上衣。那条最宽的牛皮裤带我也得用上。还有高帮皮鞋。这些东西对我都有好处。让我犹豫不决的是那把蒙古匕首，犹豫再三我还是把它插进了裤带的内侧。如果二黑只是揍我，我会忍着。我欠他一顿，这没说的。不过，要是有人对我下毒手，我总得有一把刀子保命。命不能搭进去，这是原则。我把一切准备妥当，打开门出去。就在离家的时候我突然发现，满屋子都洋溢着阿来的气味。这让我有一种说不出的难受。

五点钟，我准时在三岔河大街与二黑会面。到了这个时候我反而平静了。二黑也是。二黑拍了拍我的肩膀，把我带进了一家很脏很大的面条店。二黑为我们要了两碗面。等待的时候二黑不时地东张张西望望。我警惕起来，也开始东张张，西望望。

“你知道我叫你来干吗?”二黑这样问我。

“知道。”我说。

“华哥都对你说了?”二黑说。

我不知道二黑在说什么。这小子进去过，现在也学会绕弯子了。我真不知道他在说什么。

“这儿刚开发，”二黑说，“华哥想把这间房子买下来，开一家 666 吧。你是摆弄相机的，给我规划规划。”

我斜了二黑一眼，说:“这个容易。”

这顿面条我们吃了近四十分钟，我们的话题一直没有离开这间又脏又大的房子。我们谈了地势，结构，大门的朝向，色调，一切都是因地制宜的。谈完了，我们上了出租车。出租车开到上海路的时候，二黑拉我到 333 喝酒。我决定下车，说:“改日吧，阿来等我呢。”二黑一脸恍然大悟的样子，说:“那就改日吧。”

我下了车。站在路灯底下。直到这个时候我才确信，这天晚上二黑不是装的。这个鸟男人简直不是二黑。二黑进去之前绝对不这样。他一定会把我揍得金光四射。我站在路灯底下，回头看看，满大街都是红色夏利出租车，灯光闪闪，我不知道哪一个是二黑。我宁可不还手，让二黑痛痛快快地揍一顿，那也比这样好。我欠揍，你知道吧。我他妈真欠揍。我这么大声叫着，一不小心就碰上腰里的蒙古匕首了。我把匕首拔出来，有钢和锈的气味。这把匕首现在让我恶心。在城市的夜灯底下，这把匕首滑稽透了。妈拉个巴子的。我把匕首丢进了垃圾桶。妈拉个巴子的。

雨天的棉花糖

如果我不能做
我想做的事情
那么我的工作就是
不做我不想做的
事情
这不是同一回事
但这是我能做的最好的
事情
……

——尼基·乔万里《雨天的棉花糖》

一

七月三日，那个狗舌头一样炎热的午后，红豆咽下了最后一口气。红豆死在家里的木床上。阳光从北向的窗子里穿照进来，陈旧的方木棂窗格斜映在白墙上，次第放大成多种不规则的几何图形。死亡在这个时刻急遽地降临。红豆平静地睁开眼睛，红豆的目光在房间里的所有地方转了一圈，而后安然地闭好。我站在红豆的床前。我听见红豆的喉咙里发出很古怪的声响，类似于秋季枯叶在风中的相互摩擦。随后红豆左手的指头向外张了一下，幅度很小，这时红豆就死掉了。红豆的生命是从他的手指尖上跑走的，他死去的指头指着那把蛇皮蒙成的二胡，红豆生前靠那把二胡反复搓揉他心中的往事。

红豆的母亲、姐姐站在我的身边。她们没有号哭。周围显示出盛夏应有的安静。他的父亲不在身旁。等待红豆的死亡我们已经等得太久了。我向外走了两步，一屁股坐进旧藤椅中，旧藤椅的吱呀声翻起了无限哀怨。我的脑子里空洞如风，红豆活着时长什么样，我怎么也弄不清了。我只能借助于尸体勾勒出红豆活着时的大概轮廓。他的手指在我的印象里顽固地坚持死亡的姿势，指责也可以说渴望那把二胡。

红豆死的时候二十八岁。红豆死在一个男人的生命走到第二十八年的这个关头。红豆死时窗外是夏季，狗的舌头一样苍茫炎热。

少年红豆女孩子一样如花似玉。所有老师都喜欢这个爱脸红、爱忸怩的假丫头片子。红豆曾为此苦闷。红豆的苦闷绝对不是男孩的骄傲受到了伤害的那种。恰恰相反，红豆非常喜欢或者说非常希望做一个干净的女孩，安安稳稳娇娇羞羞地长成姑娘。他拒绝了他的父亲为他特制的木质手枪、弹弓，以及一切具有原始意味的进攻性武器。姐姐亚男留着两只羊角辫为他成功地扮演了哥哥，而红豆则脸蛋红红的、嘴唇红红地做起了妹妹。但红豆清醒地知道自己不是妹妹，他长着女孩子万万长不得的东西。那时我们刚刚踩进青春期，身体的地形越长越复杂。有机会总要比试裆部初生的杂草，这算得上青春期的男子性心理的第一次称雄。红豆当时的模样犹如昨日。红豆双手捂紧裤带满脸通红，望着我不停地说，不，我不。我说算了，大龙，算了吧。大龙这家伙硬是把红豆给扒了。扒开之后我们狂笑不已，红豆的关键部位如古老的玉门关一样春风不度。大龙指着红豆的不毛之地说："上甘岭！"红豆伤心地哭了。

生命这东西有时真的开不得玩笑。我坚信儿时的某些细节将是未来生命的隐含性征兆。一个人的绰号有时带有极其刻毒的隐喻性质。小女孩一样的红豆背上了"上甘岭"这个硝烟弥漫的绰号，最终真的走上了战场，战争这东西照理和红豆扯不上边的，战争应该属于热衷于光荣与梦想的男人，不属于红豆。从小和我一起同唱"长大要当解放军"的，不少成了明星、老板或大师。爱脸红、爱歌唱、爱无穷无尽揉两根二胡弦的红豆，最终恰恰扛上了武器。这真的不可理喻，只能说是命。

红豆参军的那年我已经进了大学。我整天坐在图书馆里对付数不清的新鲜玩意。那年月的汉语语汇经历了一个战国时代，"主义"和"问题"蚂蚁一样繁殖问题与主义。"只要你一个小时不看书，"我的一位前辈同学在演讲会上伸出一个指头告诫说，"历史的车轮将从你的脊椎上隆隆驶过，把你碾成一张煎饼！"

图书馆通往食堂的梧桐树阴下我得到了红豆当兵的消息，这条笔直的大道使图书馆与食堂产生了妙不可言的透视效果。班里的收发员拿着红豆的信件对我神秘地眏眼。这个身高不足一米六的小子极其热衷旁人的隐私，为了收集第一手资料，他拼死拼活从一个与黑人兄弟谈恋爱的女生手里争取到了信箱钥匙。收发员走到我的面前，说，请客。我接过信，认出了红豆听话安分的女性笔迹。后来全班都知道了，我交了一个女朋友，名字起得情意缠绵。红豆用还没有涨价的八分钱邮件告诉我，他当兵去了。听上去诗情画意。

红豆熟悉大米的肠胃还没来得及适应馒头与面条，就在一个下雨的子夜静悄悄地钻进了南下的列车。他走进了热带雨林。他听到了枪声，真实的枪声。在枪声里头生命像夏天里的雪糕，红豆在一个夜间对我说，看不见有人碰你，你自己就会慢慢化掉。你总觉得你的背后有一支枪口如独眼瞎一样紧盯着你，掐你的生辰八字。

红豆的部队在湿漉漉的瘴气世界里不算很长。我一直没有红豆的消息。战争结束后战斗英雄们来到了我们学校，我突然想起红豆的确有一阵子不给我来信了。英模们的报告结束后我决定到后台打听红豆。宣传部穿中山装的一位干事用巴掌挡住了我："英雄们有伤，不能签名。"我说我不是求签名，是打听一个人。穿中山装的干事换出了另一只巴掌："英雄们很虚弱，不能接待。"我看见我们的英模们由我们的校领导搀扶着走下阶梯，心中充满了对他们的敬意。但我没能打听到红豆。回寝室的路上已是黄昏，说不出的不祥感觉如黄昏时分的昆虫，在夕阳余晖中吃力地飘动并且闪烁。

噩耗传来已是接近春节的那个雪天。纷扬的雪花与设想中的死亡气息完全吻合。红豆家的老式小瓦屋顶斑斑驳驳地积了一些雪，民政厅的几位领导在雪中从巷口的那端走向红豆家的旧式瓦房。他们证实了红豆牺牲的消息。红豆的母亲侧过脸让来人又说了一遍，随后坍倒了下去。红豆的父亲庄重地用左手从领导手中接过一堆红色与金色的东西，他的右手被美国人的炮弹留在了一九五二年的朝鲜。红豆父亲接过红色与金色的东西时，觉得今天与一九五二年只有一只断臂一样长，一伸手就能从这头摸到那头。民政厅的领导把红豆的骨灰放在日立牌黑白电视机前，说："烈士的遗体已经难以辨认了，不过，根据烈士战友的分析，除了是烈士，不可能是别的人。"民政厅领导所说的烈士也就是红豆。红豆的名字现在就是烈士了。

二

我们都在努力，试图从记忆中抹去红豆。那个漂亮的爱脸红的小伙子正在黑框的玻璃后面，用女性气很浓的眉眼以四十五度的视角微笑着审视人间。红豆的母亲把红豆那把二胡搁在遗像的左侧。红豆的母亲每天都要用干净的白布擦拭一尘不染的镜框玻璃。玻璃明亮得如红豆十八岁那年的目光一样清澈剔透。但那把二胡红豆的母亲从来不碰，两根琴弦因日积的粉尘显得臃肿。红豆的母亲说，这孩子的魂全在那两根弦上了，碰不得，一碰就是声音。

小学五年级红豆买回了这把二胡。红豆的父亲相当生气甚至是相当绝望：红豆用十七元人民币买回了这把需要坐着玩的东西。这位光荣的残废军人盼望龙门出虎子，他的儿子能够威风八面。红豆令他绝望。红豆却从一个算命的瞎老头那里得到了二胡演奏的启蒙。蛇皮里沙哑的声音让红豆痴迷，一听到目光就呆了。红豆不认识乐谱，乐谱完全是视觉世界里的阿拉伯数字，不是流动好听的音符。红豆依靠瘦长指尖的耐心抚摸使琴弦动了恻隐之心。胡琴把所有的心思全都倾诉给红豆了。两根琴弦很听红豆的话，就像红豆听所有人的话一样。

红豆放学后拿一张竹凳放在巷口，一巷子都塞满横秋老气。不满一年红豆学会了许多电影插曲。红豆的音乐记忆与生俱来，他母亲把它与红豆一同生下来了。红豆听完了乐曲就回家到胡琴上寻找，多难的曲子红豆都能找到，多贵重的曲子胡琴也总是愿意给他。看完了《英雄儿女》，红豆开始迷恋那些英雄赞歌，那些无限抒情的曲子成了红豆每日练习的压台戏。巷子里的人们很快听出来了，任何一首歌曲都能被红豆弄出伤心来，优美得走了调。即使是革命歌曲也总是要哀婉凄迷的。那一回学校演出，红豆正在彩排《英雄赞歌》，校长走了过来。校长说，停。校长指着红豆说："你伤心什么？"红豆怯生生地抬起头，两眼汪了两垛泪："王成叔叔死了。""不是死了，是牺牲！"校长拿了一根鼓槌，"要拉得勇敢、自豪，要拉得有力量！是牺牲，不是死！"在鼓槌的威胁下红豆的演出果然一反常态，变得雄壮豪迈。但回到小巷口不久红豆就又把自己还给自己了。老太太们听着红豆的琴声时常背着红豆的母亲议论："这孩子，命不那么硬。"话里头有了担忧。

红豆这孩子现在什么也不是了。只是一把灰。放在一只精制的木盒子里。那把灰被人们称作烈士。

毕业之后我令人陶醉地从高等学府返回故里,走进了机关大院。我对我的父母说,过些年我就会做官的。我一点也不脸红,一点也不。读书而做官本来就是中国历史的发展脉络。我既不是智者也不是仁者,我不做官谁做?我不做官做什么?我们不能让历史从我们这代人身上断了香火。我心安理得地走进了机关大院宣传部,端坐在淡黄色“机宣0748”号办公桌前,等待微笑与恭维话登门拜访。

这一天风和日丽。风和太阳都像婚后第十七天的新娘,美丽而又疲惫。天上地下都是平安无事的样子。我坐在办公室里盼望出点什么事,但一切都很正常,正常安静得让人沮丧。我泡了茶,开始起草部长让我起草的讲演报告。

事情发生在我写到“取得了伟大胜利”之后。这个我记得相当清楚。一般说,讲演报告中不能缺少“伟大胜利”这样营养丰富的词汇,但在这样的大补过后必须是一个减肥过程。减肥是困难的。这是常识。不能太腻了,却又不能伤了筋骨。我点上了一根烟,“取得了伟大胜利”之后时常令我大伤脑筋。

这时候走进来了一个人。径直走到我的“机宣0748”号办公桌前。左手的指关节敲击我的办公桌面。我很不情愿地抬起头。是一个男人,满脸胡茬。我打量这个没带微笑与恭维话的陌生男人。只一秒钟,我手上的烟就掉下来了。我挂下了下巴脑袋里头轰地就一下。“你不用怕,”他说,“很对不起,我是红豆。”我笨拙地站起身,我认出了那双韭菜叶子一样宽的双眼皮和那种永远都是摄氏二十度的眼神。这种眼神习惯于后退与寻求谅解。“实在对不起,红豆。”我说,我感觉到我说“红豆”时有一种特别异样的感觉,不像汉语。红豆对我笑笑:“我没有死,我还活着。”红豆这样说。他的样子很怪,笑容短促而又渺茫,好像费了吃奶的劲才从玻璃镜框中挣脱出来。我握过他的手,他的手也像玻璃那样冰冷,是另一个世界的阴凉。

三

我告诉弦清，红豆他回来了。弦清放下手里的塑料葡萄，不高兴地说，你胡说什么。弦清在马尾松的尾部创造性地烫了几道波浪，兴高采烈地筹办我们的婚事。我说我不是胡说，是真的。弦清转过身研究了我好大一会儿，才说，是真的？我说是真的。弦清没有出现我期待的大喜过望。不是说红豆牺牲了吗？弦清说。没有，我对她说，还活着，虾子一样活蹦乱跳！弦清用小拇指漫不经心地捋头发，手指在耳坠那里停住。红豆他又回来了？弦清这样自语。她的冷淡让我失望。女人一到结婚的前沿就变得愚蠢和残酷，就只知道买塑料水果和变更发型。

我请来了“上甘岭”时的几位朋友，为红豆接风。朋友这东西就这样，闹了一大圈，到后来又回到了儿时的一圈中来了。弦清把天井扫得很干净，洒了水。说是吃晚饭，下午两点多钟人就齐全了。我买了很多菜，我自己也弄不清为什么要买那么多，就好像赌了天大的怨气，就好像明天不活了。花钱时我有一种说不出的仇恨与痛快。今晚得把红豆灌醉。我进了机关从来没醉过。不敢醉。今晚谁要不醉我让他钻裤裆。

几位朋友带来的女士或小姐在弦清的调度下忙菜。我们五六个干坐了一会儿，后来红豆很寂寥地打开了九英寸黑白电视。一个呆头呆脑的男人讲述会计。别的频道清一色是雪花。随着红豆手腕的转动，民政厅的同志就迎着雪花向红豆的旧式瓦房款款而至了。令人心碎的瞬间在红豆的手指间切换，红豆当然浑然不知。我发了一圈香烟。我注意到他们几个今天约好了似的不提红豆。红豆的脸上一直挂着很多余的客套性微笑。这使他看上去很累。我不知道他对我为什么要这样。我拿出两副纸牌，关上电视，说，打牌，这东西有什么看头。

红豆说，你们玩，我玩不好。大家让了一回，后来他们几个玩起了八十分。利用这个美好的时刻我和红豆坐在一角谈起了过去的一些时光。人生中美好的时光总是由怀旧开始。红豆夹着烟，夹烟的样子很笨拙，烟在手上仿佛是长错了位置的手指头。红豆的记忆力好得惊人，许多过去的时光能被他十分细腻地抓回来，红豆的存在使你坚信生活这东西从来就不会"过去"。红豆的归来让我觉得生活一下子美好如初，如青春期的新鲜感觉桃红柳绿地漫山遍野。好极了。真他妈想哭。

我很快注意到红豆的讲述时常在"曹美琴"周围闪闪烁烁。他不止一次地提及曹美琴，说起时又仿佛是淡忘了，总是说成"那个曹什么什么的"。红豆能叫出所有人的名字，对这个漂亮风骚的文娱委员反而陌生。红豆在我面前这么躲藏让我觉着生分、难过。红豆那时候一定经历过无限伤痛的单恋，如烈日下的芭蕉吃力地疯狂与妖娆，却从来错过了花季，年复一年地枯萎而不能表达。红豆历来就是这样的男人，爱上一回便灾难一次。曹美琴是我们班第一个勇敢地挺着两个小奶头走路的女生。这个小骚货把她的凤眼均匀地播给每一个和她对视的男人，包括我们的校长和班主任。我和曹美琴有过一次惊心动魄的见面。这次会晤发生在梦中，醒来时我惊奇地发现老子已经是男人了。曹美琴这刻早就成了老板娘了，她的财富如她的腰围一样每况愈上。好几次我想对红豆说，"她结婚了。"看他茫然的样子，又总是没说。

弦清在天井里喊，该杀鸡了。我和红豆走进天井。我从弦清手里接过菜刀，递给红豆。"红豆，玩一玩，你来杀。"弦清怨我胡闹，怎么能叫客人杀鸡。我说没什么，红豆便接过了刀。我去拿碗接鸡血。

从厨房出来红豆呆愣愣地站在天井中央。右手提刀，左手上却全是血。这家伙当了几年兵鸡都杀不好。我回头看了一眼，鸡却好好的，圆圆的眼睛一愣一愣地对我眨巴，而红豆的手掌却鲜血如注。"怎么了，红豆?"

红豆盯着我。红豆的目光几秒钟内彻底改变了形式与内容。红豆的眼睛发出了类似于崩溃的死光，滚出了许多不规则几何体，如两支引而待发的卡宾枪口,发出蓝幽幽的色泽。

“不……”红豆怔怔地说。

“怎么回事?”

“我不杀。”红豆这样说。菜刀响亮地坠地,在水泥地上砸出一道白色印迹。

这时的红豆已经完全不对劲了。我扑上去抱紧了红豆。

“我不杀。”红豆在我怀抱里挣扎。所有的眼睛都瞪大了,默不作声地面面相觑。

“红豆。”

“我不杀。”

“红豆!”

“我不杀。我绝对不杀。”

四

夜里下起了小雨。夏夜的小雨有一种与生俱来的感伤调子,像短暂的偷情,来也匆匆去也匆匆。我躺在床沿,猛吸下午剩下的半包香烟。弦清坐在草席上面,下巴搁在一条腿的膝盖上。好半天弦清突然说:“我早就知道会是这样。”

“你早就知道会是怎样?”

“还能怎样,就是这样。”

“我问你到底是怎样?”

“我不是说了,就是这样。”

弦清不看我,由于下巴的固定她说话时头部不住地向上跃动。这使她的回话多了一种机械与刻板。其实我们都明白我们不想说出的东西。为了回避这份明白,我们不得不自欺欺人。即使面临蜜月也只能是这样。我们保持原样坐着。一宿无话。

最先发现天井门口站着红豆的是他的姐姐亚男。那是早晨七点钟左右。亚男拿着牙缸牙刷站在天井角落的阴沟入口处刷牙。因为某种预感,亚男回过头来,看见一个男人高高大大地堵在门口,一身褪色草绿军装没有佩戴帽徽和领章,手里提了一只印有花体“北京”字样的黑色人造革皮包。男人盯着亚男,疲惫的眼神热烈地翻涌澎湃。亚男瞪大了眼睛,下巴缓缓挂了下去,满嘴泡沫毫无阻拦地向外流淌。“姐。”红豆站在原地说。亚男手里粉红色牙刷落在地上摔成了两截,随后搪瓷缸咣当一声在天井里滚了一个半圈。

姐,我是红豆。

亚男的一声尖叫是在对视了十秒钟之后发出来的。她的双手叉进头发捂紧了头部,叫出来的声音类似于某种野兽。亚男吼道,别过来,你别过来。

红豆向我叙述这些细节时冷静得有点怕人。红豆说,后来我妈出来了,我妈抓住我的手只是上气不接下气。后来我妈说话了,我妈说出来的话这几天来我一直没有想通,妈说:“豆子,妈看你活着,心像是用刀穿了,比听你去了时还疼豆子。”红豆后来一直缄默,只盯着鞋尖不语。“我妈这话什么意思?好像是巴不得我死掉。”红豆茫然地抬起眼这样问我。我听了只是心堵,却解释不出。有些事完全属于生死两极世界,彼此彻底不能沟通。

红豆没有提及他的父亲。我注意到红豆甚至有意回避他的父亲。他没有解释。我没有问。

红豆不喜欢他父亲。这是我知道的。虽然父亲从朝鲜归来后就成了英雄,红豆的父亲那只不存在的手掌赢得了所有人的敬重。他的故事与回忆也总是与朝鲜半岛的爆炸声联系在一起。红豆父亲靠惟一的巴掌在学校与工会的讲台上威武地打着手势。亚男眼里的父亲光芒万丈,坐在同学们中间她的心中充满自豪。“这是爸爸，是我的!”她见人就这样说。“你爸真了不起。”老师和同学全这么说的。没有人在红豆面前说这些。父亲赢得满堂掌声与热泪盈眶时红豆总低着头。红豆看不见悲壮与英勇，看见的只是凭空高出的背部和空空荡荡的袖管。和父亲一起去澡堂是红豆最头痛的事，望着父亲，红豆自卑而又难受，“真正的一把手”，有同学在背后称红豆的父亲。红豆如同听到了“上甘岭”一样委屈伤心。

电话是红豆打来的，听上去郁闷沮丧。我说了声“是我”，那头就没有声音了。耳机里只有嘈杂的电流声嗡嗡驶过。我想象不出电话那头他的表情。“我想见你。”好半天后红豆这么说。

“我想见你。”这是红豆在沉默之后对我说的，我从来没有听过男人说这样的话。

红豆的天井里是瓷器与石膏的碎片。这些珍贵的瓷片躲在墙角，如童年时代的儿子面对醉酒的父亲。红豆的父亲又发了脾气，他的脾气必然伴有战争、爆炸与破碎。只有他能这样。

红豆把自己关在房子里，低着头吸烟。满屋子都是烟霭。他没有抬头。按道理他听得见我的脚步。他没有抬头。房子里所有的东西仿佛像烟一样飘忽不定，包括红豆，蓝幽幽地飘忽不定。

我搬过旧藤椅，坐在他的对面。他不看我。我不看他。

红豆把玩手里的香烟，并不吸。后来他终于说：“他都知道了。”“他”就是红豆的父亲，红豆历来不说“爸爸”或“父亲”，红豆的父亲在红豆的任何叙述中都是第三人称单数，第三人称单数是哲学的，正如第二人称单数是抒情的一样。

红豆把目光移向了我。红豆的面部向我转移时我的心中缓缓开始紧张。我知道他要告诉我什么。我不想知道。我不愿意看到红豆的眼光不像红豆他自己。我低着头，看他的袜子，他的脚趾在袜子里不安地蠕动。

我是给放回来的，他这样说。

我完完全全听懂了他的话。我是给放回来的，过了一会儿他这样重复。语调和语速几乎一样。听到第四遍时我反而弄不清红豆告诉我的到底是什么事。我的脑袋成了一只馒头，浸在了水里，头皮连同我的思想与感觉一起膨胀开来，浮肿得要离我而去。

他换了一根烟。他换烟的手指细长而又苍白，墨蓝色的血管感伤地蜿蜒在皮肤下面，有一种儒雅浪漫的调子，与他所叙述的战争极不协调。

“那是几号我记不清了，”红豆追忆说，“上了山我就记不清时间了，好像生活在时间外头。”在山上的日子里红豆和别的所有人一样，只能依靠白昼和黑夜来断定光阴。日子变得特别的悠长，每一分每一秒都要用很大的力气才能度过去。石洞的四壁坚硬而又潮湿，红豆蜷着身体如一条虫子蜗居于拐弯的石洞中间，脚一次又一次麻木了，像套上了硕大无比的棉鞋。

那个黑夜红豆钻出了山洞。他被时间弄得快发疯了。他下了一百次决心，就是死也要死在外头，站一站，再倒下去。他走出山洞，扶着枪，耐心地在感觉里寻找脚与腿，困难地蠕动。血液开始倒流，他的腿胀得有锅那么粗，长满针尖与麦芒。他喘着气又跨出一步，就听见“轰——”气浪把他掀了下去。厚粗的棉鞋、棉帽、棉手套被迅速地扒光了，随后什么都没有了。

醒来是在一个早晨。第二个还是第三个没有把握。太阳刚刚升起，热带雨林飘动起冷蓝色的雾，弥漫铁钉的锈味。雾在树干与树枝之间伸出鬼舌头，懒洋洋地舔。其实那实在是鬼的魂，披头散发，栩栩如生。出征前连长说过，这不是雾，是瘴气。红豆躺在地上，阴森潮湿。半空的阳光与瘴气相互搅拌，变幻形态与色彩，如幻觉里的阴府，光怪陆离与狰狞艳丽昭示出死亡召唤。红豆的心中恐怖升腾起来，游丝那样生动活泼。这时候响起了脚步声，在听觉里慢慢向红豆靠近。是人。是三个敌人。戎装。红豆的心里反而平静了。他们走近红豆，又立在红豆的身边，袖口卷上去，手里垂握着苏式冲锋枪。枪口对着地面。红豆看见来人的下唇和颧骨很夸张地突出来，在半空俯视自己微笑。红豆挣扎了几下，向上探出头，看见自己像粽子似的给裹紧了。一个外国兵单手伸出了枪，用枪管把红豆的下巴拨向了自己，似乎对红豆不满意，笑完了之后便给红豆的脑袋一脚。是皮鞋，红豆晕厥前感受得到皮革的触觉。

红豆从此就被带进了一个陌生的山沟，被换了一身衣裳，左胸有一块淡蓝色的咔叽布，上面缝有白布剪成的阿拉伯数字：003289，红豆看着这块咔叽布，不止一次对自己用汉语说，我是003289……

“我有过自杀的机会，”红豆说，“可我怕。我怕死掉。”红豆这样说，满脸愧色。

“你已经赢了，红豆，你活着。”我说。

红豆不吭声了。他的目光清澈了几秒钟，即刻又回复到迷茫。红豆笑着对我说，不要你安慰我，大学生，我也二十来岁的人了。我没有安慰你，我对红豆说，你不欠别人什么，你谁也不欠，你得到的生命本来就是你自己的，本来就这样。红豆看着我，只是轻轻地摇头，你不懂，他说，你真的不懂。我是不懂，我说，可我知道，你比别人做得更多。红豆的眼里有许多潮湿的东西，眼光委屈而又怯弱。你不懂，红豆说，弄懂一些事，有时靠大脑，有时直接要用性命。你不懂，你真的不懂。红豆说完这句话就把目光移向了窗外。木棂格把天空分成均等的鲜蓝色块，天空的色彩清纯宁和，没有气味和形状。红豆望着天上自由仁慈的嫩蓝色，说，多好，窗格子外面的蓝天多好。

红豆的父亲又开始了猛灌烧酒。这个光荣的志愿军战士在酩酊之中追忆起一个又一个至死不渝的英雄们。他又看见了他们视死如归。红豆的父亲心中涌起了豪情万丈，只有他们这一代人才理解视死如归。他们用生命坦然地一次又一次解释这个词：走向死亡，就像回家一样。

就像回家一样。他的儿子也回家了。他没有死，是真的回家。他为什么不死？奶奶个毬！他为什么还活着？他把酒壶砸在了地上，抬起胳膊指向了远方："三班长，加强火力，给我冲，杀！"

革命烈士三班长完全可以不死的。那次包围其实已经成功了。美国佬的汽车被拦在了七号公路上，双方对峙，相互射击。美国佬看不见我们的人，他们龟缩着脑袋盲目放枪。三班长用中国英语重复那句话：投降，美国佬！美国佬不投降。他们趴在汽车底下就是放枪。三班长扔了三八枪操起了两颗美式手雷，高叫了一声，共产党员，上！三班长满身豪气一身虎胆，高举手雷呼啸着下山。美国人马上发现三班长了，他们一起向三班长射击。三班长是站着牺牲的。打扫战场时有人发现三班长趴在地上保持着冲锋的姿势。三班长用生命吸引了敌人。团长听到这样的汇报后背过身沉默良久，转过身团长流着热泪高声说，我们的生命是党的，党什么时候要，我们什么时候给。团长这句话传遍了三八线内外，战士们举起枪纵情高呼：敌人有钢枪，我有热胸膛；飞机大炮不可怕，赤手空拳揍扁它。美国佬幸好听不懂汉语，要不然，少不了屁滚尿流。

五

下班的路上碰上了亚男。她显然在等我。亚男的样子很疲惫，失神的大眼四周有一圈淡黑色。亚男冲我无力地一笑，算是招呼。我停下车，和亚男一起站在路边。亚男不停地向四处张望，好像怕遇上什么熟人。我点了支烟，说，说吧，亚男。亚男的嘴唇张了几下，眼圈却红了。我说，红豆出事了？亚男摇摇头。好半天才说，没有。亚男的双眼斜视着大街的拐角不停地眨巴。亚男说，你救救红豆吧，他快要饿死了。亚男说完这话就把脸捂进了巴掌，她尽力克制的样子使她看上去憔悴不堪。那些泪珠很快从她的指缝隙里岔了出来。到底怎么了？我说。亚男的脸侧到墙那边去，说，这么多天，他一天就吃一个馒头，他说他不配吃家里的饭，一天就一个馒头，走路都打晃了。亚男从上衣口袋里掏出几张钞票，慌乱地塞在我手里，说，求你了，我求你了。亚男离去的背影使大街充满秋意。

点菜时红豆的神情很木讷。我大声说，兄弟我发财了，今天白捡了三千块。红豆恍恍惚惚地问，真的？我说当然是真的，要不我请你做什么？我又不是冤大头。红豆脸上的样子幸福起来，也漂亮活络了起来。长得周正的人就这样，心里头幸福了脸上就越发神采飞扬。红豆脸上的幸福模样在第一道菜上桌之后就飞走了。是鱼。红豆低着头，全神贯注地望着鱼。红豆像孩子那样按捺不住脸上的馋样，显得无从下手。无论如何也是不该先点鱼的，红豆吃得很猛，他的慌张吃相穷凶极恶，让人心碎。他的嗓子马上给卡住了。卡住之后红豆的脸给憋得通红，直愣愣地望着我。红豆走出去，弓下腰用手抠挖。他呕吐时痉挛的腰背使他看上去像一只刚出水的海虾。霓虹灯光在他的身上变幻，有一种热烈的伤心。过了一会儿红豆进来了，双眼的眼袋处挂着泪珠。红豆高兴地说，行了。这时候招待送上来麻辣豆腐，我说，你慢点。红豆埋下头，嘴里发出凌乱无序的咝咝声。红豆歪着嘴巴毫无章法的咀嚼使我胸中的一样东西被慢慢地咬碎了。我说，我买包烟。出了门我的眼泪就流下来了。抬起头，满天的星光浩瀚，无情无义。

进门时红豆在打嗝。红豆的脖子都直了。我说红豆，明天我给你找份工作，兄弟我大小是个官了，明天就带你去图书馆。红豆只是打嗝，在打嗝的间歇清晰地说，不。我笑起来，说，累不死你，你的头儿是我的一个朋友。红豆说，我不。为什么不？我说，工资不比我少。红豆不开口。又猛吃了一气，红豆低声说，我这样的人怎么能到那种地方工作。为什么就不能，我说，你又不欠他的。红豆愣神了，目光也晃动模糊起来。你不要安慰我，红豆说，我不要你安慰我。

我料不到红豆会这样。红豆他不该做这种事的。送他回家后我就悄悄走了。半路上不甘心，又回来劝他，他还是去图书馆上班的好。红豆的屋子里灯光很暗，类似于神经质的眼神，有一种极不寻常的癔态。我轻轻走过去，却听见了里头很吃力的声音。红豆身体弓在那儿，低着头，裤子踩在地上，两只手在身前慌乱地忙弄。红豆的嘴里发出困难阻隔的呼吸，在期待中痛苦地战栗。后来红豆抬起头，绝望地弯下腿。红豆的身影躺在镜子的深处，如已婚女人随意丢弃的秽物。

半夜醒来时万籁俱寂，烟头在黑暗中吃力地闪烁，那种挣扎和猩红色的悲伤让我联想起红豆。这些日子红豆的失神模样顽固地占据了我的伤感高地，使我的整个身心受控于那份隐痛。

说到底红豆还是不该做男人的，如果他是女人，一切或许会简单起来。上帝没有让红豆做成女人，是他的失误之一。上帝万能，却不宽容，这也许是创世纪的不幸，也是人类沉痛的万苦之源。生命是讨价还价不得的，无法交换与更改。说到底生命绝对不可能顺应某种旨意降临你。生命是你的，但你到底拥有怎样的生命却又由不得你。生命最初的意义或许只是一个极其被动的无奈，一个你无法预约、不可挽留、同时也不能回避与驱走的不期而遇，你只要是你了，你就只能是你，就一辈子被“你”所钳制、所圈定、所追捕。交换或更改的方式只有一个：死亡。红豆，你没法不是你。不必祈祷或抱怨，红豆，你只能忍耐你自己。

红豆，那天你对我说，回来时我站在遗像前，怎么看也不像我自己。我对你笑笑。我说当然不像，那时候你如花似玉呢。沉默了好久你终于说，我真希望这一切全是真的，一个我死掉了，另一个我又回来了。我笑笑拍了拍你的肩膀，就是没有注意你说话的神情。我掐灭了烟头，为我的粗疏而哀叹。人类总是与生活中最重要、最本质的东西失之交臂，那些东西又总是展示得那么平淡。

遗像是我去照相馆放大的。走向照相馆时我的内心一片寒冷。马路西侧和房屋的檐口堆满积雪，马桶们和老太大们蹲在太阳底下怀旧。我和你的父亲翻遍了你的遗物，没能找到任何身着戎装的相片。我一直纳闷，你怎么就是没有一张英姿飒爽的军人肖像呢。军服与手握钢枪无疑能展示出死亡者的悲壮，但我们就是找不到。最后你的父亲失望地翻到了那张穿夹克衫的黑白相片。你的脸上挂满稚气，对着四十五度的左上方害羞而又英俊地瞳憬未来。你妈端详了你好大一会儿，说，天太冷，这件夹克太薄了。在照相馆的柜台前，我后来接过了带有上光机热温的遗像。你的憧憬被无比肃杀严厉的黑框关紧了。我的心一点一点地沉下去，手上的相片也一点一点变得冰凉，你的生命被无情的黑框抠走了。你的生命成了一张黑白相间的二维平面。

你妈时常对着遗像愣神，她老是说，这么活生生的，怎么能做遗像，他还活着呢。

而你终于看见了你的遗像。我不知道你拿起那张带有黑框的自己时内心是怎样一种涌动。只是在很久之后你对我说，那张相片不像你。后来那张相片在你父亲醉酒之后破碎了，你的父亲撕扯着你，带着极浓的酒气吼叫，**你不是烈士**。你活着干什么！他举着惟一的拳头说，你不是我的种，我没你这个儿！

红豆的房子里又响起了二胡声。那条深长的灰褐色长巷从头到尾飘动起颤悠悠的琴声。看不见二胡演奏者，那些与蛇皮一样粗糙沙哑的声音与咸鱼气味和腐烂的韭菜气味相混杂，构成了小巷不可变更的历史性脉络。琴声不是曲子或旋律，是一个又一个单音的升降爬动，1 ~~~~ 2 ~~~~ 3 ~~~~ 4 ~~~~ 5 ~~~~ 6 ~~~~ 7 ~~~~ $\underset{\cdot}{1}$然后又是$\underset{\cdot}{1}$ ~~~~ 7 ~~~~ 6 ~~~~ 5 ~~~~ 4 ~~~~ 3 ~~~~ 2 ~~~~ 1。在漫长绵软的爬音之后，红豆开始演奏一些旋律，是他自己随意拉出来的调子，婉约而又松散，多数带有不确定的内心怨结。实际上不是那些声音依赖于他，而是他必须依赖于那些声音。他的揉弦越来越臻于完美，一丝一丝液体旋涡那样百结愁肠。红豆二胡里那种没有事故的抽象叙述和没有情感的抽象抒发打动了所有驻足的人们。许多过路人会停下自行车，用一只脚尖支在地面询问，谁，谁拉这么伤心的二胡？红豆不知道这些，红豆早就不关心二胡的演奏效果了。

六

我和弦清的婚礼如期举行。按照我们民族的习惯，我一直想把婚礼安排在春节前后，借助满天的劈里啪啦和遍地的碎红碎绿，把婚礼弄得大雅大俗。弦清说，她的肚子天天在长，怕是等不到那么遥远的日子了。我说，要么就结了吧。

我的蜜月是一个极其尴尬的蜜月。没有一个新郎像我这样无所事事。每到晚上弦清就会摸着腹部对我苦笑。为了分散注意力，弦清常和我说一些闲散话题。她近来喜欢谈论红豆，红豆时常恭敬地喊她嫂子。红豆喊弦清嫂子的一呼一答里，他俩之间充满了一种宁静的幸福。我发现对新婚女子最好是喊她嫂子，“嫂子”会使年轻的女人更像女人，通体发出母性的奶质芬芳。

“我今天在大街上看到红豆了，”弦清这么说，“他在娇娇时装店里，好像是卖东西。”“你说什么？”我问弦清，“红豆在哪个时装店？”“娇娇时装店呀，这个我总不会看错的。”弦清肯定地说。我没有再开口，过了很久弦清捅了捅我的胳膊，“怎么啦你？”“你知道那家时装铺子是谁开的？”我说，“是曹美琴。你听我说过没有？曹他娘的美琴。”

曹美琴的店铺夹在两幢旧楼房中间，从门口向空中看去，那两幢楼房仿佛外国兵俯视被俘的红豆。“娇娇”两字用了圆角的儿童体绛红色，不规则地斜放在门楣上方，对着大街撒娇。千百惠的歌声从里头飘出来，使小店笼罩了一种咖啡色的焦虑春情。

曹美琴的嘴巴长在她的口红那儿。她的嘴唇又饱满又肉感。曹美琴歪在“收银台”的左侧，棕褐色的“摩尔”香烟在她的胖指头之间显得修长而又华丽。她吐烟时把嘴唇和口红撅得很远，有一种渴望吻或暴力式的妩媚。红豆坐在内口和一个在少女舞蹈队中笨手笨脚的男孩差不多,多余而又不协调。每过一些时候红豆就要找点话题和曹美琴搭讪几句。曹美琴说,红豆你喜不喜欢这儿?红豆说,我喜欢,我就是喜欢逛大街,一家商店换了一家商店地乱跑。曹美琴笑笑,红豆你还是那样。红豆想了想,也跟着笑起来,说,我还是哪样?曹美琴摁灭香烟瞟了身边的两个女工,脸上欲说又止的样子,使她富态的脸上多出了别样的风情。这时候一对勾肩的恋人走进了小商店,红豆马上想站起来。曹美琴伸出手,摁在了红豆的肩头,你站起来做什么?有她们呢,曹美琴说。红豆的眼神被她的手指弄得慌乱不安起来,不停地打量那些玫瑰色指甲。红豆注意到曹美琴的手指柔软丰腴,发出蜡质光芒,有一种美丽淫荡的双重性质。老不干活,这成什么规矩了?红豆红了脸这样说。她们会干的,曹美琴说,再给她们加点薪水不就得了。你看看,我来了,就多花你的开销。曹美琴故意生气地说,你就看到钱,亏你还是个男人。红豆望着曹美琴只是傻笑,心里头装了一千只幸福的小狐狸。曹美琴抿紧了嘴巴,用中指弹了弹红豆的领口。红豆僵了上身,十只脚趾开始在袜子里乱动。

曹美琴又点上"摩尔",给了红豆一根。红豆拿在手上只是把玩。人呐,就这样,曹美琴望着大街自语说,飞了一大圈又全回来了,你看看你们几个。我不一样,红豆低声说,我和他们几个不一样。什么一样不一样,你瞧瞧你,把口袋放到打桩机里,也压不出二两油来,还差一点把性命赔了,你真是,要是待在家里,红豆你少说也能赚二十万。红豆愣愣地说,你才说叫我不要只盯着钱的。曹美琴摇摇头,笑起来,一脸怜爱的样子,呆子,红豆,你真的是个呆子。

高中一毕业我们这一窝鸟就散了。我们读大学,这是天经地义的;红豆考不上,这也是顺理成章的。在高考最紧张的日子里红豆都没能放得下那把二胡。高考对他只是个样子,他的父亲盼望着红豆能够进入军事学院,成为能和麦克阿瑟平起平坐的五星将军。初中时代红豆就萌发了走进音乐学院的美梦，父亲指着那把二胡说，做你的梦，这东西能拉一辈子？能当饭吃？红豆有没有打消他最初的念头我不得而知，总之红豆没能拉成二胡，也没能进入大学。

红豆的待业时代整天在家里抄写乐谱。他靠自学领悟了七个阿拉伯数字标示的高低、长短和调式。这个时候的红豆依然人见人爱，被他的母亲视为明珠。左邻右舍的大妈和阿姨们评价男孩依然取样于红豆的尺度，“你瞧他脏不拉叽的，比不上人家红豆的一半。”大家都这么说。

秋季是梧桐树叶纷飞的季节，也是恋爱、结婚、征兵的季节。父亲从外头回来说，红豆，征兵了。红豆半张着嘴巴望着他的父亲，又把目光移向了他母亲。“妈——”红豆这样说。红豆的母亲说，你瞧他，可是个当兵的料？红豆的父亲沙着嗓子说，部队是革命的大熔炉，什么样的人都能百炼成钢。当兵的人多着呢。红豆妈说，咱家豆子还是个孩子，还没有发育好呢。那就更应该去，父亲加大了音量说，是男人就该去当兵，三年的萝卜干，回来时保证你的小东西长得像酒盅子一样粗。红豆听了这话脸上的颜色就变了，红豆就是听不得父亲这种粗鲁的样子，低着头，脸上红得十分厉害。这时候红豆的妹妹刚刚放学回来，开了门就说，哥，人家都报名参军了，你怎么不去。父亲说，谁说你哥不去了？妹妹说，我哥要穿上军装，一定更帅。红豆虎着脸走上前来说，小丫头家疯疯癫癫地瞎掺和什么！

红豆，打仗好不好玩？

不要和我说打仗好不好，我不想说打仗。

打仗到底是怎么回事嘛？

打仗就是我杀掉你，要不就是你杀掉我。

死了多可惜。

死是责任。打仗就是让军人承担这样的责任。

谁让你承担了，他肯定是个浑蛋。

你不要瞎说。美琴，这不是玩笑的话。

打仗肯定和电影上一样。

不一样。电影上人老是死不掉，打仗时一枪就死了。打起仗来一颗子弹就是一条命。

红豆，你打死过外国人没有？

不要和我谈打仗。你再不要问我打仗的事了。

问问嘛。

我记不清了。我不知道有没有打死过人，我就晓得放枪，我不放枪别人就会对我放枪，我记不清了。

有女人吗？

我不知道。打仗时就只有人。没有男和女，老和少，贵和贱，美和丑，胖和瘦，上和下，没有这些。打仗时就只剩下了人，你要我的命，再不就是我要你的命。

你怎么老是命呀命的？

打仗就好比赌博。赌性命。打仗时一条命就是一张牌。红桃3或黑桃A全是一张牌。一打仗就想起来命值钱，枪声一响命又太不值钱。子弹可全是长眼睛的，在天上乱飞，寻找你的性命，找到了它就要拿走，就把你的尸体丢给你。

红豆你瞧你说的，打仗要真这么吓人，还拍那么多打仗的电影干什么。

世界上就只有两种人，一种人看，另一种人被看。看的人永远不会被看，被看的人永远不知道看。

你瞎说什么嘛红豆，我怎么一句也听不懂了嘛。

我的话全是废话。最听不懂的该是枪声，枪声……

红豆你全把我弄糊涂了红豆。

我说得太多了。我真的说得太多了。我也弄不懂怎么每次和你在一起都说这么多话，我从来不说这么多的话的，我每次我就是几次就……

你真是个乖孩子……

……你不要这样……这样不好。真的你不要这样。

红豆……嗯红豆。

你不要这样。你真的不要这样。

七

热带雨林远不只是空中看到的那种妖娆。大色块的绿颜色被泼洒得铺天盖地。瘴气与潮湿如中国画的空白，绵延流荡。

红豆半躺在坑道内，背部倚着石壁。不规整的石头如肾虚者的睡眠，盗出一身又一身冷汗。贝雷帽倒放在左侧，冲锋枪被他抱在怀里，枪口搁在了肩头。光线昏沉又有气味。红豆闭着眼，坑道里所有的人都用这种坐姿怀旧或茫然。红豆的胃部一阵一阵的灼痛隐约地蜿蜒，那是大剂量的抗生素在胃里烧的。为了抵御雨林的瘴气和伤口过早的感染或化脓，走上前线每个人都必须极限剂量地服用抗生素。坑道里的空气又厚又浑，有一种半透明的阻隔，红豆昏然欲睡，但又难以入眠。衣服是脱不得的，脱下来就会被蚊虫包围，就会在皮肤上黑黑密密地压上一层。红豆奇怪人一旦上战场毛孔里流出的怎么就不是汗了，是油。这些油在皮肤上结了一层硬硬的壳，让你恹恹欲睡又烦躁不安。红豆闻到了自己的气味，红豆不喜欢自己身体的气味。洗个澡，吸一口干净的空气，再喝一口透明的白开水——只有上帝才能享受这样的礼遇。

这里是 318 高地。红豆就晓得这里是 318 高地。战争使一切都变得简单成了阿拉伯数，像未被演奏的乐谱一样枯燥。红豆用了两个黑夜才随安徽籍的二排长来到坑道。在地图上他看到过他的阵地，像一个大指纹。现在红豆就在这只指纹底下，蚂蚁一样一动不动。

爬进坑道红豆闻到一股极浓的尿臊。红豆问二排长，这里有人住过了？二排长说，有。他们哪里去了？红豆问。二排长说，下去了，要么死了。红豆注意到二排长没有说“牺牲”或“光荣”了，而是说“死了”。觉得“死”咔嚓一声又向自己跨了一步。死这个东西在战场上特别感性，手一伸就能摸到。红豆紧张地问，我们也会死吗？二排长看了红豆一眼，好半天才说，军人不该问这样的问题。

偶尔有枪声在远处响起，分不清是敌人的还是我们的。人类有多种语言，枪声却只有一种。

夜里一批客人走进了红豆他们的石洞。不是敌人。是蛇。

最先发现这种爬行动物的是一位南京籍战士。大早他从地上起身时习惯地摁了摁上衣口袋。他的袋更多了一样东西，手感柔和而又绵软。拍了一下，就动了。他把手伸进去，一把就抓住了，往外拖。拖着拖着他的眼睛就绿了，这位写过血书的战士甩着手就喊，蛇，蛇。大家全惊醒了。醒了之后大家四处寻找，看自己的身边有没有。越找越多，就像青春期的噩梦一样，蛇一条又一条地找出来了。不知什么时候它们一点声响都没有地弯弯曲曲地爬进了石洞了；它们卧在石头的边缘或腹部，你一动石头它冲着你吐信子。它们自信而又沉着，安静地望着这批惊恐不安的年轻人。过了一刻就有人从鞋里倒出蛇来了，然后就是水壶、帽子和子弹箱。那些蛇一尺来长，躺在所有的地方等待你的触觉。

最后那位南京籍的战士说，看看洞门后头。二班长打了手电往黑暗的门后照去，顺着柱形电光大伙看见数十上百条花蛇正挤成一个大肉团子，勾打连环首尾相接地挤动，它们光滑柔和的棍形身体游动时显得张力饱满，它们曲折地扭压，缓慢固执，伤心悲痛，发出轻轻的吱吱声。一些蛇向别处爬去，另一些则又从别处爬来。它们搅得淋漓而又黏稠，就看见无数小舌头在这个大肉团的表层上来下去，进去出来。

二排长关了手电，每个人都感到身体上皮肤的面积收紧了。他们手拉手、身体紧贴身体，弓着腰一动不动。他们不说话，尽量控制呼吸的声音。小南京叫了一声就要拉开枪栓，被二排长缴了，吃了一个嘴巴。

二排长，你毙了我，我不怕死，你毙了我！

住嘴。你这狗娘养的。

小南京的眼睛就怔在那里，目光里全是蛇的爬行曲线。

那些蛇终于走了，像它们无声无息的来，一条不剩。战士们在蛇的光临之后养成了一个习惯，坐下时先用枪托敲一敲，响了，才坐下去。

一切平静如常。

那是红豆当班的夜。红豆恰恰是在他值班的那个夜里睡着了的。上山以来红豆第一次睡了一个凉凉爽爽的觉。他轻松幸福地睡着了。他梦见了家乡，在家乡的护城河游泳。天快亮时红豆醒来了。他感到一个战士的大腿压在他的身上。他推了推，没推动。但红豆的手很快感到那条大腿特别地凉，手感也特别地粗糙，正缓缓慢慢地呈“之”字形向内蠕动。红豆睁开眼，睁开眼后红豆就大叫了一声，二排长！红豆自己都听得出这一声“二排长”不像自己发出来的。一条五米多长的巨蟒正懒懒散散地爬过他的身躯。红豆的身体僵在那儿，红豆听见了一阵极猛烈的枪声。枪声在坑道里有一种惊天动地的效果。红豆的两只手绝望地往石头里抠，那条巨蟒的秃尾在红豆的身上裹紧了，极有韧性地收缩。一位战士用长刀砍下去，刀却给弹了回来，这时候走上来几个人一起推，巨蟒的尾巴重重地摔在了地上扭动。红豆猛扑到了二排长的怀里。我怕。红豆张大了嘴巴哭着喊道，二排长我怕。坑道里又是一阵枪声，五米多长的巨蟒给打烂了，许多肉片飞离了身体，黏在石头上抽动。

战士们又挤成了一团。他们分开时满脸是羞愧。他们望着二排长，这个坑道里的最高指挥官。我也怕，二排长终于说，我能够面对死亡，却不能忍住恐怖，我怕，我也怕……

这么说着光线慢慢明亮了。大家向洞口望去，两团黑糊糊的东西圆垫子一样垫在洞口，二排长爬过去，圆垫子活动了，伸出了两只巨大的脑袋。对着二排长叉出一寸多长的蛇信子。二排长跳过来，大声说，打打打，机枪给我狠狠地打。

红豆躺在坑道里反复回忆起父亲。这个顽固的念头像父亲一样刚愎。整个童年与少年,有关战争的内涵是父亲带了酒意的自豪与怀念。战争是父亲的初恋。战争在父亲的眼里妩媚动人。他们的生命是怎样演绎战争的,在红豆看来是个谜。红豆是从声光组合里了解战争的,他在电影里对号入座地寻找过父亲。找来找去父亲始终在家里讲述"在朝鲜"。父亲喜欢打仗,电影上父亲那一辈永远拿生命不当事,在死亡与恐惧面前神采飞扬兴高采烈。他们没有眼泪,没有胆怯,没有感伤,也没有后退。只要能胜利,能凯旋,能完成那一份光荣与梦想。死可以含笑九泉,而贪生则活得和猪一样脏。人……是个什么,人怎么这一刻是这样,那一刻又是那样。

"我不是人,"红豆轻声对自己说,"要么他就不是。"红豆很突兀地高声说。"我不是人,要么他就不是。"二排长回过头,问:"你在说谁呢?"红豆安稳下来,一连一个星期再也没开口。

八

红豆好久不来了。弦清几次问我,红豆近来怎么样了,我说挺好。说这样的话我并没有太多的把握。上午我骑车出去办事,曾拐到娇娇时装店,两个小丫头在里头张罗。我说,老板呢?小丫头说不在。那么红豆呢?小丫头还是说不在。我说他们哪里去了,两个丫头相望了一回,说,我们哪里知道。小女孩们的相对一望有时具有极隐晦的性质。

红豆的青春年华昏睡了多年之后在一个午后启碇萌动。他的生命以飞翔的姿态翩然闪烁。这个午后有极柔和的橘黄色阳光,阳光从曹美琴所喜爱的乳色百叶窗中间斜插进来,在床头上方叠映出窗的平面构成。经过漫长的试探、启蒙、心照不宣之后,曹美琴终于和红豆平躺在她的席梦思上了。红豆不停地打量百叶窗,说,拧紧吧,这么多的阳光。曹美琴拍了拍红豆的腮,说,呆子,外面太亮,看不见房间里的。红豆不做声了,回过头来盯着曹美琴,一下子就掉到她的瞳孔里去了。两人的对视使呼吸变得急促而又失去了逻辑性。红豆手忙脚乱起来,脑子里一片空白。不行,红豆说,不行,我要化了。

红豆的身体开始了一场惨痛的战争,最痛苦最残酷的幸福与愉悦刺进了他的每一个角落与指尖。

这是怎么了,红豆说,我这是怎么了,我怎么像触了电了。

曹美琴没有动。这个老到的女人了解初次的男人,他们总是渴望跳过最艰难的开垦与跋陟,以期直接到达胜利与辉煌。曹美琴吮着红豆的食指尖说,还是第一次吧。

我从没有做过这种事,红豆幸福地低着头说,我第一次做这种事。

你怕不怕?

怕。我怕。

你怕什么呆子。我又不是母老虎你怕什么。我是喜欢你才让你这样的。

红豆感动得要哭了。红豆想说什么,却什么都说不出了。红豆又一次提起了自己的生命全部倾注给了她……

红豆……曹美琴闭着眼睛,头部在蓬勃的长发中间来回转动,红豆你疯了……红豆你真的疯了……

红豆的胃就是在这样飘香的日子里发病的。他坐在墙角里捂着胃部用生动的目光望着我。这些疼痛的日子是不是他一生中最幸福的时光无人知晓,我所能知道的只是他爱着曹美琴,这个相当关键。大部分男人在二十岁之后都能学会把他一切放在心底,红豆这一点相当糟糕。他的黑白分明的眼睛是他灵魂的闭路电视,一和你对视就向你做现场直播,他转播时那些黑白就成了彩色的了,就把这个世界弄得红装素裹了。

活着多好,红豆这样说。红豆说话时歪着嘴巴,他的手向胃部摁得更深了。“人是什么?人就是身体。**身体多好**。”

我和红豆安静地坐着。听他偶尔来一句没头没脑的话。天气开始变凉了,外面的风和外面的树都流露出了苍老的气息。我给了红豆一支烟,红豆说他不想抽,我便不停地抽那包用公款购买的红塔山。这样的香烟我怕是抽不到了,我已经得罪了管票子的顾太太了。三天前就得罪了。我走进会计室大门时顾太太正在数钱,她的胖手每捻动一次她的胖下唇就哆嗦一次。顾太太看见我后便向前起来,放下了手里的活,拽住我的衣袖把我拖进了隔壁。

你有个同学去打仗了?

打过了,他在家里。

做了汉奸了吧?

别瞎说,现在哪里有汉奸。

是这样,做了叛徒了,是吧?

怎么会呢。

啧,你呀你,还瞒我。我老头子在民政局,亲口对我说,他给抓了。

这是哪儿对哪儿。

什么哪儿对哪儿。抓了还不就是叛徒,还不就是汉奸。

谁他妈的这么说。谁他妈的说胡话。

这还用谁说。这个道理谁不懂。中国人都懂。

我操。

咋这么说话呢,你操谁?

……

"嫂子什么时候生?"红豆静了一刻突然这样问,"嫂子怎么怀得这么快?""当然怀得快,"我说,"要不怎么是嫂子呢,嫂子总得有嫂子样子吧。""嫂子生了孩子让我来起名字,是丫头呢,就用个红字,是小子呢,就用个豆字。""算了吧,红豆,"我说,"孩子不成了你的了,你那个'红''豆'还是分给你孩子吧。""我给你说真的。"红豆的眼神突然充满抑郁,蒙上了一层淡蓝色的雾。"我怎么能要孩子。你的孩子就是我的了。""怎么会这样呢。”我笑了笑，笑完了我突然觉得这笑声太假，“你会有自己的孩子的。”“我怎么能要孩子呢，我这种人怎么能要孩子。算了。你不答应就算了。”红豆这样嘟囔。“你会有的，你结了婚想没有都要烦死人。你一不小心就会有的。”红豆的嘴角浅浅地拉了两下，说，不说这个了。我们不说这个。我的胃疼得太厉害了。

九

红豆的父亲从红豆生还的那天起开始风蚀。越来越深刻的变化显现于他的发愣之中。他时常站立于碎瓦片之间，如古代的圣贤先哲巡视破碎裂痕中间的考古意义。孤独感如他皮肤上的褶皱一样越来越深了。他曾经奢望他的后代能在他千古之后重新烛照他的雄壮当年。他真的这么想过。枪声和炮声是不该淡忘的。首先忘记的恰恰是他的儿子。好几次，他甚至想追问老婆，红豆这个王八羔子到底是不是“他的”。但他终于从红豆清晰起来的面侧轮廓否定了自己的虚证。红豆颧骨那一把太像他了。如他水中的影子，只是在轻飔乍起之后轻柔地波动了起来。红豆父亲的叱咤身躯缓慢地走向委顿，他肩部的倾斜坡度变得陡峭。一场战争塑就了他。另一场战争却又消释了他。

坑道里燠热得让人晕厥。每一次呼吸都是一次希望又是一次绝望。你的肺叶永远都打不开来，如初恋中固执的女子老是不停地对你说不。他们不打仗，整日整日地听见自己说不，我不。战争并不意味着打仗。打仗只是战争的一个部分。所有的忍耐、接受、焦虑、恐怖，都成为打仗的附属物，吸附在战争的隐体下面。

坑道里没有打仗，但坑道里笼罩了战争。坑道里的战士至今没有打过一次仗。他们接受的命令就是“待命”。“命令”和“待命”才是战争。战争中似乎惟一重要的只剩下命令。生命退位到了命令的载体、命令的生物形式与意动状态。生命存放在你的躯体内,有命令你就用他去执行,没有命令你就让他继续等待。

呼吸越来越难以忍受。红豆感到呼出来的气都像大便一样干结。

黎明时分红豆听见有人在喊:“我要出去,你让我出去!”这个时候许多人都在半昏迷的睡眠之中。人们没有听得清是谁在叫喊,就听见有人站在了洞外,站在洞外用枪对着天空猛烈地扫射,用汉语诅咒。

远处也响起了枪声。是一排枪声。许多弹头在洞口的岩石上击起火光,反弹出去拖着悠扬的金属尾音。然后一个身躯便倒下了,红豆在昏暗的光线中看见身躯底下蜿蜒出黑色液体,越淌越粗越淌越长宛如一条游动大蟒。

不再呼吸的南京籍战士被抢回了坑道。抢回来时已经是一具“烈士”。战争中生命不是一回事,尸体却是值大钱的。对尸体任何一方都会像秃鹫,在天上盘旋,投下移动的阴影,等待机会使尸体属于自己。为了这具南京籍战士的遗体,敌人却又丢下了三具。短暂的战斗使坑道付出了很大代价,几乎每个人都轻重不等地受了枪伤。

红豆没有受伤。令人不可思议的是红豆没有受伤。红豆只是在左臂让弹片划开了一寸多长的口子。战争仿佛就是与人体过意不去,每一次都让你毁灭,让你残缺。战争是另一种意义上的男女做爱,以惊心动魄开始,以身心俱空收场。

事情的发展表明,或者说后来的事迹表明,红豆没有受伤才有了他多年之后的松散岁月。命运使红豆在战争里头往深处越爬越远。

二排长坐在红豆面前的子弹箱子上。他扔掉那只短得烫手的烟头,说,红豆,只能是你去了。

哪儿?

那儿。二排长指了指苍莽的雾中,说,9 号洞,那个战士牺牲了。

我一个人?

你一个人。

洞里头死过人?

每一块地方都死过人。

这是命令对不对?我一定得去对不对?

是命令。我是你的长官。长官的话就是命令。

再和我说说话,好不好?

好。

给我一只小镜子,好不好,我的丢了。

我没有镜子。打仗时人不能照镜子。这种时候人不能看自己。忘掉自己。

我……有点怕。

你不要不好意思。人人都怕。什么是了不起,了不起就是心里害怕却硬去做。伟人就是这种人。你手里有枪。枪里有子弹。子弹里头有火药。那是我们的祖先发明的。你怕谁你就杀掉谁。

我知道。

你不要出洞,你就很安全。千万别出来。

我知道。

你一出来就有眼睛瞄准你。到处都有枪口望着你。

我知道。

不能射击老鼠,也不能射击蟒蛇。千万不要杀生。除了杀人。

我知道。

好了。向我敬个礼,你可以走了。

红豆本能地提着枪,准备起立。二排长把他摁住了,指了指头上的坑道顶。

红豆就坐着向二排长侧手举右掌。二排长回了一个军礼,标准肃穆的军礼,斩钉截铁而又意韵深长。

十

日子美好如常。弦清的肚子按部就班地发展。没有什么好抱怨的。我日复一日地做一些极重要而又仿佛没有“屁用”的事情。“屁用”这两个字必须用上引号，我转引了弦清的话。“屁用”这一说法从汉语意义上考证一番是极尴尬的。明明是说“用”，而一“屁”便没用了。汉语习惯于用生理意义上的东西表示肯定或否定。

每个晚上总要看电视，看看电视里各国领袖们参加各种会议，为世界人民的幸福与和平而微笑，而干杯。当然，每天都有战争，感觉上又茫然又遥远与我们生活比邻若天涯。没有人振奋与同情。战争仿佛是少不得的，歌舞升平里总要一些点缀，这也是人类通往神圣的方式与途径。电视里的战争都是具有“美学意义”的，正如大街上肝脑涂地的车祸，总是有人看的，只要死者不是自己，正如一个孩子掉进老虎的笼子在虎齿之间挣扎，也是有人看的，只是千万别是自己的孩子。看完了就有了传说，有了童话，有了神奇，就有了艺术，就有了“美”。

无聊的日子里我多次拿起该死的钢笔，提起钢笔我就情不自禁地，也可以说不由自主地往红豆的身上联想。这个卑鄙的念头令我兴奋而神往。我的想象力如亚力牌啤酒泡在红豆的那边升腾横溢。我终于弄清了为什么一次又一次听他讲那场战争。人一不小心就让自己骗走了。我就是这样的。

在许多夜里我都做那种启示录式的遐想，如乞丐，如犹大，如圣徒先知、施洗者约翰。我的手放在弦清的腹部，靠手感、靠播种者的直觉倾听自己小生命的律动。我做这种抚摸时脑子里想着那块绿色雨林，雨林下面的雷场和生与死。我的许多伟大思想就是在手掌下面的律动中萌生的，我一次又一次看见上帝的下巴与指尖，看见魔鬼的峭厉牙齿与瞳孔，看见行脚僧人的脚趾，那些脚趾在草鞋里对前方的泥路微笑，在溪水中和上帝的指尖嬉戏。上帝给僧人们洗脚，僧人们吻上帝的下巴。我想写一部创世纪式的巨著，书名都想好了：《脚趾与下巴一起歌唱》。后来想得太远了，我就收住，一觉醒来又是一个“屁用”的日子，红彤彤地像日出一样美好。那些思想及下巴和脚趾们就没有了，不可追忆。飘。随风而去。

但那些跳动节奏依旧，在掌心的下面。我抚摸另一个我。我呼唤我与热爱我。生命仿佛在这种延动中不朽，如镭的辐射，时间一样无动于衷。

我想不起哪天弦清怀上我的孩子了。弦清说那天我喝了好多酒。我记不清我做了什么。弦清说一定就是那天怀上的。

问题是为什么你要怀孕。一次冲动就一个生命。孩子，你只是你爸爸酒后冲动的排泄物。

这个念头让我愤怒而又绝望。

“你为什么要怀孕！”我这么大声说。我原来只是这么想的，却真的这样对弦清叫出了声来。

“真对不起，”弦清卧进我的怀里。“你忍一忍吧。”弦清很温顺地说。

“我不是说这个，”我掀掉了缎面被子，“我问你为什么要怀孕。”

弦清望着我。她的样子吃惊而又怪诞：“我为什么要怀，你说我为什么要怀？”

“是我在问你！”

“你说的是些什么话？你怎么能说这样的话？我为什么要怀，你怀疑这孩子不是你的是不是？”

“你给我打掉。”

“你疯了。”

“我没疯。你打不打？”

“我不打。你神经出了毛病？我又不是你的两亩地，想播就播，想除就除。”

“你打不打？”

“我不打。你真以为孩子是你的？孩子不是我的，也不是你的，孩子是孩子自己的。他会长到你今天这种样子，比你高，比你壮，比你帅气，比你聪明！”

弦清在说完了“我不打”，声音就变了，声音就充血变得声嘶力竭，她的泪水汹涌出来，她说完这几句话用的是哭诉。弦清如一只母狗竖起了后背上的鬃毛。弦清说完了就开始穿衣服。“你哪儿去？”

“我回去。我到我娘那里去。”

这个黑夜糟糕透顶。除了黑色，几乎一无所有。天空明明是空的，就是堆满了该死的混账的黑色。黑色真他奶奶的该死。天一亮丈母娘如我的预料走来了，“好你个小子，你胆子可真的不小。”丈母娘进门就这样说。

“我不是那个意思。”

“你不是那个意思？什么意思？你们男人！弦清没成亲就怀了你的种，你如今对她又不放心了。孩子不能打，打了更说不清。我说的。生下来你自己看看是不是你的种。走了。你不要送。”丈母娘雷厉风行。人做了长辈就学会了言简意赅。

一批又一批新鲜时装在娇娇时装店里进来又出去。它们悬挂在空中被各种彩灯照得如新娘新郎。红豆终日恍惚在这样的强烈色彩里，把一叠又一叠工农兵的微笑转送给曹美琴。

红豆醒来时阳光已经照到被角。红豆从噩梦中惊醒，后背黏了整块冷汗。曹美琴睡在另一侧，半张脸埋在枕头里，头发蓬松开来，脑袋似乎特别地硕大。曹美琴的一条腿搁在红豆的腹部。红豆的噩梦一定起因于这条粗重的腿。红豆推了推她的腿，曹美琴蠕动了几下。曹美琴像一条巨蟒的感觉就是在这个触目瞬间注入红豆的内心的。他凝视着曹美琴，她的眼和嘴边都突然间出现了蟒的相似处。红豆的身体不由自主地往内收缩，曹美琴这时恰巧醒来。曹美琴睁开枕头外侧的一只眼睛说，红豆你干吗？红豆说我要起床了。起床干吗？曹美琴松懒地说，他一个星期才回来,我们说好的,你陪我睡一天。红豆说我到店里去。曹美琴闭着眼说你不要去,你睡回来。红豆提着裤子不动,看了一眼镜子,红豆的模样在镜子里特别地难看。红豆有些失望地把头回过去,“红豆你过来。”红豆便过去了。曹美琴一把将红豆重新拖进被窝。红豆闻到被窝里洋溢着内分泌的复杂气味。曹美琴说,我就喜欢在大清早,你来,你再来。红豆说你怎么这样,怎么这么喜欢做这种事。曹美琴说什么喜不喜欢,人都活死了,就剩这么一点乐趣,只有做这种事我才是活的。红豆便不吱声,任随曹美琴动作。照道理红豆是不该在这种时候想起那条蟒蛇的,但红豆就是在这个节骨眼上被那条巨蟒吓倒了的。红豆叫:“二排长!”整个身子就像皮球给戳了个洞,气全放光了。这时候曹美琴的上齿咬着下唇正在专心地寻觅,感觉到红豆的整个身体抽动了一下,就听他叫,二排长!随即他的一切就没脾气了。软了。曹美琴睁开眼,绝望而不连贯地说,红豆你干什么?红豆你存的什么坏心思?曹美琴坐到了一边,胳膊拥着两个圆肩头,一个劲地瑟瑟发抖,好半天才调整过来。曹美琴拿起一件苹果色的上衣甩到了镜子上,拉着脸走进卫生间打开了热水器。红豆跟过去,光背倚在门框上,看着曹美琴裸露的身子在水帘和雾气里向上升腾。冲完了澡曹美琴拿着一把黄色塑料梳子插在头上,绕过了红豆,说:

没用!要不给外国人抓了过去。

红豆站在那里,感觉身上有一样东西一点一点坠陷下去。红豆说,我就是没用,我怎么就是没用。

红豆的父亲从酒店回家时发现那扇木棂门半开着。他伸进头去看见红豆把身子蜷在一床棉絮里。棉絮散发出一股闲散久搁的气味,红豆闭眼张嘴,嘴巴像面部的一口浮井。

你回来做什么?红豆的父亲大着嗓门说。

红豆撑起身来,掀开了上半身的棉絮,上衣上黏了许多白色颗粒。红豆眯着眼,说,我回来睡觉。

睡觉?你睡什么觉?大白天睡什么觉?老鼠才在白天里睡觉。

我只是想睡觉。

你看你半死不活的，哪里还有人样！你就知道大白天和老鼠一起睡觉。

我想做一只老鼠，红豆说，是别人把我生成一个人了。

你说什么？浑小子你敢对我说这样的话？你放屁把胆子放掉了。美国佬都给我们打趴下了你跟我说这样的话。美国佬今天也神气起来了，有本事让他冲着我来。中国人死都不怕还怕什么！

我要睡觉。

弦清终于又回来了。我陪她的父亲喝了一瓶竹叶青，弦清就披着我刚买的山羊皮夹克回来了。她的腹部把羊皮上衣弄成了一只米花机，她自己看着也觉得不好意思。人的身体要出了问题衣服越新越美越难看。弦清回过头来说脱了吧，等生了再穿。我说穿着，挺好的，不是挺漂亮的吗！

走进家门弦清极其幸福，她疲惫地坐进沙发，两条腿伸到前面去，像京戏台上的判官。孩子真的是你的，她说。我坐在扶手上拥她入怀，就说对不起，我诚心诚意地说，对不起你。弦清听了这话止不住啜泣，她哭得伤心委屈又甜蜜自豪。女人一生中有这样哭泣的机会并不多。我就这么拥着弦清，脑子里很空，刮起了方向不定的风。孩子是我的，这不挺好吗。孩子不是性冲动的排泄物还能是什么？书上不全这么说的？

生活又平平静静，这不是很好吗。

十一

红豆拉完了曲子就开始愣神。许多风瘦瘦长长地在天井墙上舞蹈。屋檐口一排整齐的乳形滴漏倒挂在那里，悠久而又抑郁。红豆望着乳形滴漏想起了曹美琴的乳房，心中泛起极浓的不知所措。那种渴望而又焦躁无味的心绪如西部民歌中的半个月亮，爬上来，在蓝蓝的背景上空旷无比地爬上来，晕晕黄黄地爬上来，就半个，残缺不全地爬上来了。

红豆停止了二胡演奏，追忆他第一次与曹美琴接吻。吻住曹美琴的下唇时他的手就自然地抚在了她的乳房上面。这样的感受让他幸福与感伤。只有儿童被哺育时才这样，一只手摸着乳房吸吮，另一只手神圣地搭在另一只乳房上面。红豆坚信男人接吻时的心态不是男人的，是男婴的。红豆后来开始吻她的乳峰，乳峰像抽象意义上的母亲，不是妈妈。红豆禁不住流了泪水，说，这才是我的家，曹美琴用一只指头封住了红豆的嘴，让他别出声。红豆就不动了，心里只是重复。这才是我的家。我什么也不怕了。

红豆放下了二胡就往娇娇时装店里跑了。他要抱他的曹美琴吻他的曹美琴。马路拐弯的地方他看见了一只老鼠卧在了水泥地上，这只可怜的老鼠早就让汽车轮子压扁了，像画在地上，二维地在地面只剩下老鼠的抽象意味。红豆站住了。红豆站在马路的拐弯处，自语说，这是老鼠。那只老鼠如一张纸，儿童画一样贴在了地表。

红豆在时装店的门口没有找到曹美琴。一个中学生模样的小伙子问红豆说，先生您买什么。红豆看看这个中学生，脸上的样子说变就变掉了。红豆盯住了中学生。中学生很慌张地向后退了两步，对身边的两个女伙计解释说，我不认识这个人，我真的不认识。

红豆到我家时是夜间十点。电视上正是《晚间新闻》的片头，宁和的音乐中一只透明的地球正蓝蓝地滚动过来放到电视的中间。红豆倚在我的房门框上，身上带进来很寒的秋意，红豆失神地说，给我倒点酒。

红豆坐在沙发里脸上的样子像青春期的某个糟糕片刻。他的小拇指一直在不安地折动。我点了根烟，在我点烟的工夫他随意拿起了我的工作手册和钢笔。我们都不说话。他懒懒地在软面抄上随手抹些什么。这时候弦清也披上上衣坐了过来，她的手上打着件毛线裤，粉红色的，裤腿只有我的巴掌那么长。红豆抬起头，看看毛衣，又看看弦清，很累地笑了笑。弦清望着红豆，也笑了笑。三个人就这么坐着，一直到十二点钟。红豆后来就放下手里的小本子，面色微酡，说，你们睡，我回去了。弦清探过头指着红豆画下的古怪图案只是说，什么？红豆你画的是些什么？红豆指着满页的ɷ，说：

这是山洞。

第二页像毛衣编织：

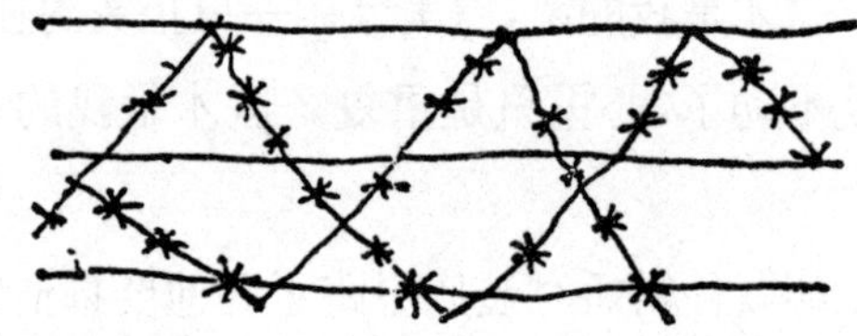

这个呢？弦清问。

这是雷区。

这个，这个是什么？⌓

坟。

你画这么多坟做什么。吓人。

吓人什么，坟是泥土的乳房。我们的家。

红豆的二胡声出现了某种几何形状，标准的正方那样经不起抗击。红豆拉二胡把二胡的灵魂给拉出来了，整夜在没有路灯的巷子里瞪着碧眼游荡，尾巴一样蛇形的跟踪人迹，追探人们的听觉。红豆整日抱住他的二胡在时间里颤悠，太阳被他拉亮了又拉黑了，月亮被他拉弯了又拉圆了。后来红豆的指尖揉出了血迹。红豆的妈说："祖宗，你别拉了。"红豆说，我不能不拉，曲子全关在琴里头，我不拉它们就出不来，它们在喊救命。他们在说，红豆，你救救我——你听见没有，妈，你听听，它们在喊你奶奶。

红豆的妈用手掌捂住了红豆的指头，豆子，红豆妈这么说，你别拉了，妈求你,妈给你跪下了,你一气拉了两天半了祖宗。

红豆就停住了,眼睛散了光,说,妈我不拉了,妈你给我把琴拿下来,红豆的母亲用了很大的气力才把马尾弓从红豆的手上掰开,红豆的手却伸不直,依旧保持了那种指形做有节奏的颤动。

妈,我饿了。

我给你做。

妈,我要喝奶。

红豆妈钉在了那里。不动。脸上的皱纹全挂了下来。

妈,红豆抬起头说,屋檐上挂了一排奶子,我要喝奶。

红豆的妈听了这话一屁股坐在了天井的地砖上。冬季就是在这样的时刻来临的。

天冷得相当快。梧桐树叶如丧家的狗跟着风走走停停。许多人的脸被腌在冬季的风里,上了一层霜。优美的植物相继死去,只剩下根与水泥同一种色彩。人们说冷。人们抱怨鬼天气。人们在冬天说夏天好,就像在夏天说冬天好。

咖啡屋里挤了许多人。不因为咖啡,因为空调。咖啡屋里没有自然光,用了杂色彩灯及茶色镜子的反射。人就像置身于想象里。在那里接吻、吸烟、做生意。声音都很低、如咖啡的色质。

红豆坐在我的对面。左侧是一堵镜子墙,把小咖啡屋拉得极有纵深感。我们坐在中间,一半实,一半虚。我们断断续续地说话,断断续续地喝雀巢。雀巢像我们的政治一样,有越来越高的透明度。红豆新理了发,头发吹得很高。这样的造型使他显得陌生,不像红豆他自己。屋子里的色调与音乐柔化了红豆,使红豆越发渴望倾诉。红豆说了很多的话,没有逻辑,时空也相当混杂,完全是现代派的叙述方式,他的眼睛依旧很大,只是失去了水分,显得滞钝。双眼皮的两道折皱拉得也很松弛,看人时就有了似是而非的无精打采。后来红豆说,我的胃又疼了,就不再说话。脸上的样子一直在疼。我说我送你回去。红豆笑笑,在哪里都疼。我说那就别喝咖啡了,我给你买杯莲子汤。红豆说好。

我转回的时候红豆坐在那里不动。他的脸转了过去,对着镜子。他在正视镜子里的自己。我注意到身后的窗子正打开了一扇,窗上面也有一面镜子,这两面镜子把红豆拉得相当长,许多红豆就在咖啡屋里无限地延伸了下去,从我这里直到宇宙的角落没有尽头和归宿。我看得见红豆咖啡色的目光,他的目光已经走到宇宙的外面去了。我捏着莲子汤的票根,说红豆。

红豆把脸移向我,眼睛却没有离开镜子。红豆指着镜子对我说:"你快看,那是红豆。"我看见红豆的灵魂从他的眼睛里飞到镜子的那头去了。我站在那里,不敢动了。

这时候服务小姐走过来,说,先生,您的莲子汤。

"那是红豆,"红豆说,"你看见没有,那是红豆。"

我说我们回家。

"你抓住他——那是红豆。他是一只鸡,你把他杀掉。"

我冲上去转动他的脑袋。他的脑袋很轻但目光却越来越顽固。

"你逮住他,"红豆说,"杀了他我就可以回家了。你杀掉他,你快去。"

红豆已经完全不对劲了。许多毛孔在我身上冰冷地竖立着。我想我已经疯了。我拿起了一只凳子,砸向了茶色镜子墙。咣当一声,世界就变得可怕地安静下去,黯淡下去。世界就只剩下了半个,许多人站起来,看我们。红豆的脸因玻璃的飞溅而流血不止。

我说,我杀掉他了。

红豆将信将疑地伸出手,摸了摸墙与破镜片。红豆推开我。你骗我,红豆说,你在骗我。红豆像个姑娘似的站起来,走,我们回家。

很晚我才回到家里。弦清仿佛有什么预感,她站在卧室门口,望着我不语。我站在堂屋门下面,和她对视了好大一会儿,我说,出事了。

会怎么样?

我不知道。

空间变得十分地无情无义。我害怕这种目光之间的纵深距离。

寒夜在灯光的外面。月光干干凉凉的,又亮又清又冷,又冷又清又亮。有月光的夜里窗户上的玻璃都干净透明。内外都亮了就透明了。内暗外亮也不坏,可以成为一个视点,观察、看。最糟的是内亮而外黑,这样的玻璃就成了镜子,就成了审视自己的判席,就成了绞架。

人的灵魂不能被点亮,点亮了就是灾难。人不能自己看自己,看见了便危险万分。要命的是红豆恰恰选择了这样一个位置,在镜子与镜子之间。

大清早我终于入睡了。一夜的似睡非睡使我头部肿胀得要开裂。做梦了没有,我没有把握。但我听见了亚男的声音,红豆的姐姐在我的梦中大声地叫:"快,快,红豆出事了。"

睁开眼我就看见了亚男。她失态地把我从被子里拖了起来。她的身上有一股极浓的血腥味。她的衣袖和前襟溅满了紫红色的血污。

"他用刀子捅了自己了,肚子还有脖子。"

为什么?许多人都爱你,母亲和亚男,弦清还有我。许多人。

我要杀掉他……

你杀谁?

红豆。我要杀了他。

你杀了红豆你是谁?谁又是你红豆?

你不懂……杀了他我就是我了。我就可以到屋檐上去,老鼠和蛇,还有乳房二胡。你懂不懂?

我不懂红豆。

我杀了他你就懂了。

你就是红豆,红豆就是你自己。你杀了红豆就是杀自己。

我只能杀自己,我怎么能杀别人,我杀谁?

你杀了红豆你自己就没有了。

杀了才有。不杀就没有。你不懂。你不要管我,我还要杀。

十二

在冬季这个伤口难以愈合的漫长岁月里,红豆躺在医院的白色之中,顽固地坚持杀掉红豆的宏伟梦想,他的身上插进了许多管子。那些干净、透明的液体像时间的秒针,一滴又一滴耐心地抚慰红豆。这些液体的清冽光芒无数次感动过红豆。他望着这些液滴,一连几个小时。尔后红豆的泪就流出来。是他生命里的男性汁液。

失血过多的红豆终于被看出了血色,在没有人照看的时刻他又有气力能够完成自己的梦了。红豆下了床能够走动后就忙着自杀。他偷了一把水果刀。夜里三点钟他走在宁静的白色过道,过道很长,有一种走向阴间的狰狞透视。世界弥漫着以酒精为主体的混杂气味。他走向厕所。红豆决定在厕所里捉住红豆,然后把红豆杀死在大便池里。然后把刀还给病友。然后回家。然后对母亲说,我回来了。然后对他说,我和你一样回家了。然后放下包到曹美琴那里去说,美琴和我上床。

红豆的回家梦想没有能够实现。他走错了门。他没有敏锐地发现便池和便座的不同处,就站在了女厕所里常见的镜子面前。夜如镜子一样宁静。三点钟换岗的女护士习惯性地在上岗之前处理一下私事,她推开卫生间,看见里头站着一个男人。女护士倒吸了一口气手里的搪瓷盆就掉下来了,在死寂的病房里发出了丧心病狂的声音。盆里的小玩意在白色马赛克上侧着身子往角落里飞窜。红豆大吃了一惊,拿刀的手就提了上来,眼睛在镜子里头和小护士对视。红豆看见小护士的下巴只是往下挂,却是没有声音。红豆提着刀目光呆滞地转过身来,红豆刚想说你回去吧,就听见小护士终于叫出来了。小护士叫的是杀人,杀人了!

许多人从病房和值班室里冲出来了。大部分病人的脸上忍着疼痛。红豆站在门口,不高兴地对大家说,这关你们什么事。

当天夜里红豆就被送走了,上车之前红豆给慌里慌张地打了一针。红豆隐约地记得自己明明给抬上的是汽车,过了一刻就觉得是火车了。向南,无尽无止地向南。红豆想睁开眼看看窗外,连长虎着脸说,不许看,这是命令,红豆便把眼睛闭上了,闭得很紧,很累。身子底下就咣啷咣啷咣啷。

大家都争着要到最前线去。每个人的眼睛都陌生了,生出一股杀气。大家举着枪高呼震耳的口号,连长看了红豆一眼,红豆就举起手高叫:我要到最艰苦的地方去。红豆反复高喊这句话,直到再也喊不出来。大家后来开始写血书,连长又看了红豆一眼,红豆就咬破了食指,写下了自己的名字。红豆说,连长,怎么这一回咬得一点也不疼?连长说,当然不疼,这点疼算什么?我们连不许有一个怕死鬼!

知道红豆的下落已经是来年春光明媚的日子了。我一直没有红豆的消息,在这个问题上老志愿军战士说了谎,这位残疾老人告诉我,红豆到南方去了,他的战友在那里开了一家很大的公司。红豆不回来了。我望着长者的空袖管相信他的话。老者的谎言比真理更有力量。

那个晚上亚男来敲门。亚男瘦成这样出乎我的意料。亚男见到我就扑到了我的怀里,当着弦清的面。"你救救红豆,"她的身子疾速地抽搐,"你一定要救救红豆。"我被这个突如其来的事弄得很懵,我说红豆怎么了?你告诉我怎么了,他在广东出了什么事?亚男哇地一声哭出了声来,亚男说,他在疯人院里,他一直都关在疯人院里。

我茫然地抱着亚男,我就那样茫然地抱着亚男,也不知道过了多久,当着弦清的面。我不知道这个世上发生了什么,我很难受。我十分地难受。我太难受。我他妈的太难受。

红豆坐在床沿。大剂量的镇静剂使他的体形虚胖浮肿。他的背后是窗户，阳光照耀过来，窗外的花朵一朵一朵开得又大又肥。花朵的美丽也如同红豆一样身不由己，离不开那秆枝头。

红豆的目光像煮熟的某种动物，看着一处地点。眼神没有意义。我站在他的面前，他一直不知道我站在他的面前。他的头发胡子都很蓬勃，好像所有生命全长到那些上面了。我的酸楚在胸中猛烈地翻涌，无声静息地翻涌。我站在那里，不知道如何开始。

嗨。我终于说。

他没有动。

红豆。我说。

红豆就抬起头，望着我。红豆望着我两只眼睛就慢慢地活了。两只眼睛就如同春天那样释放出许多汁液，有了许多返青的植物和风。红豆张开了嘴巴，一只手抓住我，很突然地抓住我。他的手没有力量，却让我感觉到绝望和神经质的穿透力。我的整个感知就全给他抓住了，缩成了一团。

我疯了没有？你告诉我，我到底疯了没有？

你没有，红豆，你没有疯。

为什么要关我在这儿，这儿全是疯子他们全疯了。我要回家去。你带我回去。

我不能，红豆。

我疯了？这么说，我真的疯了？

你没有。

你带我回去。

我不能。

我到底有没有疯，你告诉我我是不是真的疯了？

你没有疯。你没有。

为什么要关我在这儿?

我不知道。

我是疯了。我肯定还是疯了。

送药的护士就是这样的时候到来了。小护士们美丽的影子像鱼一样在病人之间摇晃。小护士推着不锈钢送药车来到红豆的面前,拿起一只樵木瓶盖,瓶盖里装满了色彩斑斓的药片。小护士说,您该吃药了。红豆把目光从我这里移给了小护士,他的目光也变成了不锈钢的。我为什么要吃?您不是天天都这么吃的?小护士瞟了我一眼,笑着这么说。你自己吃,红豆说,你不吃就送给曹美琴,我不吃。红豆,我说,吃罢。我不吃,红豆的嗓门这时就大了,你们全是一伙的,你们串通好的,我为什么要听你们?我不吃。红豆从不锈钢药车上拿起了一只搪瓷盘,呼地一下那些彩色的药片就落英一样缤纷。随着红豆的叫喊迅速走过来几个长方体的白色男人。他们的头上全是白布只有一双眼睛闪闪发光。一阵争斗后他们熟稔地擒拿了红豆,红豆被他们摁在床板上,所有的关节都固定了,只有腹部在剧烈地向上挺动,每一次挺动喉咙里都要发出很有节奏的压迫声。我说红豆,走过去便拉开那些男人。一根针管这时就插进了红豆的肌肤,针剂明丽剔透像少女初恋时的眼泪。你们放开他,我大声说,你们放开,他没有疯!过了好大一会儿一个男人才抬起头来,他的声音在口罩里头含糊不清:你是不是也想来一支镇静?这时的红豆似乎被药水说服了,张着嘴嘴里流淌口水。他的眼没闭,望着天花板。活的,但是一眨不眨。我用手在他的眼前摇摆了两下还是没眨。

我就这么望着红豆。时间昏迷过去了。

弦清在一个干净美丽的早晨分娩了我儿子。她的预产期超过了整整四天。我不知道我的儿子对这个世界犹豫什么。我在产房的通道外面一支接一支地吸烟。我望着圆形告示牌上一支白色的香烟被红色的×所覆盖。我已经连续三夜没睡了。是另一个刚刚当父亲的男人陪我度过了前面的两夜。我的舌尖很麻木,记不清说话了没有。我觉得昏迷过去的时间一直没有醒来。

第四个早晨我注意到太阳升起得很迟。我一直希望孩子的出生能选择在日出这个伟大的时分,这一设想无限诗意情调。但这样的早晨我没有过多地奢望孩子与太阳之间的巧合,我焦虑地祈盼孩子能早点来到世上。

后来来了一位护士,这个瘦小的女护士在我的记忆中永远天使一样美丽。她拉开玻璃门,笑着对我说,你当爸爸了。我头脑里轰地一下太阳就跳出来了,我冲进去就听见了极其愤怒极其委屈极其撒娇极其抒情的一道哭声,如金属丝在苹果色过道里纷扬。这是我的儿。顷刻间我的胸中许多东西化开了,直往眼眶里冲,不可遏止。我看见了血淋淋的小东西在护士的掌心里握紧了拳头诅咒什么。我想冲上去对孩子说我是你爸爸。

小护士的下巴把我赶出去了。在这个四五米的甬道里我体会到了千古悲伤。我伤心得不行了。出了玻璃门我蹲下去就用巴掌捂紧面庞了。那些该死的泪珠子从我的指缝中间汹涌而出。我不知道我为什么会这样。我真的不知道为什么会是这样。

这时候丈母娘从楼梯口拐角处出现了。见了我的模样她脸上就不对了。生了?生了。弦清呢?挺好。团的还是长的?长的。顺不顺?顺。那你哭什么?我不知道,我就是要哭,我止不住。这么说着我的伤心就又袭上来了。二五,好好的你哭什么,丈母娘说,吓我一大跳,你毛病啵。

生儿子是要发红蛋的,规矩就这样。规矩就是有道理没道理你必须这样。第一家当然是红豆的母亲。

二胡的音质沙哑,具有极松的穿透力。二胡的音色有一种美丽的忧伤。二胡的旋律有一种与生俱来的倾诉欲望,欲说又止,百结愁肠。

离红豆家至少还有五十公尺我就听见二胡声了。我知道不可能是红豆的,我甚至怀疑是不是幻听。推开门我透过木棂格看见红豆端坐在家里,他的大腿上搁着他的二胡。我不知道他是什么时候出院的。他的脸很胖。宇宙一样苍茫。

红豆看着我的脚。他的目光抬到我的腹部却不再往上爬了。他不看我也不说话,拉了一小段我们儿时常听的那些曲子。完了就放下胡琴,说,你来了。

你什么时候回家的,红豆?

有一阵子了。

为什么不找我?

我在拉琴。我拉得很轻松,很快活。这把琴很听话,又聪明,真是一把好琴。

我把三只红鸡蛋放在红豆家的茶几上,红豆妈看了一眼红蛋又看了一眼红豆,这个交替的目光是明了易懂的。红豆妈笑笑说恭喜了。我也就对她笑笑,想说什么,也想不大起来。红豆妈走到我的面前,低声说,红豆他又不吃饭了,他总说饭里头有药。红豆看上去挺胖嘛,我说。天晓得,他妈说,不吃又不睡,他哪里来的一身肉。他为什么不睡?我哪里知道,红豆妈茫然说,我想是怕噩梦,他睡着了老是喊,蛇——哪里来的蛇,真是造孽。他不吃也不睡,他就晓得拉琴。

这么说着话我们听见了厢房里传出了很古怪的声音。那把二胡丢在了地砖上,琴弓和琴身构成了天象式的构图。红豆站在那里,两只手垂得老老实实,蛇,红豆站在一边,指着地上的二胡说,蛇。我走上去刚想捡起二胡,红豆就把我止住了。红豆对着二胡上的蛇皮说,是蛇,二胡声不是我拉出来的,是蛇在哭,你听,是蛇在哭。

红豆妈听了这几句一个踉跄就又侧在了门框上,红豆妈望着二胡说,这回真的没救了,又要去医院了。

不!红豆走上来就揪住了我。不,红豆望着我,目光四分五裂,别把我送过去，我永远待在洞里，我听你的命令，我这一辈子都在洞里，你别送我去医院。

十三

红豆终于在渴望拉二胡与不停摔二胡之间黯淡消瘦下去。天气渐渐变暖，变热。空气中积郁了越来越浓的怀旧气息。那是夏日千古以来不变的气息，植物们该绿的绿，该红的红了。红豆说，我要拉琴。红豆说，蛇。红豆说这两句话的气息越来越弱。他家的大门也越关越严。红豆的父亲不允许别人窥视他们家的不幸秘密。

越来越多的皮肤多余地褶皱在红豆身上。他的身上出现了许多肤斑，仿佛怀过孕的女人腹部留下的那种。许多不正常的气味很幽黯地在落日时分飘拂，如一只手从死亡的那边凉飕飕地抓过来，与腐草和植物的腐烂气味勾肩搭背。红豆终于卧床了。红豆说，我要拉琴。红豆。说，蛇。红豆说，不要送我出去。红豆说，我就在洞里。

红豆的手与胳膊变得冰凉，与夏季的炎热极不相称。我弄不懂他身体的温度哪里去了。我抓住他的胳膊，我看见死亡一直在他的手边游丝一样转动。死亡在他的眼睛里蒙上一层半透明的膜。铁青色爬上了红豆的腮部，半透明的眼在不确切地看，无力的手指在不确切地抓。不知道红豆的目的是什么，不知道他要做什么。红豆的父亲在一个午后说："他的胆已经吓破了。他是起不来了。他的胆肯定是破了。"后来下起了雨，雨猛得生烟，雨脚如猫的爪子一样四处蹦跳。那些雨把整个红豆家的老式瓦房弄得一个劲地青灰。红豆身上那些类似铁钉和棺材的气味就是在雨住之后和泥土的气味一同弥散出来的。许多多余的皮在红豆的骨头上打滚。

红豆没有留下任何遗言。只是在他死前的一个星期，他说了一组阿拉伯数字,003289。这是六月二十六号的事。后来红豆就再也没有开过口。红豆的妈问我,是不是谁的电话,我说不是。红豆妈又问,到底是什么,我说我不知道,可能没什么意思。红豆妈想了想,也就不问了。红豆后来就老是张嘴,他看着我们,嘴张得很大,嗓子里发出一种声音,像哪里在漏气。

七月三日,那个如狗舌头一样炎热的午后,红豆咽下了最后一口气。红豆死在自己家里的木床上。这一天天晴得生烟,阳光从北向的窗里照射进来,陈旧的窗格方木棂斜映在墙上,次第放大成多种不规则的几何方格。后来红豆平静地睁开眼,红豆的目光在房间里的所有地方转了一圈,而后安然地闭好。他的左手的指头向外张了一下,这时的红豆就死掉了。他死去的手指指着那把蛇皮蒙成的二胡,红豆生前靠那把二胡反复他心中的往事。

……

此刻谁在世界上某处走
无端端地在世界上走
在走向我

此刻谁在世界上某处死
无端端地在世界上死
在望着我

——里尔克《严重的时刻》

马家父子

老马的祖籍在四川东部，第一年恢复高考老马就进京读书了。后来老马在北京娶了媳妇，生了儿子。但是老马坚持自己的四川人身份，他在任何时候都要把一口川腔挂在嘴上。和大部分固执的人一样，他们坚信只有自己的方言才是语言的正确形式，所以老马不喜欢北京人过重的卷舌音。老马在许多场合批评北京人，认为他们没有好好说中国话，“把舌头窝在嘴里做啥子吵？”

老马的儿子马多不说四川话。马多的说话乃至发音都是老马启蒙的，四川话说得不错。可是马多一进幼儿园就学会用首都人的行腔吐字归音了，透出一股含混和不负责任的腔调。语言即人。马多操了一口京腔就不算纯正的四川娃子。老马对这一点很失望。这个小龟儿。

从马多这个名字你可以知道老马是个足球迷。老马痴迷足球。痴迷那个用左脚运球的阿根廷天才马拉多纳。老马希望自己的儿子能成为绿色草皮上的一代天骄，盘带一只足球，在地球的表面上霸道纵横。但是马多只是马多，不是马拉多纳。马多只是他们班上的主力前锋，到了校队就只能踢替补了。然而老马不失望。马拉多纳是上帝的奢侈品，任何人都不应当因为儿子成不了马拉多纳而失望。

老马这些年一直和儿子过，他的妻子在三年之前就做了别人的新娘了。离婚的时候老马什么都没要，只要了儿子。那时候马多正是一个十岁的少年，而老马的妻子都三十四岁了。妻子不服老，都三十四岁了还红杏枝头春意闹。老马在第二年的春天特意到植物园看了一回红杏树。红杏枝头，多么危险的地方。妻子硬是在这么一个危险的地方开始了自己的第二个春天。老马记得妻子和自己摊牌时的样子，她倚在卫生间的门框上，十分突兀地点了一根烟，骆驼牌，散发出混合型烤烟的呛人气味。妻子猛吸了一口，对老马说："我要离。"妻子没有说"我要离婚"，而是说"我要离"。简洁就是力量，简洁也就是决心。她用标准的电报语体表达了决心的深思熟虑性与不可变动性，随后便默然了。她在沉默的过程中汪了一双泪眼，她用那种令人怜惜的方式打量丈夫。老马有些意外，一时回不过神来。老马用四川话说："离婚做啥子么？我那(哪)个地方对不起你了么？"妻子听了这话便把脑袋侧到卫生间的里口，她用近乎控诉的语调失声说："你没有对不起我，是生活对不起我。——这个鬼地方，我的大腿都岔不开！"老马的住房只有十七个平方，小是小了点，可是把大腿岔开来肯定是没有问题的。老马不说话。知道她在外头有人了，要不然也不会把骆驼牌香烟抽得这么姿态动人。这个女人在外头肯定是有人了，这个女人这一回一定是铁了心了。女人只有铁了心了才会置世界人民的死活于不顾。老马很平静。老马在大病过后一直惊奇当初的平静。他走到妻子身后，接过她手里的烟，埋了头只顾抽。后来老马抬起头，像美国电影里的好汉那样平静地说："耗(好)。龟儿子留哈(下)。"

儿子留下了，妻子则无影无踪。老马在生病的日子里望着自己的儿子马多，想起了失败，想起了马拉多纳输掉了一生。失败的生活只留下一场查不出的病；失败的婚姻只留下孩子这么一个副产品。其余的全让日子给"过"掉了，就像马拉多纳"过"掉那些倒霉的后卫。

老马什么都可以不要，但是儿子不能。儿子是老马的命。老马在离婚之后对儿子的疼爱变得走样了，近乎覆盖，近乎自我，近乎对自己的疯狂奴役。老马在醉酒的日子多次想到过再婚，老马的岁数往四十上跑了，正处于一个男人由“狼”而“虎”的转型期，身体内部的“虎”、“狼”每天都在草原上款款独步。它们远离羊群，饿了肚子，时刻都有冲刺与猛扑的危险性。它们和“红杏枝头”一样危险，稍不留神就会把羊脖子叼在自己的嘴里了。那可是伟大的“爱情”呢？爱情不是欲望又能是什么？而婚姻不是爱情又能是什么？所以老马时刻警惕自己，用马多的身影赶走那些绰约和袅娜的身姿，赶走时刻都有可能琅琅作响的剑胆琴心。儿子马多不需要后妈，当老子的唯一可做的事情就是把裤带子收收紧，然后，弄出一副平心静气的模样来，对自己说：“你不行了，软了，不中用了。”于是老马就点点头，自语说：“不行了，软了，不中用了。”

儿子马多正值青春，长了一张孩子的脸，但是脚也大了，手也大了，嘎了一副公鸭嗓子，看上去既不像大人又不像孩子，有些古怪。马多智能卓异，是老马面前的混世魔王。可是马多一出家门就八面和气了。马多的考试成绩历来出众，只要有这么一条，马多在学校里头就必然符合毛泽东主席所要求的“三好”与小平同志所倡导的“四有”。马多整天提了一支永生牌自来水笔到校外考试，成绩一出来那些分数就成了学校教学改革的成果了。学校高兴了，老马也跟着高兴。老马在高兴之余十分肉麻地说：“学校就是马多他亲妈。”’这句话被绿色粉笔写在了黑板上，每个字上还加了粉色边框。

在一个风光宜人的下午老马被一辆丰田牌面包接到了校内。依照校方的行政安排，老马将在体育场的司令台上向所有家长做二十分钟的报告。报告的题目很动人，很抒情，《怎样做孩子的父亲》。许多父亲都赶来了。他们就是想弄明白到底怎样做孩子的父亲。

老马是在行政楼二楼的厕所里头被马多堵住的。老马满面春风，每一颗牙齿都是当上了父亲的样子。老马摸过儿子的头，开心地说：“嗨！”马多的神情却有些紧张，压低了嗓门厉声说：“说普通话！”老马眨了两回眼睛明白了,笑着说:“晓得。”马多皱了眉头说:“普通话,知不知道?”老马又笑,说:“兹(知)道。”马多回头看了一眼,打起了手势,“是 zhi dao. 不是 zi dao。”老马抿了嘴笑,没有开口,再次摸过儿子的头,很棒地竖起了一只大拇指。马多也笑,同样竖起一只大拇指。父子两个在厕所里头幸福得不行,就像一九八六年的马拉多纳在墨西哥高原捧起了大力神金杯。

老马在回家的路上买了基围虾、红肠、西红柿、卷心菜、荷兰豆。老马买了两瓶蓝带啤酒、两听健力宝易拉罐。老马把暖色调与冷色调的菜肴和饮料放了一桌子,看上去像某一个重大节日的前夜。老马望着桌子,很自豪地回顾下午的报告。他讲得很好,还史无前例地说了一个下午的普通话。他用了很多卷舌音,很多“儿化”,很不错。只是马多的回家比平时晚了近一个小时,老马打开电视,赵忠祥正在解说非洲草原上的猫科动物。马多进门的时候没有敲门,他用自己的双象牌铜钥匙打开了自己的家门。马多一进门凭空就带进了一股杀气。

老马搓搓手,说:“吃饭了,有基围虾。”老马看了一眼,说:“还有健力宝。”

马多说:“得了吧。”

老马端起了酒杯,用力眨了一回眼睛,又放下,说:“我记得我说普通话了嘛。”

“得了吧您。”

老马笑笑,说:“我总不能是赵忠祥吧。”

马多瞟了一眼电视说:“你也不能做非洲草原的猫科动物吧。”

老马把酒灌下去,往四周的墙上看,大声说:“我是四川人,毛主席是湖南人,主席能说湖南话,我怎么就不能冒出几句四川话!”

马多说:“主席是谁?右手往前一伸中国人民就站立起来了,你要到天安门城楼上去,一开口中国人民准趴下。”

老马的脸涨成紫红色,说话的腔调里头全是恼羞成怒。老马呵斥说:“你到坦桑尼亚去还是四川人,四川种!”

“凭什么?”马多的语气充满了北京腔的四两拨千斤,“我凭什么呀我?”

“我打你个龟儿!”

“您用普通话骂您的儿子成不成?拜托了您呐。”

老马在这个糟糕的晚上喝了两听健力宝,两瓶蓝带啤酒,两小瓶二两装红星牌二锅头。那么多的液体在老马的肚子里翻滚,把伤心的沉渣全勾起来了。老马难受不过,把珍藏多年的五粮液从床头柜里翻上桌面,启了封往嘴里灌。家乡的酒说到底全是家乡的话,安抚人,滋润人,像长辈的询问一样让人熨帖,让人伤怀。几口下去老马就吃掉了。老马把马多周岁时的全家福摊在桌面上,仔细辨认。马多被他的妈妈搂在怀里,妻子则光润无比地依偎在老马的胸前,老马的脸上胜利极了,冲了镜头全是乐不思蜀的死样子。儿子,妻子,老马,全是胸膛与胸膛的关系,全是心窝子与心窝子的关系。

可是生活不会让你幸福太久,即使是平庸的幸福也只能是你的一个季节,一个年轮。它让你付出全部,然后,拉扯出一个和你对着干的人,要么脸对脸,要么背对背。手心手背全他妈的不是肉。对四十岁的男人来说,只有家乡的酒才是真的,才是你的故乡,才是你的血脉,才是你的亲爹亲娘,才是你的亲儿子亲丫头。

老马猛拍了桌子,吼道:“马多,给老子上酒!”

马多过来,看到了周岁时的光屁股,脸说拉就拉下了。父亲最感温存的东西往往正是儿子的疮疤。马多不情愿看自己的光屁股,马多说:“看这个干什么?”老马推过空酒杯,说:“看我的儿。”马多说:“抬头看呗。”老马用手指的关节敲击桌面,冲着相片说:“我不想抬头,我就想低下头来想想我的儿子——这才是我的儿,我见到你心里头就烦。”

“喝多了。”马多冷不丁地说。

“我没有喝多!”

马多不语,好半天轻声说:“喝多了。”

老马在平静的日子里一直渴望与儿子马多能有一次对话，谈谈故乡，谈谈母亲或女人，谈谈生与死，谈谈男人的生理构造、特殊时期的古怪体验，乃至于梦中的画面，梦的多能性与不可模拟性。老马还渴望能和儿子一起踢踢足球，老马坐镇中场，平静而自如地说起地面分球，沿着儿子马多的快速启动来一脚准确传送。然而老马始终不能和儿子共同踢一只足球，不能和儿子就某一个平常的话题说一通四川话。儿子马多不愿意追忆故乡，儿子马多不愿意与四川人老马分享四川话的精彩神韵。儿子马多的精神沿着北京话的卷舌音越走越远，故意背弃着故土，故意背弃老马的意愿。老马只能站立在无人的风口，来一声长叹，用那种长叹来凭吊断了根须的四川血脉。

离开故乡的男人总是在儿子的背影上玩味孤寂。老马叹息说;“这个杂种龟儿。”

星期天下午是中国足球甲 A 联赛火拼的日子;老马怎么也不该在这一个星期天的下午陪儿子去工人体育场看球的。因为有四川全兴队来北京叫板，老马买了两张票，叫上了儿子马多，开心地说:“儿子，看球去。”

老马和马多坐在四川球迷的看台上。只要有全兴队的赛事四川的球迷就成了火锅。他们热血沸腾，山呼海啸，冲着他们的绿茵英雄齐声呼喊:“雄起！雄起！”。

马多侧过脸，问父亲说:“‘雄起’是什么意思?”

父亲自豪地说:“雄起就是勃起，我们四川男人过得硬的样子。”

马多的双手托住下巴，脸上是那种很不在乎的神气。马多说:“咱北京人看球只有两个词，踢得棒，牛×，踢得臭，傻×。”

草皮上头绿色御林军与四川的黄色军团展开了一场伟大的对攻。数万球迷环绕在碗形看台上，兴奋得不行。马家父子埋在人群里，随场上的一攻一守打起了嘴仗。父亲叫一声“雄起”，儿子马多则说一声“傻×”:相反，老马黯然神伤了，儿子马多就会站起来，十分权威十分在行地点点头，自语说“牛×”。

首都工体真是北京国安队的福地，四川男人在这里就是过不硬。四川全兴没有“雄起”，而北京国安却潇潇洒洒“牛×”了一把。儿子马多很满意地拍拍屁股，侧过脸去对老马说：“看见没有？牛×。”

老马，这位四川全兴队的忠实球迷，拉下了脸来，脱口说出了一句文不对题的话：“晚上回去你自己泡康师傅！”

儿子马多拖了一口京油子的腔调说：“说这么伤感情的话忒没劲，回头我煮一锅龙凤水饺伺候您老爷子。”

老马站起来退到高一级的台阶上去，不耐烦地说：“你说普通话耗（好）不耗（好）！别弄得一嘴京油子耗（好）不耗（好）！”

“成。”马多说，“儿子忒明白您的心情。”

然而北京国安队在数月之后的成都客场来得就不够幸运，他们被一浪高过一浪的四川麻辣烫弄得阵脚大乱。他们的脚法不再华美，他们的切入不再犀利，他们的渗透不再像水银那样灵动，那样飘忽不定，那样闪闪发光。他们的软腿露出了“傻×”的糟糕迹象，一句话，四川人彻底“雄起”了，五万多四川人一起用雄壮的节奏跟随鼓点大声呼叫，咚咚咚，雄起！咚咚咚，雄起！

老马坐在自家的卧室里听到了同胞们的家乡口音。老马不是依靠中央五套的现场转播，而是只用耳朵就听到了巴蜀大地上的尽情呐喊。马多歪在沙发上，面色沉郁，一副惹不起的样子。老马斜了儿子马多一眼，钻到卫生间里去了。老马掏出小便的东西，等了一会儿，没有，又解开裤子，坐下去，别的东西也没有。但是老马心花怒放，积压在胸中的阴霾一扫而光了。老马拉开水箱，把干干净净的便槽哗里哗啦地冲过了一遍，想笑，但是止住了。老马从卫生间里出来，搓搓手，说：“儿子，晚上吃什么？”

马多望着父亲，耷拉了眼皮说：“你乐什么？”

“没有哇，”老马不解地说：“我乐什么了？”

“您乐什么？”

“我去买点皮皮虾怎么样？”

马多一把就把电视机关了。“您乐什么?”

“我真的没有乐。”

马多撇下他的嘴唇。他的撇嘴模样让所有当长辈的看了都难堪。马多说:“别憋了,想乐就乐,我看您八成儿是憋不住了。”

老马站在卫生间的门口,真的不乐了。一点都乐不出来了。

“我怎么就不能乐了? 我凭什么不能乐? 家乡赢球,老子开心。”

“可是您憋什么呀您? 您乐开了不就都齐了? 您憋什么呢您。没劲透了,傻×透了。”

“谁傻×? 马多你说谁傻×?”

“都他妈的傻×透了。”

老马突然就觉得胸口被什么东西撒开了一条缝,冷风全进去了,那不是四川的风,是北方的冷空气,伴随了哨声与沙砾。老马想起了妻子和他摊牌的样子,想起了这些年一个孩子给他的负重和委屈,想起了没有呼应的爱与寂寞,老马就剩下心爱的足球和远方的故乡了,可是在家里开心一下都不能够。老马的泪水一下子就涌开了。老马抡起右手的巴掌,对了马多的腮帮就想往下抽。老马下不了手。老马咬了牙大声骂道:“你傻×,你这小龟儿,你这小狗日的!”

“我可是你日的,”马多说,“怎么成狗日的了?”

老马一巴掌拍到自己的脸上,转过身去对了自己的鞋子说:“我这是当的什么老子? 龟儿,你当我老子,我做你的儿子耗(好)不耗(好)? 耗(好)不耗(好)?”

一九七五年的春节

我们乡下人把腊月底的暴风叫做黑风，它很硬、很猛、很冷，棍子一样顶在我们的胸口。怎么说我们的运气好的呢？就在腊月二十二的中午，黑风由强渐弱，到了傍晚，居然平息了，半空中飞舞的稻草、棉絮、鸡毛、枯树叶也全部回落到了地上。我们村一下子就安静了。

这安静是假象。我们村还是喧闹——县宣传大队的大帆船已经靠泊在了我们村的石码头啦。还没有进腊月，大帆船要来的消息就在我们村传开了，人们一直不相信——四年前它来过一次。刚刚过去了四年，大帆船怎么可能再一次光临我们村呢？就在两天前，消息得到了最后的证实，大帆船会来，一定会来。没想到黑风却抢先一步，它在宣传队之前敲起了锣鼓。大帆船它还来得了吗？

人们的担忧是有道理的。这就要说到我们村的地理位置了。我们村坐落在中堡湖的正北，它的南面就是烟波浩渺的中堡湖。这刻大帆船在哪里呢？柳家庄，该死的柳家庄偏偏就在中堡湖的正南。黑风是北风，这一点树枝可以作证，波浪也可以作证，大帆船纵然有天大的本领，它的风帆也不可能逆风破浪。

我们没有想到的是，人定胜天。公社派来了机板船。大帆船摇身一变，成了一条拖挂，就在腊月二十二的一大早，它被机板船活生生地拖到了我们村。大帆船到底来了，全村的人都挤到了湖边——大帆船还是那样，一点儿都没有变。我们村的人对大帆船的记忆是深刻的，就在四年前，在一场美轮美奂的演出之后，它扯起了风帆，只给我们村留下了一个背影。巨大的风帆被北风撑得鼓鼓的，最终成了浩渺烟波里的一块补丁，准确地说，不是补丁，是膏药。四年来，这块膏药一直贴在我们村的心坎上，既不能消炎，也没有化瘀。

我们同样没有想到的是，在人定胜天之后，天还遂了人愿。演出之前，黑风停息了。有没有黑风看演出的感受是完全不一样的——演员们必须背对着风，要不然，演员们说什么、唱什么，你连一个字都别想听清楚。看演员张嘴巴有什么好看的呢，谁的脸上还没有一个热气腾腾的大黑洞呢？演员背对风，观众就只能迎着风，这一来看演出就遭罪了，黑风有巴掌，有指甲，抽在人的脸上虎虎生威。这哪里还是看演出，简直就是找抽。乡下人怕的不是冷，是风，一斤风等于七斤冷哪。

因为腊月二十二的演出，我们村的年三十实际上提前了。黑风平息之后，村子里万籁俱寂，这正是一个好背景。锣鼓被敲响了，说起鼓，就不能不说牛皮。牛皮真是一种十分奇妙的东西，当它长在牛身上的时候，你就是把牛屎敲出来它也发不出那样愤激的声音，可是，牛皮一旦变成鼓，它的动静雄壮了，可以排山可以倒海，它的余音就是浩浩荡荡，仿佛涵盖了千军万马，真是“鼓”舞人心哪。在鼓声的催促和感召下，我们村的人特别想战斗，做烈士也就是想死的心都有。除了没有敌人，我们什么都准备好了——女生小合唱上来了，男生小合唱上来了，接下来，是男女对唱、数快板、对口词、三句半。意思其实只有一个，我们不缺敌人，我们缺的是发现。所以，我们不能麻痹。我们还是要战斗。要战斗就会有牺牲，一句话，我们都不能怕死。过春节其实是有忌讳的，最大的忌讳就是死。可我们不忌讳。虽说离真正的春节还有七八天，然而，我们已经度过了一个纯洁的、革命的和敢死的春节。我们是认真的。

上了年纪的人都知道,黑风往往只是一个前奏,也是预兆。在风平浪静之后,接下来一定会降温,迎接我们的必将是肃杀而又透彻的酷寒。腊月二十三,这个本该祭灶和掸尘的日子,我们村的人发现,所有的水在一夜之间全都握起了拳头,它们结成了冰。最为壮观的要数中堡湖的湖面了,它一下子就失去了烟波浩渺和波光粼粼的妩媚,成了一块辽阔而平整的冰。经过一夜的积淀,空气清冽了,一粒纤尘都没有。天空晴朗,艳阳高照。在碧蓝的晴空下面,巨大的冰块蓝幽幽的,而太阳又使它发出了坚硬刺目的光芒。一切都是死的,连太阳的反光都充满了蛮荒和史前的气息。

宣传大队的大帆船没有走。它走不了啦。它被冰卡住了,连一艘大帆船本该拥有的摇晃都没有,仿佛矗立在冰面上的木质建筑。这样的结局我们村的人没有想到,也没敢想。雨留不住人,风也留不住人,冰一留就留下了。

我们村的人振奋了,其实也被吓着了——这样的局面意味着什么呢?意味着解冻之前我们村在春节期间天天都可以看大戏。事实上我们高兴得还是太早了,除了二十二夜的那场演出,宣传大队再也没有登过一次台。演员们的心已经散了,他们眺望着坚硬的湖面,瞳孔里全是冰的反光。因为回不了家,他们忧心忡忡,他们的面庞沮丧而又绝望。大帆船里没有动静,偶尔会传出吊嗓子的声音,也就是一两下,由于突兀、短促,听上去就不像是吊嗓子了,像吼叫,也像号丧。

午饭过后大帆船里突然走出来一个人,是一个女人。她像变戏法似的,自己把自己变出来了。大帆船昨天一早就抵达了我们村,谁也没有见过这个女人,甚至连昨天晚上的演出她都没有露过面。她是从哪里冒出来的呢?女人来到船头,立住脚,眯起眼睛,朝冰面上望了望,随后就走上了跳板。伴随着跳板的弹性,她的身体开始颠簸。因为步履缓慢,她的步调和跳板的弹性衔接上了——这哪里还是上岸,这简直就是下凡。一般说来,下凡的人通身都会洋溢着两种混合的气息,一是高贵,二是倒霉。她看上去很高贵,她看起来也倒霉。但是,无论是高贵还是倒霉,只要一露面,这个女人必定给人以高调出场的意味。旁若无人。她的手上提了一把椅子,她在岸边徐步走来。她往前每走一步,身边的孩子就往后退一步。

女人就把椅子搁在了地上,笃笃定定地坐了上去。她已经晒起了太阳。为了让自己更享受一点儿,她跷起了二郎腿,附带着把军大衣的下摆盖在了膝盖上。然后,开始点烟。当她夹着香烟的时候,她的食指和中指绷得笔直,而她的手腕是那样地绵软,一翘,和胳膊就构成了九十度的关系,烟头正好对准了自己的肩膀。她这香烟抽的,飞扬了。她不看任何人,只对着冰面打量。因为眼睛是眯着的,眼角就有了一些细碎的皱纹,三十出头了吧。但她的神情却和宣传大队的其他人不同,她的脸上没有沮丧,也没有绝望,无所谓的样子。她只是消受她的香烟,还有阳光。

吸了四五口,或许是过了烟瘾了,女人突然动了凡心,关注起身边的孩子来了。她把清澈的目光从远处的冰面上收了回来,开始端详孩子们的脸。她的脖子和脑袋都没有动,只是缓慢地挪动她的眼珠子。动一下,停一下,一格一格的。女人的眼睛突然在她左侧小女孩的脸上停住了,这一停就是好长的时间。小女孩叫阿花,六岁,我们村民办教师吴大眼的女儿。阿花被女人盯着,有些胆怯。女人把烟头在椅子上摁了两下,装进军大衣的口袋,伸出胳膊,一把抓住了阿花的手腕,一直拽到两条腿的中间。女人用她的两条大腿夹住阿花,把她的两根中指伸得直直的,顶在了阿花的太阳穴上,一左一右地看。最终,打定主意了。她从军大衣的口袋里掏出了几只圆圆的小盒子,还有笔,开始在阿花的脸上画,每一根手指都非常快。我们村的人不知道湖边发生了什么,但是,我们村的人有一个特点,不愿意落下任何事情。这一来围观的人多了。里三层、外三层,人们亲眼目睹了一个奇迹——民办教师吴大眼六岁的女儿被大帆船上的陌生女人变了戏法,变漂亮了,成了另外一个女孩子。她眨眼的时候居然有声音，啪嗒啪嗒的。阿花怎么会这么漂亮的呢？她瞒过了所有的人，她的爸爸和妈妈都给她瞒过去了。

但是，女人就是不满意。她在修整，这里添一点儿，那里减一点儿。还时不时把阿花拽到自己的嘴边，用她的舌尖舔去那些不满意的部分。在阿花的脸上，女人拿自己的舌头当做了抹布。这个出格的举动让阿花很别扭，阿花极度地不自在。在围观的人堆里，阿花开始挣扎，眼眶里都有了泪光。因为挣不脱，阿花对着女人的脸庞突然吐了一口。唾沫挂在了女人的眉梢上，阿花就这么逃脱了。女人望着阿花的背影，一点儿也没有生气，既不惊慌，也不失措，抿着嘴，只是微笑。一边笑一边把脖子上红色的围巾取下来，很安详地在那里擦。她的模样使我们村的人相信，她早就习惯别人对着她的脸庞吐唾沫了，如果你愿意，你完全可以把她好看的脸庞当做一个微笑的痰盂。

实际上这个女人的微笑并没有持续太久，她的身上冒起了青烟。青烟越来越浓，最终蹿出了火苗。青烟其实已经冒了一阵子了。没有人往心里去罢了。真到了起火的时候，人们这才想起来，是她的烟头让她自己失火了。女人显然也意识到了这一点，这个发现让她开心，她不再是微笑，都笑得咧开嘴巴了。这一笑坏了，我们村的人看到了她的牙，她的每一颗牙齿上都布满了焦黄的烟垢。她不再是下凡的仙女。她开始灭火，她的巴掌镇定地、缓慢地拍向军大衣的口袋，仿佛掸去身上的灰尘。我们村的人知道了，即使她的整个身躯都被熊熊大火裹住了，她的手脚也不会忙乱，着了就着了呗，死得不挺暖和的？

冰冻三尺，非一日之寒。这句话也可以反过来说，冷的日子久了，冰块将会抵达令人震惊的厚度。也就是几天的工夫，中堡湖里的冰块结实了，像浮力饱满的石头。

中堡湖热闹起来。湖面不再是湖面，它成了狂欢的广场。我们村的大人和孩子差不多全都集中到了冰面上，甚至连一些上了岁数的人都凑起了热闹。在冰面上行走是一件令人愉快的事，它给人一种错觉。每个人都觉得自己是水上漂。聪明一点儿的人甚至产生了这样的想法——冰冻是好事，它能将世界串联起来，因为冰，世界将四通八达。的确，冰应当得到推广和普及，人类最理想的世界就是到处结满了冰。

大白天永远是平庸的。到了夜里头，中堡湖的湖面上迎来了壮丽非凡的气象。无论一九七五年的年底是多么的贫穷，家境富裕的人家毕竟还有。家境富裕有一个重要标志，那就是家里有手电筒。冰封的日子里所有的手电筒都一起出动了，不只是我们村，沿岸王家庄、张家庄、柳家庄、高家庄、徐家庄、李家庄的手电筒一起会集在了冰面的四周。手电筒的光是白色的，冰是白色的，而夜晚却一片漆黑，这是一部活生生的黑白电影，光柱把黑夜捅烂了，到处都是白色的窟窿。我们的世界绚烂了，凄凉了；也繁华，也萧索，非常像战乱。

大勇和大智是对孪生兄弟，他们家没有手电筒，他们没有资格走进黑白电影。差不多就在最后一把手电筒撤退之后，兄弟俩提着他们的马灯，悄悄出现在了中堡湖的冰面上。他们是来钓鱼的。北方的冰期长，所以，北方人很早就掌握了冰窟窿里钓鱼的技术，这样原始的技术南方人反而不知道。但大智是知道的，大智读书。书上说，冰底下缺氧，哪里有窟窿哪里就有氧气，哪里有氧气哪里就有鱼。

书上的话是不是真的，大智其实也没有把握。可大智没有选择。眼见就是大年三十了，他们家连一片鱼鳞都还没有看到。大年三十的餐桌上可以没有猪肉，可以没有豆腐，却不能没有鱼。有鱼就是“有余”，它是好彩口，暗含着祝福与希望。无论日子有多穷，在大年三十的晚上“有余”一下，放在哪里都是一件好事情。

大勇带了一把斧头，还有一把凿子，跟在大智的屁股后头往湖中心走。离开岸才八九十步，大勇胆怯了，毕竟是黑夜里的冰面上。大勇说：“别走了吧，就在这里凿。”一斧头下去，大勇的手滑了，斧头贴着冰面滑向了远方。冰实在是一种美妙的东西，它发出来的声音玲珑而又悠扬，反而把大勇吓了一大跳。大勇这个人就这样，所有好看、好听、好玩的东西都能把他吓一跳，有时候连好吃的东西都会把他吓着了。他在吃豆腐的时候就有这毛病，眼睛老是发直。好在他一年也吃不了几回。如果每天都吃，每天都是春节，大勇这孩子一定会得羊角风的。

大勇凿出来的第一个窟窿足足有一口锅那么大。大智说："费那么大劲儿，你凿那么大做什么？一半就足够了。"大勇压低了声音说："窟窿大，鱼就大。"

但是，问题又来了。钓鱼的绳子拴在哪里呢？大勇提起马灯照了照，冰面上居然没有一棵树。大勇苦恼了。大智把绳子放在水里蘸了蘸，随手丢在了冰面上。大勇说："得拴在什么地方。"大智说："拴上了，水把它拴在冰上呢。"

大勇一口气开了十一个窟窿。就在打算歇口气的光景，大勇不动了，他直起身子，拽了拽大智的胳膊。大智回过头，突然看到了一样东西，一个猩红色的亮点。似乎很近，似乎又很远，一点儿把握都没有。也就是闪了那么一下，猩红色的亮点却又没了。冰面上黑咕隆咚，天空中黑咕隆咚。马灯就在大勇的脚边，但是，它的灯光只够在冰面上画一个圆圈，这就是说，马灯照亮的只能是自己，而不是远方和别人，这就让人心里头没底了。兄弟俩在这个时刻多么希望自己能有一把手电筒，他们对视了一眼，说时迟，那时快，猩红色的亮点再一次闪光了，这一次红得格外艳。大智本想走上去看看的，被大勇一把拽住了，大勇说："还是走吧。"

饥不择食，贫不择妻，比这更严重的就是慌不择路。就因为短暂的慌张，大勇和大智在冰面上迷路了。头上是黑漆漆的天，脚下是白花花的冰，他们彻底失去了参照。亏了年轻，亏了昨晚上吃得足，他们总算没有被冻僵。天亮之后，他们依靠大帆船的桅杆找到了村庄，他们其实并没有走多远。他们自以为走遍了千山万水，其实，他们只是在家门口溜达了一夜。迷路的人往往就是这样，他们在前进，本能却让他们选择盘旋，等他们明白了过来。唯一的安慰就是尽力了，他们业已抵达起点，并有效地消耗了全部的能量——好在昨天夜里的垂钓有了收获，十一只鱼钩居然钓着了九条鱼，三条鳞鱼，四条鲫鱼，一条草鱼，一条鲤鱼。这是振奋人心的。等他们收好鱼，半个太阳也出来了。这是一次神奇的日出，足以让大勇目瞪口呆——半个太阳摇摇晃晃，光芒无比鲜嫩，它们涂抹在冰面上，巨大的冰面一片酡红，整个世界一片酡红，分外妖娆。

就在这样的妖娆里，大智有了意外的发现，一把椅子孤零零地摆放在中堡湖的湖面上，它的背正对着大帆船。就在平整而又光滑的酡红里，这把椅子突兀了，散发出非人间的气息。大智估算了一下，椅子离冰窟窿的距离大概也就是四五十米。大智滑过去——这是一把普通的椅子，左侧的冰面上丢了五六个烟头，已经冻住了。这一看大智就全明白了，他妈的，全是那个满嘴烟牙的女人做的鬼，她真是一个二百五，好好的大帆船她不待，神神道道地来到冰天雪地里抽什么烟！要不是她的嘴里冒出鬼火，他和大勇也不至于有这一夜——亏了没有下雪，要不然，他们弟兄俩真的就成了冻死鬼了。

女人再一次在大伙儿面前出现的时候已经是大年初一的上午了，依照惯例，村子里响起了爆竹的爆炸声。孩子永远是最聪明的，他们来到了湖面，他们把爆竹横在了冰面上，“嘣”的一声，爆竹贴着冰面滑行而去，然后，“啪”的一声，在很远的地方炸开了。大年初一真是一个晴朗的好日子，天气晴朗得不知道怎么夸才好。只是一顿饭的工夫，湖边的冰面上就面目全非了，黑色的爆炸点、红色的纸屑散落得到处都是。这正是春节的气象，像战后。芬芳的硝烟，血色的碎纸片，喜庆，苍凉，冰的坚硬反光。

大帆船的内部突然响起了一阵锣鼓声，开始还有板眼，能听得出彼此的协作，也就是一会儿，锣、鼓、钵、镲相互间就失去了配合，成了声音与声音之间的混斗——这哪里还是敲锣打鼓呢，听上去怒气冲冲。

女人就在这片杂乱的锣鼓声里走出了船舱。我们村的人终于知道了，这个女人的活动是被严格控制的，尤其是白天。她的双脚永远有一条看不见的镣铐。她之所以看上去那样“有派头”，是因为她虽然“想改”，但她“从小练的就是这个”，实在“改不掉”。和上一次不一样，这一次出舱她倒是没有拿腔拿调，从她行走的样子来看，她仿佛是有目的的，完成什么任务一样。她的身上还是那件军大衣，右侧的口袋边却有一个洞，周边都是烧焦的痕迹。脖子上是红围巾，左手则提着一把椅子。她把椅子放下来，对着冰面上的孩子们拍了拍巴掌，示意她们站队。她的举动意义不明，没有人知道她要干什么。但是，这个女人很快就让我们村的女孩子们知道她的意思了，她已经开始给第一个女孩子化妆了。周遭的女孩子们刚一明白就围了上来，她们很自觉地在女人的椅子前面站好了队，神色庄严，表情严肃，一点儿也不再害羞。第一个化好妆的女孩上岸了，她其实是显摆去的。一个女孩子的显摆往往具有不可思议的辐射力，它是最有效、最直接、最深入的宣传。我们村所有的女孩子、部分大姑娘、少许已婚妇女在第一时间得到了这个震撼人心的消息，她们没有犹豫，她们就是想揭开生命里最大的秘密——我会漂亮到何等地步。她们来到女人的面前，队伍越拉越长。

——这个大年初一独特了，我们村无限地妖魅。化了妆的女孩子们以一种史无前例的妩媚穿梭在巷口与巷口之间，她们像天外的来客，千树万树梨花开。她们是她们，但她们不再是她们，只有她们自己相信，这才是真正的她们。即便洗一次脸就足以让她们的生活回到从前，但是，那又怎么样呢？镜子与水缸会记得这一切。

民办教师吴大眼的女儿阿花到底还是出现了。她在大年初一的上午穿上了新褂子，虽然裤子和鞋子都是旧的，洗得却相当干净了。她其实不敢来，但是，在她得到消息之后，她小小的心坎儿里萌发了阻挡不住的愿望。她想再化一次妆。这个小小的愿望是一片小绿芽，却足以掀翻头顶上的石头。她来到了中堡湖，夹在人缝里，头都没敢抬。她在等，她的心思复杂了，主要是矛盾。阿花害怕那个女人，然而，阿花又必须走近那个女人。

女人其实已经看见阿花了，却装着没有看见。她甚至都没有看阿花一眼。她在忙。一张又一张俏丽的面孔在她的面前诞生了，消失了，又诞生了，又消失了。她的手是那样的利落，在我们村的女孩子看来，她的手鬼魅莫测，不只是扭转乾坤，还可以改天换地。阿花望着她的手，紧张得都想哭。

再有两个人就该轮到阿花了。女人长叹了一口气，丢下了手里的化妆盒。她点上一支烟，随后就把她的眼睛闭上了。她就那么闭着她的眼睛，睡觉那样，一口一口吸着手里的香烟。四五口之后，她把烟掐了，睁开了眼睛。眼睛一睁开她的目光就跳过了面前的两个女孩，直接找到了阿花，她在微笑。她的巴掌伸向了阿花，四根手指并拢起来，再往上蹺。

阿花没敢动。女人就探过上身，拽住了阿花的袖口。阿花知道还没有轮到自己，不肯，屁股不停地往后拱。但是她忘了，她的脚下是冰。随着女人的拉扯，阿花一点儿一点儿滑过来了，她到底被女人拉到了面前。阿花前面的两个女孩显然没有料到这样的情形，她们很失望，嘟囔说："该是我们了。"

女人没有听见。她耳中无人，她目中无人。到了这会儿我们村的人才知道，这个女人在大年初一的上午所做的一切都是假的，目的只有一个，把阿花招惹过来。女人把阿花夹紧之后就敞开了军大衣的衣襟，一下子就把阿花裹在怀里。她闭上了眼睛，上身开始摇晃。当她再一次睁开眼睛的时候，她的嘴巴对准了阿花的左耳。她的嘴唇在动。她在轻声地对耳朵说些什么。显然，她的号召没有得到阿花的响应，她就不停地重复。阿花又一次在她的怀里反抗了。阿花的反抗顿时就让女人失去了耐心，女人的嗓门儿突然大了，几乎就是尖叫。我们村的人都听见了，她对阿花说的是："叫！叫我妈妈！"

阿花显然被吓着了，这一次她没有吐唾沫，阿花对准女人的脖子就是一口，还好，没有出血。阿花又一次成功地逃脱了。和上一回不一样，阿花的这一口似乎让女人受到了沉重的一击，她高挑的眼角似乎掉落下来了。这个细微的变化使她的高贵只剩下百分之十，而倒霉的迹象在顷刻间就上升到了百分之九十。女人显然是不甘心的，她站了起来，一个滑步就追上阿花。她像老鹰捉小鸡那样张开了翅膀，她拦在阿花的前头，终止了阿花上岸的企图。她的脸上已经恢复了笑容，很巴结的样子，露出了不该有的贱相。

但阿花坚持不让她再碰自己，她只能往湖中心的方向后退。我们村的人看着一大一小的两个女人在冰面上滑向了远处。女人终于再一次滑到了阿花的前面，她回过头来，开始给阿花作各式各样的表演。女人脱下了她的军大衣，红围巾也撂在了冰面上。她先是在冰面上打了几个滚儿，然后再爬起来，冲着阿花做了许许多多的鬼脸。女人终于在冰面上开始她的表演了，她跷起了一条腿，绷得笔直的，立在冰面上的那条腿同样绷得笔直的，在她张开胳膊之后，她的身体就与冰面平行了，她像一只没有来历的燕子，在飞，冰就是她辽阔的天空。

两个人的嬉戏持续了相当长的一段时间，看起来她们还说了一些什么。女人到底有她的办法，就在刀锋一样的反光里，大女人和小女人之间的隔阂似乎消融了。阿花看起来已经被大女人说动了。人们看见大女人从军大衣的口袋里摸出了小盒子，弓下腰，对着小女人伸出了她的双臂。她在等。她要让阿花亲自走进她的怀抱。阿花还是怯生生的，但是，终于往女人的身边慢慢地挪动了。女人似乎特别享受这样的过程，她没有接住阿花，为了延长这个开心的时刻，她故意避让了，在向后滑。

阿花最终并没有抵达女人的怀抱。也就是一眨眼，女人在冰面上消失了。这个女人真的会变戏法，她能把自己变出来，她也能将自己变没了。再一个眨眼，我们村的人明白过来了，女人掉进了冰窟窿。我们村的人蜂拥上去。冰是透明的，我们村的人看见女人的身体横在了水里，正在冰的下面剧烈地翻卷。湖水有它的浮力，想把她托上来，但是，在冰的底下，湖水的浮力似乎也无能为力。我们村的人只能看，无从下手。我们村的人看见女人的身体慢慢地翻了过来，她的眼睛在和阿花对视；她的嘴巴在动，迅速地一张一翕。从她张嘴的幅度来看，不可能在对阿花耳语。她应该在尖叫。可是，她在说什么呢？又过了一会儿，女人的脸贴到冰面的背部了。冰把女人的眼睛放大到了惊心动魄的地步。随后，女人的头发漂浮了起来，软绵绵的，看上去却更像竖在她的头顶。

枸杞子

勘探船进村的那个夏季,父亲从城里带回了那把手电。手电的金属外壳镀了镍,看上去和摸起来一样冰凉。父亲进城以前采了两筐枸杞子,他用它们换回了那把锃亮的东西。父亲一个人哼着《十八摸》上路,鲜红透亮的枸杞子像上了蜡,在桑木扁担的两侧随父亲的款款大步耀眼闪烁。枸杞是我们家乡最为疯狂的植物种类,有风有雨就有红有绿。每年盛夏河岸沟谷都要结满籽粒,红得炯炯有神。大片大片的血红倒映在河水的底部,对着蓝天白云虎视眈眈。

返村后父亲带回了那把手电。是在傍晚。父亲穿过一丛又一丛枸杞走进我们家天井。父亲大声说,我买了把手电!手电被父亲竖立在桌面,在黄昏时分通体发出清冽冰凉的光。母亲说,这里头是什么?父亲说,是亮。

第二天全村都晓得我们家有手电了。这样的秘密不容易保住,就像被人胳肢了脸上要笑一样自然。村里人都说,我们家买了把手电,一家子眼睛都像通了电。这话过分了。我们这样的人家早就学会了自我克制。许多人问父亲,你进城了吧?父亲多精明的人,你一撅屁股他就晓得什么屁。父亲避实就虚,虎着脸说,进了。

晚上天井里来了好多人。他们坐在我们家的皂荚树下拉家常。夏夜清清爽爽,每一颗星都干干净净。没有气味。这样的漆黑夏夜适合于蛐蛐与夜莺。它们在远处,构成了深邃空间。

话题一直在手电的边缘。人人心照不宣,但谁也不愿点破,这是生存得以常恒的实质性方法。夜很晚了,狗都安静了,他们就是不走。母亲很不高兴,她的芭蕉扇在大腿上拍得劈啪起劲。后来母亲站到了皂荚树下,手里拿了一把锃亮的东西。父亲这时依然低着头吸烟,烟锅里的暗火又自尊又脆弱。母亲说,你们看够了!你们睁大眼睛看够了!母亲用了很大的努力打开开关,一道雪亮的光柱无限肯定地横在了院子中间,穿过大门钉在院墙的背脊上。皂荚树上的栖鸟惊然而起,羽翼带着长长的哨声彗星一样划过,使我们的听觉充满夜宇宙感。

故事的高潮是母亲灭了手电。人们在黑暗里面面相觑。

勘探船在那个夏夜进村了。他们是从水路上来的,来得悄无声息。他们的外地口音使他们的话听上去极不可靠。勘探队长戴了一顶黄色头盔,肚子大得像个气球。勘探队长说,他们是来找石油的,石油就在我们村的底下,再不打上来就要流到美国去了。当天他们就在我们的村北打了个洞,一声轰隆,村子像筛糠。大伙立即把父亲叫过去,他们坚信,只有杀过人的父亲能够阻止他们。父亲走到村北,依据他的经验认定了大肚子是队长。父亲又立在勘探队长的面前,双手抱在前胸,说,不许打了。父亲几年之前杀过人,我们一家都以为要判死罪的,他用铲锹削去了偷地瓜阿三的半块脑袋。父亲没有被判罪,反而在主席台上披红戴绿成了英雄。这里头有许多蹊跷,但不管怎么说,杀人一旦找到了合理借口,杀人犯就只能是英雄。

父亲说,不许打了。

勘探队长说,你是谁?

父亲说，再打你就麻烦了。

父亲把这句话撂在村北，一个人回家玩手电去了。父亲把手电捂在掌心里，十只指头虾子一样鲜活、红润、透明。尔后父亲把门窗关紧，用手电从下巴那里照到脸上去。母亲被父亲吓得像老鼠，她认为父亲的那模样“比鬼还难看”。

天黑之后来到我家天井的是大肚子队长。他坐在我们家的矮凳子上，鼻孔里喘着粗气，说话的气息变得吃力。他称我的父亲“亲爱的同志”，然后用科学论证了石油和马路汽车的关系，尤其强调了石油与电的关系。他说，石油就是电。有了石油，村子里的所有树枝上都能挂满电灯，也就是手电。月亮整个没用了。村子里到处是电灯，像枸杞树上的红枸杞子一样多。电在哪里呢？——电在油里头；而油又在哪里呢？——油在地底下。队长说，这是科学。父亲后来沉默了。母亲说，你听他瞎扯。父亲严肃无比地说，你不懂。母亲反驳说，你懂！父亲说，这是科学。母亲说你晓得什么是科学，父亲便沉默。他对科学不做半点解释，把科学展示得如他的沉默一样深邃、魅力无穷，由不得你不崇敬。

父亲对勘探队长说，你们随便打，除了大闺女的床沿，你们哪里打洞都行。

大哥偷了手电往北京家匆匆而去。大哥一定拿手电讨好那个小骚货去了。北京是学校里作文写得最好的美人。她曾在一篇作文里给自己插上两只翅膀，用一天的时间飞遍祖国长城内外与大江南北。要不这样，她也不敢让人们喊她北京的。那时候我们时兴用各大城市为孩子起名，北京的双眼皮与大酒窝，为她赢得了首都这个光芒四射的名字。村里大部分男孩都喜欢北京。他们要不喜欢她是不可能的，但北京并不喜欢他们。她常用狐狸一样的目光等距离地打量每一个和她对视的男子。这种目光令人激动，让人伤心绝望。她就那样用狐狸一样的目光正视你，让你的青春期杂乱无章。

大哥从北京家回来时一脸灰。可以想象到北京见到手电后无动于衷的冷漠模样。

那个晚上全村人都看到了大哥丢人现眼，他拿了父亲的手电爬到北京家的院墙上头，如一只猫，弓着腰四处寻腥。他把手电打开来，对着天空，天空给照出了一个大窟窿。大哥的这次荒谬举动给了人们关于夜的全新认识，夜是没尽头的，黑暗一开始就比光更加遥远。山羊胡子老爹甚至说，夜和日子一样深，再长的光都不能从这头穿照到那头。山羊胡子老爹的话没有得到应有的关注。一般性的看法是，夜里的空间被折叠好了，存放在手电里头，只要开关一不小心，空间就顺着光亮十分形象地延展开来。大哥是被父亲吆喝下来的，下地时大哥崴了脚踝。大家都看见了大哥的狼狈样，只有北京例外。北京这刻儿不知道在哪里，漂亮的女孩到了夜里就像鱼，你不知道她们会游到哪里去。

民间想象力的发达总是与村落的未来有关。父亲的手电顿时给忽略了。人们一次又一次规划起电气化时代。父亲说，到那时水里也装上了电灯，人只要站在岸上就能看见王八泥鳅与水婆子。父亲设想到那时，每一条河都是透明的，我们看鱼就像玉帝老儿在天上看我们那样。总之，科学能使每一个人都变成神仙。

而勘探队的勘探进程完全是现实主义的。他们不慌不忙地打眼，贮药，点火，起爆。河里的鱼全给震昏了，它们把腹部浮出水面，在水面上漂了一层。勘探队长整日待在井口，面对地下蹿出来的黄泥汤忧心忡忡。他希望能告诉我们石油就在脚底下，挖田鼠那样动几锹，石油自己就跳出来了。大肚子队长有点担心找不出油来。“亲爱的同志”们一般是不会接受没有结果的科学的。那些队员似乎早就疲沓了，日午时分倒在树阴底下午眠。他们的黄色头盔罩在脸上，成了呼噜的音箱。这样的时刻，父亲和他的乡亲们认真地卧在井口，看黑洞洞的井底。有人提议说，用手电照照。父亲回家拿来了手电，照下去，一无所有。这样的感受在盛夏里显得阴森，父亲对着井口一连打了十几个喷嚏。有人问，下面科学吗？父亲默然不语。父亲把科学和希望全闭在了嘴巴里，而他的嘴巴仅仅补充了三个喷嚏。随后太阳金灿灿，枸杞子红艳艳。勘探队长的大肚子在午眠中呼吸，一上一下，像死去的鱼随波逐流。

这样的午后大哥显得焦虑。他的神态被北京弄得如一颗麦穗，隐藏着多种结果与芒刺。大哥的步行动态显得疲惫不堪，歪着头，又憔悴又空洞。大哥是惟一生存在石油神话外的独行客。无数下午一个又一个向他袭来，熬不过去。他对北京的单恋行进在他的青春期，数不尽的红枸杞在他的胸中铺天盖地，而北京依然站在柔桑或柳树下面，均匀地撒播狐狸一样的目光，没有表情。有一种充满爱意的冷若冰霜，也可以这么说，有一种神似蜜意的铁石心肠。天下所有的美人中，只有北京能做到这一点。这不是修炼而就的，概括起来说，是与生俱来。

谁也料不到会出这样的事，北京让勘探队的一个髻毛小子给开了。事发之后有人揭示，他们已经眉来眼去两三天了。依照推算，两三天之后发生那样的事完全是可能的。事后还有人发现，北京和小髻毛对视时下巴都挂下来了，根据祖传经验，女儿家下巴挂下来两条腿就夹不紧了。这一点毫无疑问。北京在事发之后睡了整整一天，重新出门时北京变了模样。女孩的美与丑与政治很像，处在悬崖之上，要么在峰巅，要么在深谷，没有中间地带。北京眨眼间就从峰巅摔进了谷壑，所有美丽被摔得粉碎。她眼里的狐狸说走就走光了，两只眼睛成了手电，除了光亮别无他物。大哥得到消息后全身都停电了，说北京骗了他，说北京不要脸，说北京是枸杞子，看起来中看，吃起来涩嘴。但大哥看到北京后出奇地轻松愉快，北京丑得走了样，两只小奶子也挂下来了。北京的那种样子再也长不出翅膀，一天之内飞遍祖国九百六十万平方公里了。北京曾经拥有的美丽过去成了笑柄，好在人人都在关心科学与石油，大哥和其他青春少年就此终止了单恋，他们大声说，（北京）开过啦。声音又快活又猥亵。人们对失去的纯真与理想多半作如斯处置。

父亲们的盼望与勘探队的无精打采形成强烈反差。即将收割的水稻和正值成长的棉花被踩得遍地狼藉。乡亲们站在自己的稼禾上面心情是矛盾的。大肚子队长一次又一次告诉他们,这里将是三十八层高楼,四周墙面全是玻璃,在电灯光的照耀下无限辉煌。尔后稼禾带给他们的心疼被憧憬替代了,高楼和灯光在他们贫瘠的想象中雾一样难以成形,高楼拔地而起的模样永远离不开水稻生长的姿态,一节,再一节,又一节,后来就无能为力了。

父亲一次又一次与大肚子队长讨论过石油出土的可能性。每一次父亲都得到肯定回答。父亲一次又一次把那些话传给乡亲,乡亲们默然不语。他们对杀过人的人物存有天生的敬畏,沉默就算是拿他不当回事了。父亲大声说,不出二十年,我保证大家住上高楼,用上电灯。大伙听了这样的话慢腾腾地散开了,他们的表情一片茫然。他们最信不过的就是用未来作允诺。在实现不了诺言时,再把罪咎推到别人头上。食言要做的只有一件事,站在皂荚树下面,手执手电,做出正确的神态。都习惯了。

大哥在这个晚上碰上了倒霉的事。他再一次偷走了父亲的手电,独自到村东找蛐蛐。大哥在棉花田里专心致志,猫着腰,认真地谛听每一个动静。大哥一定听见了那声极细微的声音,他走过去,看见了一样白花花的东西。是一只光脚。阒静中大哥五雷轰顶。那只脚安然不动。大哥的手电光顺着脚无声无息地爬上去,是一条腿。又一条。又一条。又一条。一共是四条。大哥还没有来得及尖叫就被人推倒了,嘴里塞满土。手电被扔进了河里。四条腿惊慌地狂奔。

开着的手电以抒情的姿态沉下河底。有人发现了河底的亮光。有两三丈那么长。许多人赶到了河边,甚至包括勘探队的大肚子队长。河底的光呈墨绿色,麦芒一样四处开张。人们站在岸边手拉手,肩贴肩。人们以恐怖和绝望的心情看着河里的墨绿光慢慢地变暗,最后消亡。山羊胡子老爹说,动了地气了。动了地气了。一个晚上他把这句话重复了一千遍。

第二天大家闭口不提夜里的事。快近晌午北京从河底浮上来了。在发光的那条河的下游。北京的整个身体彼此失去了联系,一个劲地往下挂。北京的死亡局面栩栩如生,在晌午的阳光下反射出一种青光。人们把目光从北京的尸体上转移开之后,枸杞子被一种错觉渲染得血光如注。展示出一种静态喷涌。

父亲没有把手电失踪的事张扬出去。手电的事肯定就此了结了。但那把水下的手电从此成了神话。甚至就在上个月的二十九号还有人提起过那事。他说他“亲眼看见”河里头亮起来了,第二天北京就死在那儿。许多人说他吹牛,河水怎么能在夜里发光呢?叙述者又委屈又激动,说,北京要活着就好了,她一定知道那一切全是真的。叙述者补充说,当年还有一支勘探队,他们四处找石油。

勘探队在短暂的沉默之后又开始了爆炸。河里没有再死鱼,因为河里已经没有鱼可以死了。他们的外地口音失去了初来乍到的魅力,他们的操作失去了围观,只留下孤寂的爆炸和伤感的回音。

在暮色苍茫时刻大肚子队长生气地脱掉了他的长裤。他的双腿堆满伤疤。那些疤在夕阳里闪闪发光。大肚子队长一个劲地说话,他的自言自语一刻也没有离开疤的内容。他说,这个世上到处是疤,星星是夜空的疤,枯叶是风的疤,水泥路是地的疤,冰是水的疤,井是土的疤。大肚子队长说着这些疯话,悄然走上船去。他光着双腿走上船的背影成了我们村最动人的时刻。

浓雾使大早充满瞌睡相。鸡的打鸣都是象征性的,撂了两嗓子,就睡回头觉了。浓雾里头父亲做着梦,他梦见了石油光滑油亮的背脊在地底下蠕动的模样。石油被他的梦弄得无限华丽,与黄鳝的游动有某种相似。

大雾退尽后太阳很快出现了。太阳的复出使我们的村庄愈加鲜嫩可爱。这时候有人说,勘探队!勘探队!人们走东窜西没有发现勘探队的人影。只有无尽的枸杞子被浓雾乳得干干净净、水灵活现。大伙跟在父亲的身后来到河边，河边空着，满眼是细浪和飞鸟。浓雾退尽后的河面有一片“之”字形水迹，如一只大疤，拉到河面的拐角。这个疤一直烙在父亲的伤心处。父亲的眼里起了大雾。很苍老的感觉在内中滋生，弥漫了父亲的那个夏季。

生活边缘

（上）

婚姻或仿婚姻往往由两块布拉开序幕，一张床单，一张窗帘。序幕拉开的时候小苏正在铺床。也可以这么说，序幕拉开的时候夏末正往窗帘布上装羊眼。反正是一回事。

小苏跪在床上，她的十只指头一起用上了，又专心又耐心的样子。她铺得很慢，一举一动都是新感受。才九月底，完全是草席的季节，但小苏坚持要用床单。床单的颜色是纯粹的海水蓝。小苏把这块海蓝色的纺织平面弄得平整熨帖，像晴朗海面的假想瞬间，在阳光普照下面风静浪止。小苏和夏末站在床的这边和那边，他们隔海相望。家的感觉就这样产生了。家的感觉不论你渴望多久，一旦降临，总是猝不及防，感人至深，让你站不稳。这时候一列火车从窗下驶过，他们的目光从二楼的窗口望出去，火车就在窗子底下，离他们十几米远，只隔了一道红砖墙。小苏在某一瞬间产生了错觉，火车在她的凝望中静止不动了，仍在旅途的是他们自己。

他们租来的小阁楼在每一道列车窗口朝相反的方向风驰电掣。

火车过去后小楼里安静了。小苏和夏末一起向四壁张望,没有家具。但四块墙壁具体而又实在,看在眼里有一种被生活拥抱的真切感。夏末提着窗帘绕过床,拥过小苏,让她的两只乳峰顶住自己的胸。小苏吻过夏末的下巴,问:"这到底是恋爱还是婚姻?"夏末仰起脸,用下巴蹭小苏的额,眨巴了几下单眼皮,说:

"非法同居。"

阳台上响起了脚步声,听上去是个糙汉。窗口伸进来一颗大脑袋,布满铁道沿途的灰色尘垢。这颗脏脑袋笑眯眯的,大声说:"搬来啦? 这么快?"夏末走到门前,对房东扳道工招呼说:"耿师傅,到我们家坐坐?"夏末说"我们家"时故意回头瞟小苏,小苏听得很清楚,却装着听不见。小苏把短发捋向脑后,顺势侧过面庞,鼻尖上亮了一颗小亮点,是那种慌乱的幸福所产生的光。耿师傅放下铁道扳手,接过夏末递过来的红梅牌香烟,拽一拽门框后头的电灯开关线,关照说:"没电表,电随你们用。"随后退了两步,拧开水槽上方的自来水龙头,"水也尽管放。"耿师傅索性走到阳台西头的小屋,夏末知道他过去示范马桶水箱了,倚在门框上,点了根烟。水箱水和耿师傅的小便一同冲了下来。卫生间里传来说话声:"这是厕所。"耿师傅说话时叼着烟,夏末听得出来。他开始想象耿师傅双手捂在下身眯眼歪嘴的说话神态。"我这房子,一个月才一百块,哪里找?"耿师傅从卫生间里出来,抖着身子往上提拉锁。"就是有火车,"耿师傅大声说,"你反正夜里要画画,也没事。"夏末跟着他扯起大嗓门说:"我们喜欢火车。"耿师傅笑着说:"你这么大声做什么? 我听得见。"

小苏坐在床的内侧,听两个男人说话。她接过夏末丢下的活,重新调整羊眼间距。小苏对门口"哎"了一声,夏末回过头,小苏瞥一眼南窗。夏末丢了烟,取过一张方凳,往铅丝上挂窗帘。

一个孕妇正沿着水泥阶梯拾级而上,手里提着一只竹篮。她身后的楼梯口刚刚停下一辆手推车,是站台和月台上最常见的那种。玻璃上用红漆写着“包子”、“鸡蛋”、“豆腐干”。孕妇的身后跟着一个小丫头，七八岁，活灵活现的样子。手里拿了半只冷狗，两片嘴唇被冷狗冻得红红的。夏末站在方凳上和中年孕妇隔窗对视，这个角度过于背离常态。孕妇仰着头很客气地笑。耿师傅高声说：“他们过来了。”他走到窗下的楼梯口，从竹篮里取出最后一只肉包，塞在嘴里，嘟嘟哝哝地说：“怎么卖这么快？”耿师傅撅着嘴侧过头来，对夏末说：“我老婆阿娟，那是我宝贝丫头，小铃铛。”

夏末并没有急于打招呼。他和小苏相互打量了一眼。视角差不多有七十度。完全适合于表达疑虑。他们无声地望着小铃铛，无声地盯着阿娟的腹部。阿娟刚爬完楼梯，站在窗子底下大口吸气。耿师傅很开心地摸着小铃铛的腮，小铃铛的双手撑在门框上，一对黑眼珠对着两个生人伶牙俐齿。她咧开嘴，翘着两颗小兔牙。小苏说：“真是个美人坯子。”耿师傅笑着说：“也不能喊叔叔阿姨，是个哑巴。”

阿娟说：“以为你们明天来。还没来得及给你们扫干净。”夏末和小苏没有回过神来，就点着头笑。他们一高一低地站着，目送阿娟和小铃铛走过门前。

小苏呕吐的感觉在这时凭空而来了。她毫无理由干呕了一声。随即捂上嘴，冲出了房间。她扒在水槽上，弓下腰一连干呕了好几声，只是呕出来一些声音，没有实质性内容。夏末跳下来，冲上去拍她的后背。小苏拧开水龙头，掬水漱口，直起身只是笑，睫毛上沾了几颗碎泪。“怎么回事？”小苏不好意思地说，“也没吃什么。”耿师傅和阿娟在门槛边早就停住了，不声不响回过来四条目光。小苏和孕妇的目光刚碰上心里就咯噔一下，立即用巴掌捂紧嘴巴，她的眼睛在巴掌上方交替着打量身左身右，又快又慌。几双眼前前后后全明白了。

夏末靠在床上，一晚上抽了一屋子烟。屋里没有开灯，但小苏感觉到厚重的烟霭。这种呼吸感受和铁轨两侧的视觉印象相吻合，灰蒙蒙地覆盖着粉质尘垢。

小苏躺在夏末的内侧,脑袋塞在他的腋下。他的汗味闻起来有点焦躁。天很热,床单没有带来海风,只有全棉纺织品的燠闷。热这东西烦人,时间长了就往心里去。夏末的右手放在小苏腹部,指头四处乱爬,无序、无聊、无奈,体现出未婚男子的糟糕时刻。糟糕的男人少不了这种时刻,女朋友眨巴着迷惘的双眼汇报你的劳动成果。她“有了”;或者要过你的手,没头没脑地摁到腹部,给你一双汪汪泪眼,这里头有潜台词,简捷的三个字“都是你”。夏末的左手放在小苏腹部,夜的颜色和他的手感同等沉重。这是一个事故。夏末摸出来了,他们出了大事故。小苏被夏末的指头抚弄得难受起来,她用鼻头蹭夏末的肋,小声说:“别弄了。”

铁轨上驶过来一趟列车,是客车。火车窗灯在夏末的脸上迅疾明灭。夏末静然不动,只有脸上的灯光闪来跳去。有一阵小苏都觉得他是个假人了。小苏推了他一把,他没动;又推了一回,夏末却下了床去,闷闷地坐到北窗的画架面前。画布一片空白,除了纺织纹路一无所有。夏末用指头试一试画布的弹性。原计划明天开始这张画的,可小苏的肚子就那么放不住事。乱了套了。

小苏走到夏末身后。她在走动的过程中碰翻了一只铝锅。小苏站在原处,等那阵响过去。小苏站到夏末的身后把手插到夏末的头发里去,慢慢悠悠反反复复往后捋。小苏蹲在夏末身边,问:“想什么了?”夏末没有回答,过了好半天说:“钱。”小苏说:“我出去做工,你画画,早就说好了的。”夏末的烟头在黑暗中放出了猩红色光芒,挣扎了一下,随即疲软下去,流露出男性脆弱与男性郁闷。夏末说:“你现在这样,还能做什么?花钱的日子在后头呢,说什么我也要先挣几个回来。”小苏说:“要么你先去做两个月,挣了钱,再回来画。”夏末说:“挣钱算什么?我只是想挣得好看一点,好歹我是个艺术家。”

耿师傅给小铃铛洗完澡,替她敷过爽身粉,穿好衣服,再举过头顶飞了两圈,随后让小铃铛降落在黄色拖鞋上。耿师傅拍拍女儿的屁股,大声说:“小东西,天天要坐飞机,都惯得不成样了。”阿娟没有接话,把手伸到面粉袋里准备往外舀面。耿师傅说:“你还想干什么?没几天你就要生了。”阿娟挂着眼皮只当听不见。耿师傅走上去摁住阿娟的手,阿娟的手在口袋里挣扎了一下,说:“家里还有二斤多肉馅呢。”耿师傅说:“做几个四喜丸子,吃掉不就完了?”阿娟坐下来说:“我就怕一个人待在家里,一闲下来我就乱想,好不容易又申请了一胎,我就怕再给你生下个哑巴来。”耿师傅说:“你瞎说什么,我都听到儿子在肚子里喊爸爸了。”阿娟坐到床沿,是那种半坐半靠的坐法,有点像京戏里的判官。阿娟对小铃铛招了招手,把她叫到面前来,给她梳头。阿娟说:“要不是她哑巴,我们还生不了这个儿子呢。她总算给我们带了这么一点福气。”

耿师傅把洗澡水倒出去,擦完手从碗橱里端出一摞子碗来。碗与碗的碰撞发出极其日常的烟火声响,耿师傅接过刚才的话茬说:“小铃铛也大了,正好帮着带带小弟弟。”阿娟的手停在小铃铛的头上说:“算了,都给我们惯成这样,还指望她什么?我可不指望他们这一代。”正说着话隔壁传来一阵声响,一只搪瓷钵掉在了地上,随后又掉下来一只锅铲。小苏的声音随即传了过来。小苏说:“烫着了没有?”过了一刻才传出夏末的话,夏末说:“还好。”小苏说:“你把油倒上,还是我来吧,让你炒青菜,一个屋子都摊开了。”耿师傅和阿娟看了一眼,刚要说什么,突然听到小苏又一阵猛烈的干呕,小苏慌乱的说话声从捂着的巴掌后面传了出来,小苏说:“快,快,快把油倒掉,我一闻油味就要吐。”耿师傅的抹布还捏在手上,拔腿就要过去。阿娟“哎”了一声,给耿师傅一个眼神。隔壁响起来一阵更加忙乱的瓢盆声。“妈的,”夏末拖声拖气地抱怨说,“妈的,怎么弄的。”

小苏睡得不好,一整夜火车在她的脑子里跑,从左耳开向右耳,再从右耳开向左耳。到了天亮时小苏反而睡着了,好像做了一个梦,绰绰约约的只是乱,飘了满世界的灰色粉末。小苏在梦中把手伸到夏末的那边去,空的。小苏睁开眼,窗帘的背后全是阳光,梦也追忆不起来了。夏末的枕边留了一张纸条,上头有夏末的铅笔笔迹:我去奥普公司。小苏拿起这张便条,正正反反看了又看,最后把目光归结到自己的腹部。生活这东西真是被人惯坏了,处处将就它,顺着它,还能说得过去。一旦不如它的意,它翻脸就会不认人的,弄到后来只能是你的错。

小苏打开门,拉开窗帘,天上地下阳光灿烂,远处的铁轨上炎热在晃动。铁轨错综交叉,预示了方向的无限可能。世界躲在铁轨组合的随意性后面,只给你留下无所适从。

小苏拿了牙具毛巾到阳台上洗漱,阿娟没有出去,坐在高凳子上手把手教小铃铛织毛线。小铃铛依在阿娟怀里,织一件粉色开司米婴用上衣。阿娟叉着两条腿,下巴贴在小铃铛的腮部,轻声说:"挖一针,挑一针;再挖一针,再挑一针。"阿娟抬头看见小苏,客客气气地招呼说:"起来啦?"小苏正刷牙,不好意思开口说话,只是抿着嘴笑着点头。小苏在刷牙的过程中静然凝视母女共织的画面,在某个瞬间居然产生了结婚这个念头,她要把孩子生下来。但这个柔软温馨的冲动只持续了一秒钟,立即被小苏中止了,随牙膏泡沫一同呕吐出去,流向暗处,不知所终了。

小苏洗完脸和阿娟客套了几句,话题很自然地扯到小铃铛身上去了。但这也不是一个容易的话题。小铃铛知道她们在说自己,望着小苏只是笑。小苏没话找话说:"你女儿真文静。"阿娟笑起来,说:"文静什么?现在哪里还有文静的孩子,发起脾气来吓死人。"小苏陪着笑了两声,不知道该说什么了。阿娟却找到了话题,阿娟说:"你男人是画画的吧?"小苏听不惯"你男人"这样的话,赶忙解释说:"是我男朋友。"小苏这话一脱口就后悔了。生活这东西经不住解释,越解释漏洞越多。阿娟似乎意外证实了某种预感,眼神里头复杂了,拖了声音说:"噢——"

夏末到家时衬衫贴在了后背上,透明了,看得见肉。他放下西瓜,一言不发,脸色像铁路沿线的屋顶。夏末坐在床边,看见上午自己留下的便条。他掏出烟,叼上一根。夏末的点烟像是给自己做游戏,先用打火机点上纸条,再用纸条燃上火柴,最后用火柴点烟。他今天抽的不是红梅,是三五。硬盒里头还剩了两根。

抽了一半夏末才抬起头,哪里也不看,嘴里说:"我给你买了只瓜。"烟雾向四处弥散,成了沉默的某种动态。

在这段沉默里小苏站在一边,十只指头叉在一处,静放在腹部。铁路上开过去一趟货车,车厢里装满了煤。煤块反光在九月的太阳光下锃亮雪白,锐利刺眼。小苏眯起眼睛,火车的高速把煤的反光拉长了,风风火火,杂乱无章。

(中)

第二天一早小苏推醒了夏末。夏末的眼睛睁得很涩。夏末注意到小苏用心打扮过了,头发齐齐整整归拢在脑后,扎成了马尾,甚至眼影与口红也抹上了。夏末用肘部支起上身,眯着眼问:"干吗?你这是干吗?"小苏穿着裙子,正往牛仔包里塞仿 Fun 牌牛仔裤。小苏说:"出去。"

"哪儿?"

"医院。"

"上医院干吗?"

"你说干吗?"

"总要先查一查,"夏末掀开毛巾被,大着嗓子说,"还没到时候呢!"

小苏瞥一眼夏末的裤子,被兜里一张低面值纸币正翘着一只烂角。"歇一天是一天,"小苏说,"还是早点做了好。"

夏末低着头不语,拿眼睛四处找烟,只在地上找到几只过滤嘴。"我给我爸去封信,"夏末说,"先叫他寄点钱来。"

小苏坐到夏末身边,拿过他的手捂在腹部,说:"你已经是做爸爸的人了。"

夏末把小苏送到苹果色甬道口。小个子护士的下巴傲岸威严,它挡住夏末,示意他看墙拐角的字条。字条是从复印机里吐出来的,印了四个电脑魏碑:男宾止步!魏碑的撇捺很硬,和小护士的下巴一样来不得还价。夏末止住脚,小苏的指头从他的掌心一根一根滑走。小苏转身的过程中眼睛里是那种无助眼神。夏末看见了她的害怕。

小苏的身影刚刚消失夏末就掏出了香烟。点上之后夏末猛吸了一大口。身后有人拍了他一巴掌。是一个中年妇女。妇女说:“熄掉。两块。”

小苏看不见医生与护士的脸。它们深藏在巨大的白色口罩后面。所有的器皿与工具都是不锈钢质地的,笼罩了白亮的光,散出一股化学液体的气味,甚至医生与护士的眼珠也都是不锈钢的,笼罩了白亮的光,散发出化学液体的气味。小苏的自信心在妇科医生面前漂浮在了水面,失去了原有的根本与稳固。她站在躺椅旁有点手足无措,不敢贸然动作。静止不动是唯一正确可行的姿态。她望着那些不锈钢器皿与工具,听见它们撞击,声音清冽冰凉,充满了理性精神与孤傲气质。

医生的工作是绝对程式化的。她们了然自己的程式。她们认定到这里的女人同样了然她们的程式。医生看了看小苏的腰,用目光掀她的裙子。小苏犹豫了片刻,医生的目光硬了。小苏依照医生的命令做了,顺她的眼神坐到躺椅上。护士端着盘子过来,小苏看见盘子里放着消毒药水与消毒棉花。医生的眼珠左右各瞟了一回,小苏很听话地叉开腿,分别跷在了踩脚凳上。另一个护士端上了另一只盘子。医生伸手取了一只金属夹,又大又亮,形状古怪。小苏的身体一下就收紧了。医生拍一拍她大腿的内侧,小苏再一次放松了自己。她感觉到了不锈钢的冰凉,感觉到了不锈钢的孤傲气质。小苏侧过头,咬紧了下唇。那种阴冷坚硬的感觉爬进了她的肉体深处,在她肉体深处的某个地方向右边划了半个圆弧,再向左边划了半个圆弧。小苏猛然张大了嘴巴,没有出声。锐利的疼痛在她的身体内部发出飕飕冷光。小苏不知道自己有没有晕厥,这是她唯一不能确定的事。护士给她送过来一样东西,杯口散着热气。小苏不知道是什么药,喘着气全喝了下去。喝完后她才明白过来,是红糖水。小苏给自己擦换过,从包里抽出仿 Fun 牌牛仔裤,慢慢套了上去。小苏走了两步,没找到体重。整个身体和自信心一起往上漂浮。

小苏一个人走回甬道。她想扶住墙。迎面上来一个女孩,像个女高中生。小苏和女高中生打了个照面,女高中生的眼神像一只被捉住的小野兔。小苏决定做一回榜样。捋捋头发,挺起胸,弄出若无其事的样子。她做得似乎过了,一脸的含英咀华。小苏迈开步伐,尽量走得沉稳些,但地面不肯配合,整个城市都在往下陷,道路与脚掌之间多了一段距离,多了一层虚。

一拐角竟是漫天大雨。窗外尽是粗粗的雨丝。夏末正站在屋檐下面,对着檐雨失神。小苏走到他的身边,夏末居然没能收过神来。小苏没有停步,赌着气往雨中去。夏末的眼睛跟着小苏走出去四五步才聚光了。夏末慌忙脱下衬衫冲进雨中,在小苏的头顶充当一把雨伞。小苏的委屈和恼羞成怒在胸中无声翻涌。泪水往上冲,堵在眼眶里漂。她不肯停步,虚虚弱弱往大门口踉跄。夏末光着背脊淋在雨中,一路小跑一路小声呼唤:“小苏,小苏。”小苏走不动了,站在衬衫底下大口喘息,夏末的光背脊被她的眼泪弄得恍惚浮动。“狗东西,狗东西!”小苏突然尖声吼道,她用尽全力一巴掌抽在夏末的肉上,雨中响起了一声脆亮的巴掌声。“谁让你这样了?”她大声说。夏末的胸口堵得酸,一点一点往下碎,他一把抱住小苏,紧捂在胸前。小苏的双腿一起软了,泪水喷涌出来。她拽住夏末的臂膀,伤心无比地说:“谁让你这样了?”

夏末推开家门,屋里泛了一地的水。北窗没有关,摞在墙角的书全被雨水淹死了,尸体皱巴巴地肿胀开来。要命的是那块画布,淋透了,和小苏一样刚做完人流,软塌塌地露出了极度疲态。夏末把小苏扶上床。小苏躺在床上,睁大一双眼睛四处张望。她的眼睛只有零摄氏度,看到哪里哪里就泛起一阵冰光。夏末站在画布面前,一种极不具体的愤怒在胸口上去下来。夏末忍了好半天,找不到发泄的借口。他以一声长叹给这次愤怒做了最后总结。夏末插上电热茶杯的插头,又把小苏的秽衣泡在绿塑料桶里,然后拿起拖把吸地上的水。夏末这么一忙碌屋子里又乱散了。生活中的每一样必需品都显得多余,他的手脚和这些生活必需品很快呈现出矛盾局面,不是它们挡住夏末,就是夏末打翻它们。小苏无力地说:

“别弄了，你画吧。”夏末立住脚，只是对着画布发愣。夏末无奈地又叹一口气，小苏轻声说：“你怎么老是叹气，我怎么对不起你了？”夏末停了好几秒钟，最后说：“我给你买点滋补品来。”小苏说：“算了，我们还剩几个钱？我躺两天就好了。”夏末点了根烟，突然歪着嘴笑了。“我们处在社会主义初级阶段，”夏末说，“我们坚持了社会主义。”

第二天一早夏末就出去了。小苏躺在床上，身上的所有关节都有点凉。窗帘背面的阳光很有力，但小苏觉得自己的身体离夏季已经远去了，早早立了秋。小苏望着窗帘，这块窗帘对小苏来说意义重大，是她六月二十八日那天买的，离毕业还有两天。那天有极好的太阳，小苏一个人来到华联商厦的三楼，看中了这块布。布上是大块椰树叶，满眼太平洋热带海岸风光，奔放、热烈、自由、开阔。七月一日是她大学毕业的日子，她即将回到千里之外的故乡日城了。寝室里只留下七张空床。小苏最后一次守在自己的寝室内，炎热膨胀了这个焦虑时刻。有一种酸楚，有一种怅惘，有一种紧张，概括起来说，介乎失落与甜蜜之间，有一种蠢蠢欲动悄然滋生、蔓延了。她取出这块布，用热太平洋的奔放风光做成了一道窗帘。窗帘是绝对私生活的开始，是生活由笼统的社会化向个性隐秘的无声过渡，是所有少女迈向女人的人之初。

午后三点钟，夏末敲门了。小苏赤脚走向门口，打开一道缝隙。窗帘笼罩了夏末。夏末的目光在热太平洋的瑰丽空间天高飞鸟海阔跃鱼。夏末反掩上门，手背在身后，拉上了插销。“放弃分配，好不好？”小苏轻声说。“我们留在这个城市，好不好？”夏末的眼前就看见碧蓝的海面卷过来雪白长浪。他开始冲浪，他的身体弓在穹形浪卷之间，在平衡中滑向失重。夏末点了点头。他草率地、莽撞地、英雄气盛地点下头。青春男人的草莽与率直充满了男性魅力，充满了新概念英雄。他抱紧了她，冲动了。他们的冲动相互渲染相互激励，夏末在小苏腹部的弧线上感受到自身的力度与气魄。他们合在了一起。二十二岁加二十二岁还是二十二岁。他们仅仅以这样一则理由留在了这座城市。自在的活法往往来自于一次简单冲动,这是来自于身体的大思想。

阿娟在中午推门进来了。阿娟在这个时候进来小苏有些意外。阿娟给小苏的印象不像是多事的样子。阿娟端了一只小砂锅,身后跟着小铃铛。阿娟的脚肿得厉害,套着耿师傅的塑料拖鞋,小半个后跟还留在外头。她的肚子又尖又凸,露肩套裙全撑开来了,在乳房和腹部之间空洞了一大块。小苏撑起上身,阿娟放下砂锅立即把她摁住了。阿娟说:"给你熬了碗鸡汤。"小苏故作不解地笑笑说:"你给我熬鸡汤做什么?我昨天淋了,只是感冒了。"阿娟摸摸小铃铛的头,接了话茬说:"就是不感冒,喝了总是没坏处。"

大街上布满九月阳光。高层建筑都是新的,在阳光底下精力充沛,傲然自负。街上的每一张面孔都显得营养丰富,每一个人仿佛都有来头,目空一切,财大气粗。

夏末走在大街上。他用那双渴眼四处打量招聘广告。招聘广告极多,反反复复就是女招待和男会计。城市就是这样一条街,一边站满女招待,一边伫立男会计。招待与会计构成了现代都市的花枝招展与理性秩序。一边是温柔乡,一边是富贵场。招待与会计的身影一路排列下去,拉出了都市的透视效果,用最时髦的传媒话语概括起来说,拉出了都市"风景线"。他们的身影仪态万方,潇洒体面。他们就是今日城市,他们的一颦一笑举手投足处处显示出今日城市的泡沫缤纷。无主题、无承载、款式不限、随意自如,他们的身影迎来满堂喝彩与掌声,是一台综艺。

直到下午四点夏末都没有找到头绪。他走上天桥。他站在这个城市的中心。一时想不起这个城市到底在哪儿了。

夏末站在天桥,凭空想起了小苏对他说过的话,是在手术之后坐上马自达对他说过的话:她空了。夏末站在天桥上,望着九月的城市画面,四处生机勃勃,只有他夏末一个人"空了"。只要有人给他一巴掌,他立即就会变成一张二维招贴广告画,贴在马路的拐角,对物质世界只重复一句话:"用了都说好。"

玛格丽特酒店装潢一新。夏末游荡在酒家门口,看见自己成了酒店镜面墙壁中的孤魂。文明世界处处是反光,处处有一种包孕一切的豁达与明亮。夏末迎着镜子过去,却看见镜子把他一点一点往外推,又礼貌又宁静。镜子是当代都市中最伟大的世俗哲学家,它的世界观与方法论无不体现出无中生有这一精神实质:做所有的承诺,不负任何责任。用镜子装潢建筑构成了我们这个时代的特征。说到底这依然是会计的方式,镜子使我们的世界辽阔起来,而我们的空间依然是被 2 整除的商。

夏末走到一张木板广告牌旁。广告牌很精致,“玛格丽特酒店诚聘会计两名,女招待若干”。夏末一看会计两个字一股暴怒破空而来,不可遏止了。终于找到借口了!夏末一脚就把广告牌踢飞了。夏末对着大街放声吼道:“除了会计你们还要什么?你们要这么多会计做什么?”

夏末的歇斯底里没有引起社会性关注。大街上每一个人都有自己的去处。人们无暇旁涉,关注夏末的是酒店的两个保安。出于职责与自卫,他们的威严身影移向了夏末。他们的制服很挺,铁青色,举手投足森然肃杀。

夏末被带上了二楼。空调很好,色彩是那种巴结人的调子。羊皮沙发软得讨喜,处处让着客人。真是个好地方,夏末没钱,不也进来了?

进来了一个小伙子,和夏末差不多岁数,干干净净,很体面很精明的样子。小伙子矮夏末半个头,但他的目光在任何一个高度都能够居高临下。他的双手插在裤子的兜里头。他走到夏末的面前,慢腾腾地说:“为什么砸我东西?”

夏末没有开口。他从口袋里掏出所有碎钱,堆在小伙子面前。

小伙子说:“不够。”

夏末说:“我就这么多。”

小伙子说:“你有衣服。”

夏末瞪着他,扒了上衣扔过去。

小伙子说:“不够。”

夏末把自己全扒了，包括两只臭袜子。只给自己留下一条足球裤。

小伙子说："我猜得出你是什么人，我知道你想说什么，你什么也别说。你不是愤世嫉俗，只是穷，你们对世界的态度只有一个：批判。别人用双肩挑着你们，你们指出人不应驼背，这就是你们他妈的艺术家。"小伙子从西服口袋里掏出钱包，用中指和食指夹出一张老人头，对夏末说："去叫辆出租。"

夏末站着不动，古怪地笑起来。夏末说："是生活迫使艺术家赤裸裸地面对这个世界。"

小伙子跟着夏末笑，说："这话听起来有意思。值两百块。"

夏末把指头伸到小伙子的钱包里去，抽出两张。夏末望着两张新票子，捻了捻，自语说："挣钱原来很容易，就是说空话。"

夏末赤条条地从出租车里钻出来，样子很滑稽。耿师傅扛着铁道扳手，一眼看见夏末，夏末的手里捏了一把碎钱，步子迈得器宇轩昂。耿师傅"喂"了一声，厉声说："和谁打了？"夏末笑笑，却不答。耿师傅放下扳手拉下脸来，"告诉我，我去找他！"夏末扬了扬手里的钱，高声说："我赢了。"

夏末推开门，小铃铛正跪在小苏的床沿折纸飞机。她听不见开门声，折得正认真。小铃铛的纸飞机在小苏的床上排了整整一排。小铃铛抬起头来，看见小苏的眼睛直愣愣地盯着门，眼眶里突然飘了一层泪，一点一点变厚。小铃铛回过头，夏末握着钱倚在门槛上和小苏默然对视。小铃铛站起身从夏末的身边悄悄退出去，看见爸爸用很猛的动作向她招手。

夏末走到小苏身边，只打量片刻，两个人就无声地吻了。这是一个伤心的吻，疲惫而又悠长。小苏的指头在夏末的后背上盲目爬动，像找不到地方结茧的秋蚕。小苏贴紧夏末，夏末感到她的身体发生了巨大变化。她的乳房失去了韧性与弹力，绵绵软软在他的胸前往后退。夏末闻到小苏的身上散发出淡淡的奶腥。这股气味萦绕在九月黄昏，使夕阳的缤纷越发妖艳，越发无助。夏末被这股奶腥笼罩了，他轻声呼唤小苏的名字。自尊在病态汹涌。夏末跪在床上，抱紧小苏，小苏仰起来张大了嘴巴，吃力地大口喘息。两列火车正在窗下交叉，车轮声纷乱了，它们交叉的过程中大地疾速颤动。火车失之交臂，它们朝各自的方向呼啸而去，声音往两边的远方消逝，在人类的听觉中拉开了世界的无垠空间。黄昏在铁轨的反光中降临了，铁轨静卧在城市边缘，铁轨同样静卧在生活边缘。这个世界上只有它们了解世界的来龙去脉。但它们不语，恪守金属品格。

小苏在这段无聊的日子中和哑女小铃铛成了朋友。小苏从阿娟那里学来了两个手语单词：你好。再见。把食指指出去：你；竖起大拇指：好；摆摆手：再见。小苏决定教会小铃铛"说"出这两个词：你好。再见。

但小铃铛拒绝任何发音。她只是笑。小苏给小铃铛洗过手，拿了一张小凳坐在阳台上。小铃铛站在她的两腿之间，小苏把小铃铛的左手中指塞进自己的口腔，摆在自己的舌尖上，让她的另一只巴掌捂在自己的腹部。小苏说："你好。"小苏说："再见。"小苏反复说这两个词，示范了一遍又一遍。小苏企图让她的手摸出一样东西，让她的手感建立起气息与舌位相对于发音的关系。

你好。再见。小铃铛望着小苏的嘴唇，跃跃欲试。她的黑眼睛不停地打量四周，对自己的跃跃欲试又防范又好奇。

阿娟的产期提前了四天。大约是在凌晨两点，阿娟的叫声在夜里睁开了绿眼。她的叫声听上去不像人了。女人在生孩子的过程中其实就是母兽。夏末和小苏一起被惊醒了。小苏说："要不你去一下。"夏末的眼睛一直没睁开，他连续失眠了好几夜，今天刚刚睡进去。夏末闭着眼睛说："我就去。"小苏用脚尖捅了捅，说："你快点呀，什么时候，这么面。"夏末下了床，摸到裤子，套上去，提拉锁的时候夏末睁开眼睛，眼里像揉了一把沙。

门已经开了，阿娟正被耿师傅架住往外挪。耿师傅急了，一时想不起夏末的姓名，满嘴满牙地"画家"。阿娟的身体比预料的还要沉。她的胳膊被架住了，两只手却扶住腹部。阿娟挪出门槛之后换了一个叫法，她扶住腹部直着眼睛尖声叫道："儿——儿——"

阿娟的儿和他的父亲一样性急。阿娟躺在产床上不出一个小时，他自己就走出来了。他走完这个过程只用了十六分钟。他拒绝了医疗手段，甚至拒绝了医生与护士的帮助，带着一身胎脂和血水一个人慢悠悠走出了母体。他的样子只比夏末钻出红色夏利车少了一条足球裤。小护士兴奋地说："怎么这么顺？怎么回事？这么顺！"老护士一手托住小东西的头，一手托住他的腰，很不在乎地说："那时候我们不都那么顺！现在的女人，孩子都不会生了！"

小护士给耿师傅送去了他儿子的消息。当父亲的在这种时候少不了一些忘我举动。说不出话或大泪滂沱都是常有的。但耿师傅让小护士吃了一大惊。他让小护士一连说了三遍"儿子"。耿师傅听完护士的话再不吱声了，他跪在了水磨石地面上，在胸前握着两只大拳头，仰着头，大声喊道："苍天有眼，苍天有眼哪！"

小苏终于见到小铃铛的坏脾气了。小铃铛一早醒来就没有见到家人，往常可不是这样的。经常小铃铛一觉醒来首先是拍床，这是一个仪式。拍床之后过来的肯定是爸爸，爸爸给她穿衣，然后她坐在床边，爸爸再给她套鞋。洗漱和早饭都是妈妈操办的。这一切都完成了，小铃铛的一天才算开始。这么多年都习惯了，成了程式，成了爱与被爱的共同组合。小铃铛一生下来就是哑巴，负疚也就成了父爱与母爱的中心。小铃铛成了他们的伤心话题，耿师傅一次又一次对人说："恨不得替她活了这辈子。"除了活着，他们替小铃铛做了一切。

小铃铛醒觉后拍过床，她没有见到父亲，甚至没有见到母亲。小铃铛光着脚站在门前，火车在她的面前摇摇晃晃，来来去去。他们今天竟敢不爱她了！她一定要等回她的爸爸，一定要等回她的妈妈。她一定要等到他们拿着冷狗来认错才肯张口吃饭的。哼！

耿师傅中午从医院带来六个字。他在窗口对夏末小苏大声叫道："儿子，儿子，儿子！"夏末和小苏一起走到窗口来恭喜。耿师傅高兴得没样子了，笑得一脸是牙齿。谁也没有料到小铃铛在这样的时候咬了出来。她像一条狗,扑上来伴随了很古怪的叫声。小铃铛的叫声很古怪,一口就咬住了耿师傅的裤管,拉得老长,像一只弓。耿师傅把小铃铛抱起来,不停地说:"你有弟弟啦,你可是有弟弟啦!"小铃铛的两只手在耿师傅的脸上不停地抽打,满嘴大呼小叫。耿师傅笑着侧过脸,对夏末说:"现在的孩子,不成人了。"

耿师傅把小铃铛抱回床上去,然后躲在门口。父女两个重新上演今天的开始仪式。小铃铛拍过床,耿师傅慌忙从门后头冲出来,跑上去把小铃铛亲了又亲。耿师傅抱起女儿,给她换上衣服,轻轻拍拍小铃铛的屁股,说:"小乖乖,明天可不许这样了,你有弟弟了;小乖乖,明天开始再也不能这样了。"

小苏听着隔壁的动静,说:"小东西还真是有脾气。"夏末点了根烟,不以为然地说:"都这样,现在的孩子全都这样,我们的要生下来也这样。"

小苏用指头挖挖耳朵,笑着若有所思地说:"都这样了。"

(下)

电梯停靠在二十七楼。停靠时小苏一阵眩晕。这是身体没有复原的征候。小苏在电梯的镜子里打量过自己,浑身上下都有点松。小苏出门之前花两个小时精心修饰过自己,色彩的配备都动用了夏末。小苏尽量使自己充满弹性,举手投足处处见得青草气息。但她的目光不景气,收不紧,显得绵软无力,所到之处休休闲闲。

小苏的包里塞了前天的晚报。走进底楼的大厅时她的自信心其实就跑掉了。小苏挺了挺胸,感觉上不到位。电梯把小苏送到二十七楼,地毯是米色的,来来去去都是一些漂亮姑娘。小苏猜得出她们都是来和自己抢饭碗的敌人。小苏在二十七楼的过道里向右走到尽头,拐了个弯,一眼就看见晚报广告上的门牌号码。小苏望着这排镏金的四位数,胸口一阵跳。小苏敲开门,迎上来一位漂亮的女招待。小姐说:"应聘吗?"小苏点过头。小姐伸出左手指向墙边的沙发,她的微笑和举手投足都是礼仪,像印刷体铅字,规整、文雅,夹了点权威。小苏在入座之前看一眼窗外。城市在脚底下。城市被俯视时越发体现出浓郁的都市气质,这种气质使每一位靠近它的人备感孤寂。

汪老板坐在很大的酱色办公桌后头,看上去不满四十岁,一脸平静的傲。他的头发和白衣袖给小苏印象极深,是一个考究起来无微不至的男人。这种考究不是临时修饰的,看得出是日常状态。小苏坚信再往前走两步会闻到男士香水的气味的。

小苏回答了十几个问题。都是预料之中的提问,小苏尚未复原的身体在这个紧要关头慢慢地累下去,持不住,目光像暮色那样苍茫了。小苏注意到汪老板已经不再问她什么,只是望着她。他把玩着黑杆圆珠笔,后来说:"你不适合这份工作。"脸上没有任何表情。

小苏没有立即转身。脑子里只是空,只是伤心与不甘。再让她歇四五天她小苏完全可以争取到这份工作的,但小苏没有把这话说出来。她就把失望和希望全放在眼睛里头,和暮色一起冲着汪老板苍茫过去。

"我每天在五点半至六点半之间下班,"汪老板很慢地说,"我很希望回家的时候家像个家。我一直想找一个钟点工,就一小时。"

"我受过高等教育,英语六级,能熟练地……"

"你已经说过了。这只是个价格问题。"

"你有老婆孩子吗?"

"你应当说妻子和孩子。"

"你有妻子和孩子吗?"

"有。"

汪老板的居室相当大,花了大价钱修饰过的那种,有一种豪华却又简洁的局面,是单身男人的居住风格。客厅里有几张特大的真皮沙发,黑色笼罩了百叶窗的明暗分布。屋里干干净净,空空荡荡,看不出有人开饭的迹象。这样的屋子住一百年也不需要拾掇的。小苏有些紧张地问:"我花一个小时在这儿做什么?”汪老板背着身子说:“你可以看看晚报。”小苏说:“你说过你有妻子孩子的。”汪老板站在百叶窗前,神情冷漠,手里拨弄一片窗叶,望着窗外的天。汪老板说:“我结过三次婚。”小苏极不放心地望着汪老板,他的眉毛很淡,又细又软。这个发现得益于窗外的黄昏光线。小苏的印象中这样的眉毛通常属于那一种男人:孤寂,多疑,忧郁,满脑子云山雾罩。

“你到底要我做什么?”小苏说。汪老板不说话,他坐进沙发里头,两只手捂在脸上,只留了额头和两只眼。汪老板说:“我只要你在这儿。”汪老板抹了一把脸慢悠悠地说:“我希望每天回家时家里有个人。我可以按广告上的价格给你工钱。”这是一个好价钱,小苏没有勇气拒绝这个价。“我安全吗?”小苏问。汪老板的眼睛无力地望着小苏,好半天才说:“我是你们系‘文革’之后的第一个博士。”小苏疲惫地笑起来,开心地说:“我们是老校友?”汪老板没有表情地说:“我只是你老板。”小苏爬上二楼,迎面开过来一列火车。小苏用一只手扶住墙,大口喘息。小苏望着火车,在某一个瞬间她又一次产生了错觉。小苏觉得站在这里喘息的不是自己,而是阿娟。自己正腆着大肚从车站卖肉包子回来。生活这东西有意思,你游移在所有的日子里,而本质部分时常会选择某一个错觉,描画出生活的真实状态。小苏其实真的就是阿娟。少女有千万种,而女人历来就只有一个。

小苏进门时夏末回过头来仔细研究她。夏末走到小苏的对面,拥住她,让她的乳峰顶着自己的胸。夏末用眼睛问她:你成功了?小苏点了点头。夏末用眼睛继续问:真的?小苏开口了,小苏把下巴搁在夏末的肩上,说:“明天就上班了。”夏末抱起小苏,在原地转了一个圈。夏末大声说:“我早就说过,这世界将来是女性的,女将出马,杀遍天下!”小苏被夏末转得头晕,一屁股坐到床上。夏末说:“让你做什么?”小苏没有立即开口,却把手捂在了额前。小苏说:“广告上不是都说了,起草文件,信函往来。”小苏做了个打字的手势,笑着说:“一年下来我起码是个作家。”夏末仰在床上，两只胳膊叉得很开，像只蜻蜓。夏末叹了口气，说："你再找不到工作，我都准备去卖淫了。"小苏拿眼睛骂他，说："这年头找工作难什么？只是不容易合自己的意罢了。"夏末摸着小苏的臀部，问："你呢，这工作合不合你的意？"小苏说："怎么不合我的意，过两年我就是白领丽人了。"夏末懒懒地说："过两年我都是大画家了，白领丽人算个屁！——庆贺一下，我去买盐水鸭！"

小铃铛从门缝里挤进来，只露了一张脸。小铃铛的脸上有一层茫然寂寞，是那种对某种突发事件猝不及防的茫然寂寞。小苏半躺在床上，无力地招招手。小铃铛走到小苏面前，内心积了许多疑问，想说话，只动了两下嘴唇，就安静了。小苏的手抚在小铃铛的腮上，知道她的心思。小苏说："我教你说话，好不好？"小铃铛望着小苏的嘴唇，它们无序而又无意义地乱动。小苏要过小铃铛的手，摁在腹部，说："说话，好不好？"小苏把下巴伸出来，字头字尾都咬得结实，打着手势说："你——好。"小铃铛毫无表情地望着小苏，对这两个字似乎没兴趣。小苏说："那我们说'再见'？"小苏张大了嘴巴，大声说："再——见。"

小铃铛唇部的蠕动表明了她的说话欲望。她的嘴巴张得很大，却没有任何声音。小苏摸着她的喉咙，示意她放松。小铃铛向四周看了一眼，小狗那样大叫了两声。这样的尖叫让小苏伤心绝望。但小苏用微笑表扬了她，给她鼓掌。小铃铛的手一直摁在小苏的腹部，她的手掌感受到小苏的说话的气息。她叫了两声。她的发音至少在节奏上是正确的。

小苏洗好手，用指头拽紧小铃铛的舌尖。小苏说："再见。"小铃铛的发音不能表达任何内容，但节奏和声调有了个大概。她发不好那个音，她只能知道那个音的意思，是再见。

为了使谎言自圆其说，小苏不得不把自己的"秘书"工作拉长四个小时。也就是说，小苏不得不在每天下午一点半上班。即使是这样，在时间问题上依然有漏洞。这个漏洞成了未来生活的隐患。小苏尝到了谎言的厉害。她每天得用四个小时去忍受四个小时。生活一旦需要谎言，谎言自然而然就构成了生活本质。

小苏逛完两条街,一想起将来编不完的谎言,脚底下又累了。小苏不敢逛街了。万一碰上什么人又是一通瞎话。过得好好的,一不小心倒成了贼了。

下午两点钟小苏打开了汪老板的家门。“办公室”的钥匙很漂亮。质地坚硬冷漠。不锈钢的。小苏不喜欢不锈钢,不锈钢的触觉使世界充满了医疗性质。小苏把不锈钢钥匙插进锁孔,轻轻一个转动,这个转动唤起了小苏内心深处最糟糕的时刻。不锈钢在深处的转动给小苏留下了永恒惊恐。

屋子里又暗又凉。豪华居室向小苏打开了一个冷漠空间。推门的刹那小苏想起了汪老板。这个冷傲的空间显然比它的主人更为冷傲。小苏向四周张望,这样的家里怎么也不该没有电视和电话的。汪博士怎么也不该使自己的生活远离电视电话的。小苏一个人坐在沙发里头,想不起该做什么事。小苏的脑子里空了一大块,仿佛做了一个梦。这个梦一同被空调弄凉了,像在地下室,鬼气森森地游来荡去,不见痕迹。小苏在这样的时刻追忆起手术,现在和那时是一样的,空了一块。但不是子宫,是在别处。

小苏盼望汪老板能早点回来。在这个空洞的午后小苏唯一的盼望就是他能早点回来。这种盼望使小苏无法面对自己。坏感觉笼罩了小苏。这他妈的是怎么回事,小苏在心里骂道,这他妈的是哪儿对哪儿?

阿娟一家四口一起从水泥楼梯上上楼。耿师傅在窗前对夏末说:“画家,中午来喝酒。”夏末和小苏走到门口,他们的儿子回家了。耿师傅把手伸到阿娟怀里,小心地扒开孩子的两片开裆,大声说:“你看!你看!”夏末的手里正捏着一支干净画笔,他用画笔在孩子的小东西上轻弹了一把。耿师傅说:“你看看,货真价实!”阿娟只是笑,她的笑容里一股奶香无声飘拂。小铃铛不知道他们在高兴什么,伸出了两手往上挤。阿娟侧过身子给小铃铛看了一眼,她侧身的时候露出了大半个乳房,又鼓又胀,血管都看出来了，墨蓝蓝地四处蜿蜒。耿师傅高声关照说："别做饭，到我家喝酒。"

夏末和小苏的这顿酒吃得不喜气。耿师傅交代完"喝酒"就开开心心回家了，夏末和小苏回到屋子里开始了无声对视。夏末说："去不去?"小苏一脸不高兴，但想起了鸡汤，似乎总也抹不了这层面子。"都请了，"小苏小声说，"怎么好不去。"夏末放下笔说："总不能空手吧!"小苏说："当然不能空手了。"

小苏和夏末在酒席上说了一屋子好话。阿娟的肚子瘪下去了，两只大奶子却在酒席边晃来晃去，喜气洋洋的。阿娟说："吃!"阿娟说："喝!"阿娟不会说话。不会说话的人就怕别人停筷子。小苏和夏末都在心疼额外支出的一百块，胸口不大通，有点心不在焉，嘴里不停地说，"吃了"、"喝了"。

耿师傅捏住小铃铛的耳垂，开心地晃几下。小铃铛似乎正为什么事不开心。耿师傅大声说："丫头，你可不能像过去那样了，你爸妈顾不上你喽。"小铃铛不知道爸爸在说什么，只当是惯她，脸上松动些了，咬咬筷子冲着夏末和小苏笑。阿娟说："也惯她这么多年了，对得起她了，总不能衔在嘴里一辈子。"这么说着话小儿子在草席上动了几下小腿。阿娟走过去，拖着声音轻声说："噢——又尿了，噢——你又尿了。"耿师傅放下酒盅凑上去，两个人仔仔细细地又换又擦。耿师傅的酒有了四五分，提着他儿子的两条腿，嘴巴伸到裆里去，数快板那样亲一口说一句："小鸡巴，一厘五，有你爸妈不吃苦；小鸡巴，一寸八，塞在裆里走天下!"耿师傅和阿娟侧倚在床上，似乎忘了家里的客人了，他们逗着儿子，下巴挂在下巴的底下，张着嘴说："噢！噢！噢!"

小苏听着耿师傅的快板，觉得好笑。她捂着嘴，却不好意思笑出声，只是用眼睛不停地瞟夏末。夏末的脸上突然很难看，正用一种严峻的目光注视着小铃铛。小苏顺着夏末的目光望过去，小苏一看见小铃铛心里就咯噔了一下，凉了一大块。小铃铛正在看她父母惯弟弟。她的目光里有一种疯狂的气息在九月的中午寒风凛冽。她的目光很直,从目光里透视出来,像一道铁轨,一辆火车沿着这道铁轨向她的弟弟呼啸而去。夏末和小苏同时看见了这趟火车,他们不知道火车上装的是什么,但他们看见了危险,看到了一种巨大灾难,这种灾难一定会在未来某个日常时候骤然降临。

小铃铛对自己失宠的程度并不明晰。她把希望赌在了父亲身上。小铃铛和阿娟在那个中午最终闹翻了,阿娟正忙着儿子,并不知道她和女儿的关系已经到了危险边缘。阿娟把儿子的尿布丢在塑料桶内,对小铃铛做了一个搓洗的手势。这个手势使小铃铛伤心不已。小铃铛一出门就把那些尿布扔向了半空。一阵火车风推波助澜,尿布在半空有了秋后落叶的萧瑟迹象。阿娟在那个晚上再也没有找到那些尿布。阿娟不停自语:“哪里去了?怎么都不见了?”

小铃铛扔完尿布就走向了巷口。一个下午她在那里守候她的父亲。她在等父亲下班,父亲的粗大巴掌会把她的内心委屈全部抚平的。父亲下班时步履有点匆忙。小铃铛扑上去,站在父亲的两条腿中间,两只胳膊搂紧了父亲的两条腿。小铃铛仰着头,在父亲眼里找自己。父亲低了头说:“弟弟好吗?”父亲很开心地掰开她的手,拉住她往回走。父亲笑着说:“我们看弟弟去。”小铃铛把手松开了,父亲的眼里什么也没有了,就剩下弟弟的尿布潮涨潮落。小铃铛站在原处。夕阳把她的影子平放在地上。她望着自己的影子,影子如她的聋哑状态,又寂寞又漫长。夏末从对面走来,伸手拍了拍她的腮。小铃铛侧过脸,伴随着敌意让掉了这次无聊抚摸。

小苏坐在汪老板家里上班,她所做的工作很简单,和时间比耐心。整个午后充满了小苏内心独白。她以这种方式悄悄与自己周旋。这个家真的不能算家,像家的感觉说到底只不过是一笔买卖。小苏坐在沙发上,仿佛生活在生活的背面。这是一种极其别扭的感受,甚至让你的哭泣都找不到悲伤由头。

汪老板回来得偏晚，带回来一脸倦容。小苏很快注意到汪老板的习惯，回家后总是先站到窗前，用一只指头挑起百叶窗叶，静静地望着窗外。小苏站在他的身后，守住他的沉默，有点尴尬。小苏犹豫了片刻，说："汪老板，能不能在公司给我找一份活，做什么都可以的。"汪老板掉过头，眼珠慢慢地移向小苏。汪老板不高兴地说："我给你的工钱不低了。"小苏说："我不要你给我加工钱，我就想有自己的一份工作。"汪老板说："你有自己的一份工作。"小苏说："这不是我的工作，我只是需要这笔钱。"

汪老板给自己倒了一杯白开水。杯子很干净，小苏透过玻璃甚至看得见汪老板的指纹。指纹被放大了，像一张蜘蛛网。汪老板的目光和那杯水一样没有任何实质性内容。他望着小苏说："你想做什么？"小苏的回答充满自信，小苏说："我只想投入生活，我受过高等教育，我相信什么都行。"汪老板听完小苏的话目光敷散开来，变得松散忧郁。汪老板冷冷地说："那就试试。"

小苏酒醒之后才知道自己醉了的，汪老板给她的活不重，只是陪客人们吃吃饭。汪老板交代好了，所有的事都由别人谈，她只要坐在那里，"陪陪就可以了"。小苏入座时落落大方，显得文质彬彬。小苏坐在一边，静静听，一切都好好的，后来一个客户向她敬酒。小苏不能喝酒，可人家客客气气，也是文质彬彬的样。人家敬酒的话说得滴水不漏，又合情又合理，一套一套的。小苏被说得都感动了，要不喝下去小苏自己都不好意思。后来小苏就喝了。这一喝就开了头，又站起来一个，同样客客气气文质彬彬的样，话说得更合情更合理，逻辑更为严密。小苏不知道说什么，只是赔着笑，只能又喝。大家一起对着小苏热情，小苏都分不清谁是谁了。后来小苏的笑全僵在脸上，只觉得不会笑。小苏实在不能喝了，人家还是亲切地劝，弄来弄去小苏坐不住了，恨不得把酒杯砸到他们脸上去。可是人家笑容可掬，也不像存了什么坏心思。小苏每喝一口就像吃了一口苍蝇，小苏都快要哭了。后来总算是自己人仗义，给小苏解围，搀出去了。小苏一出门就一阵呕吐，丢了一地的人。

小苏醒来时躺在一张沙发上。屋子里没有人。小苏口渴得厉害,倒了水极猛地往肚子里灌,灌了一半汪老板却推门进来。他的脸上没有任何表示,就那么冷冷地望着小苏。伤心委屈和愤怒羞愧在小苏的胸中一起往上冲。她的泪眼对着汪老板,无助地对着汪老板。小苏侧过脸,泪水涌上来了,两只肩头耸得老高。汪老板走到她的身边,说:“在这个世上你只适合做两样工作:教师和医生。可是你自己放弃了。”

“为什么我就要做教师?”小苏大声说,“为什么我就要到山沟里去做教师,我偏不!”

小苏带回家一身酒气。酒气是一种顽强固执的气味,只要它自己不肯消散,你怎么洗也洗不尽。夏末隔了两米远就闻到小苏身上的气味了。小苏一见到夏末委屈全上来了,产生了哭泣欲望。但小苏不敢哭,酒气和哭泣是女人身上很坏的组合,容易使男人往坏处想。小苏扔下包,弄得若无其事。但她的脸色太难看,这一点她再装也装不掉。她的脸上是高强度做爱之后容易产生的那种青色,在夏末眼里充满了下流的餍足与茫然。

“你干什么了?”夏末严肃地问。

“同事们和我吃了顿饭,”小苏说,“一点不喝总不好。”

“你干吗要喝醉?”

“没有啊,我没醉,”小苏笑着说,“你看我醉了?”

夏末望着小苏。她明摆着在说谎。她现在说谎都大义凛然了。夏末气不打一处来,话从嘴里横着往外拖:“我看你都不知道自己醉成什么样了!”

这话戳到了小苏的疼处。小苏回了夏末一眼,委屈一冲上来就把她冲垮了。泪水把这个家弄得摇摇晃晃,小苏打起精神伤心地说:“我是醉了,别人要有能耐也轮不到我出去醉!”小苏在这个晚上撂下最后一句话,随后火车把这个夜带走了。

阿娟翻出了小铃铛的旧衣裤。这些旧衣裤小得早就裹不住小铃铛的身子了。阿娟决定在上午拿它们改成尿布片。阿娟怎么也料不到小铃铛会做出那样的举动。她猜出了阿娟的心思，凶猛异常地扑了过来。小铃铛一手抢那些旧衣裤，一手夺那把剪刀。她不肯答应用自己的旧衣裤做尿布。这次争夺伴随了小铃铛的尖锐叫喊，那趟南下的列车都没能盖住小铃铛的叫声。

阿娟不是一个坏性子的人。但性子不坏的女人发起脾气来效果却格外吓人。阿娟起先耐着性子，毫无用处地大声说："给弟弟的尿布，是给弟弟做尿布！"阿娟甚至用手做了一个垫尿布的动作。小铃铛不依。她没有任何理由地和她的母亲开始了对打。阿娟后来给弄毛了，阿娟把剪刀拍在桌面上，腾出了巴掌，对着小铃铛的屁股啪啪就是两下。这两声是从撩起的裙子中发出来的，极脆，床上的儿子都吓哭了。阿娟说："放下来，你放不放？"阿娟十分气恼地用剪刀在那条小花裤子上剪了个口子，自语说："都要死了，都把你惯得不认人了！"阿娟用力撕开了那条小花裤，撕裂的声音里赌了天大的气。小苏在隔壁听到了纺织品的撕裂声，套上裙子赶过去，阿娟的手上正提着好几片花尿布。阿娟用指头戳着小铃铛的脑门说："不爱你，看你坏！不爱你，我只爱弟弟，我看你坏！"

小铃铛的悲伤模样集中在嘴上。她的嘴一开一合，没有声音，像一条缺氧的鱼。小苏走到她的身边，捂住她的脸，把她的头摆在自己的腹部，轻声问："怎么啦，小铃铛？"这个意外温存伤透了小铃铛的心，她仰起脸，抱着小苏的腰哭出了一种古怪声音，哭出了一种令小苏心碎的声音。小苏知道她想说话，却又猜不出，毫无意义地问："怎么啦，你怎么啦？"阿娟生气地抱起儿子，对小苏说："不理她，阿姨不理她！不晓得她犯了什么病，最近老是犯怪！"小苏听着小铃铛的哭声，有一种说不出的心酸，小苏说："大姐，你哄哄她，你惯惯她不就完了。"阿娟抖着手里的儿子说："不能再惯了，我和她爸惯了她七年了，对得起她了。"阿娟拍拍儿子的屁股说："就惯弟弟，不惯你，就惯弟弟，不惯你！"

小苏回到自己的屋子。小苏回到自己的屋子才发现夏末一早就不在了，她意外地发现夏末的画布上插了一把水果刀。小苏从画布上取下刀子,正反看了又看,画布上面有一个洞。小苏拿着刀子想不出任何头绪。是头疼提醒了她,她想起了昨天,想起了昨天似乎有过的一场醉。小苏在印象里头和夏末吵了,小苏想了又想,怎么也想不起吵了些什么了。

直到中午夏末都没有回来。小苏在上班之前给夏末留了张条子,说了几句温存话。小苏的脑子里来来去去全是坏预感。小苏背着包一个人下了楼去。小苏走到地面时突然听见身后有人和她说话,小铃铛跟出来了,她站在二楼的楼梯口,对小苏摆手,做出“再见”的手势。小铃铛向小苏大声说“再见”,她的发音极丑,听上去像“带电”。她站在楼梯口,脸上的苍凉与面庞不相称,像成人的化妆品。小铃铛准确地望着小苏,用哑巴才有的音量大声说:“带电!”小铃铛的说话声使她越发像个哑巴。她就会说这两个字,别的心思成了她眼里的风,只有风才能知道它们将吹向哪里。伤心在小苏的胸中东拉西拽。小苏仰着头,躲在泪花的背面打量小铃铛。小苏知道她说“再见”的另一层意思,指望自己能早点回来。小苏对楼上摆摆手,说:“再见。”

汪老板和小苏一人占了一张大沙发。百叶窗外是黄昏。黄昏时的忧郁光芒从窗子里扁扁地进来,使屋里的瓷器与墙面一起显现出黄昏静态。汪老板害怕黄昏。发财之后汪老板多了这个毛病。黄昏在每一个黄昏悄悄追捕他。无论躲到哪里黄昏都能准确无误地逮住他,把他交给他自己,让他自己对自己精明,自己对自己冷漠,自己对自己傲慢,自己对自己目空一切。黄昏是现代都市的冷面杀手,成了你的影子,在你的脚下放大你自己的阴影部分。黄昏这个农业时代的抒情诗人,就这样被商业买通,在城市的每一个落日时分走街串巷,从事心智谋杀。

汪老板端着那只杯子,杯子里永远是白开水。他的小拇指在玻璃平面上悄然蠕动。小苏敏锐地看到了这个细部动作。汪老板的目光很沉着,但他的小拇指说明了他的内心恍惚。小苏不相信人的眼睛,眼睛再也不是当代人心灵的窗户了,每一个当代人的眼睛都已经巧舌如簧了。小苏相信人的手,你用一只手去说谎,至少有另一只手说不。小苏望着他的指头，生活在每一个指头上都有难度。

汪老板把玩那只杯子，突然说："你说，人发了财，最怕什么?"

"破产。"

汪老板无声地笑，无声地摇头。汪老板说："不是。"汪老板倾过上身，看着小苏的两只眼睛，说："是目光。"汪老板怕小苏听不明白，挪出手伸出中指和食指做成"V"字状，从鼻梁上叉了出来。"是目光。所有的人都用一种眼光正视我：商业眼光。至于别的，关怀、抚慰乃至性，只能是贸易。"

小苏听了"贸易"这话就多心了。小苏挂下眼皮，觉得自己偷了他的钱，坐在一边浑身不自在。"怎么这么说呢?"小苏望着自己的脚尖说，"这么说就没意思了。"

汪老板听了这话不吱声了。歪着嘴笑。男人歪着嘴笑内心都会产生一些古怪念头。汪老板岔开话题，很突兀地说："我现在这样站在讲台上，像不像一个教授?"

"不像。"

"真的?!"

"不像。"

"哪里不像?"

小苏想了想，说："我不知道，反正不像。"

汪老板站起身，走到了窗前。窗外的黄昏更黄昏了。汪老板站了很久，他回过身时满眼都是乱云飞渡。"我一直想做一个教授的，"汪老板很茫然地说，"这只是少年时候的一个想法。少年时代的想法害人，能让人苦一辈子。当时我只是想，等我有了钱，就回来。生活就是回不来，失败者回不来，成功者更回不来，生活就是这么一点让人寒心。"

"你要当教授做什么？你比教授强一百倍。"小苏很认真地说，"你只不过是虚荣罢了。"

汪老板又是笑。汪老板笑着说："钱能买到荣誉，钱还真的买不来虚荣，小师妹。"

小苏在汪老板面前紧张惯了，看他这么随便，反倒老大的不自信。小苏轻声说："我只是你的雇工。"

汪老板叹了口气，说："是啊，是一个阶级与另一个阶级。"

夏末在公司里没有找到小苏。这样的结局夏末始料不及。那位小姐回答得极有把握，"没有这个人，绝对没有这个人。"夏末得到这个回答很久没有回过神来。他走进了电梯。电梯往下沉。夏末认定自己掉在井里了，向大地的深处自由落体。

电梯把夏末带回了地面，夏末踏在大理石地面反而有一种说不出的失望。肯定又是有谁说谎了，要么是地面，要么是电梯。

夏末到家之后静静地等待小苏。他打开箱子，从箱子里取出最后的几张纸币。纸币又脏又皱，夏末把纸币平举起来，看了看防伪线。它们货真价实。它们没有说谎。毛泽东和他的同志们很亲密地靠在一起。他们紧闭双唇，目光严峻，满脸忧心忡忡。即使是伟人到了钱上头也很难亲切慈祥的。

夏末把纸币塞到裤兜里，打量他们的床，那张海蓝色平面没有半点液体感了，到处是褶皱，有了风的痕迹。夏末从小苏的枕头上拾起一根长发，在指头上绕来绕去。夏末开始追记小苏的长相。夏末怎么也没能想得起来。夏末奇怪怎么会想不起小苏的长相的，天天生活在一起，那张脸居然成了他的记忆盲点。昨天晚上他们还在一起吵架的，居然会想不起长相了。但夏末一想起吵架小苏的形象慢慢又回来了，她的醉态，她的说话口气，一切重新栩栩如生。"我他妈的居然还去公司找她道歉，"夏末对自己说，"我他妈的居然还想给她一个惊喜！"

小苏比平时晚归了一小时。她一到家就努力装出开心的样子，好像昨天没吵过，生活从来就像那张床单，在阳光底下风静浪止。小苏手里捏着两包三五香烟，蹑手蹑脚向夏末的背影走去。她走得伸头伸脑，像一只鸡。她把两盒烟从夏末的背后扬过去。夏末回过头，一眼就看出了小苏的心思。夏末决定顺水推舟。也很开心地抿嘴一笑，满脸满腮全是爱情。

夏末接过烟,满意地撕开香烟封口。夏末点上烟,猛吸了两大口,说:“至少在抽烟的档次上我们和世界是接轨的。”小苏听他的口气,猜他过去了。小苏的十只指头叉在一起,按在夏末的肩头,下巴搁在手背上,故意撒娇说:“晚上吃什么?”夏末笑而不答,说:“下次可别买这么贵的烟了。”小苏说:“今天加班,老板开恩了,要不我才不买。”夏末说:“你们老板我见过,是个瘸子。”小苏知道他在胡扯,拖声拖气地说:“瞎说,人家才不瘸,人家好好的。”

夏末听了小苏的话再也没开口,他受不了“人家”那样的口气,脸上不好看了,三口两口就把一支烟抽完了。小苏瞟了四周一眼,知道他还没烧饭。小苏拿过围裙,没话找话,笑着说:“今天晚报上有个小幽默,笑死人了,说一个画家和一个警察去打猎,他们躲在草丛中,好半天没动静,后来蹿过来一只野兔,画家刚要开枪,警察却跳了出去,大声说:‘站住,我是警察!’”小苏说完了只顾自己笑,笑完了才发现夏末的脸已经绷紧了。幽默使夏末的脸色越发严肃。小苏望着夏末的脸,笑容一点一点往下掉。小苏说:“你怎么啦?”夏末严肃地说:“你的幽默说错了,是画家去打猎,乒乒两枪,却打回来两包香烟。”小苏提着围裙,脸不是脸,心里没底了。

小苏茫然地说:“你到底怎么了?”

“我下午到公司向你道歉去了。”

一列火车没头没脑冲了过来,把所有的耳朵都吓了一跳。夏末的故作镇静终于让自己冲垮了。夏末在火车的“哐啷”声中一脚踢翻了画架,他的表情像一列出轨火车,夏末伸出指头指着房门大声吼道:“从出了这个门你他妈的就说谎,一直到今天晚上,现在!你他妈才几天!”

隔壁传来了婴儿的惊哭声。耿师傅大声干咳了一声,意思全在里头。夏末把指头从门口移向小苏,压低了声音说:“从头到尾都他妈的是个错误。”

这个静态持续了很久。直到火车走出听觉。这个静态就这么僵在原处。生活就这样,选择失败呈现某个静态。小苏侧过脸,下巴搁在了左肩，整个面容就全让头发遮住了。夏末放下手。夏末在这个节骨眼上说出了不成熟的大男孩常说的话："你有什么好解释的?"

小苏伤心已极。这是一个错误，从一开始就是一个错误。小苏伤心的话脱口就冲出来了。小苏忘掉了耿师傅刚才的干咳，双手垂在原处，握紧了拳头大声喊道："我解释什么？我是你什么人?"

小苏一个人坐在床边。她没有关门，门保持着夏末出走时的状态。半开半掩。夏末走得极冲动，他用脚踢开门，门被墙反弹回来，只关了一半，保持了家的暧昧格局，似是而非。夏末下楼时一定踩空了最后一阶楼梯，他给小苏的最后听觉是一组慌乱脚步，是失衡之后重新求得平衡时的慌乱脚步。小苏的听觉伸得很长，夏末没有给她的听觉留下任何余音。然后小苏的听觉被夜色笼罩了，布满了铁轨，布满了金属缄默。

小苏关上灯，用电炉点了根香烟。烟头的猩红光芒提示了某种孤寂，给了小苏意外许诺。烟是个好东西。这个和事佬逮住谁就安慰谁。小苏在抽烟时感觉到自己的脆弱，脆弱的民族一定是一个拥有大量烟民的民族，脆弱的时代一定也就是拥有大量烟民的时代。小苏坐在这个失败与错误的空间里头。四处是烟霭。

夜里下起了雨，是那种介于雨与雾之间的网状飘拂。小苏站在阳台上，从铁轨表层上的黑色反光里知道了雨意。生活这会儿不知道躲在哪里，不知道是在夜的干处还是湿处。小苏盼望生活能就此停下来，她现在唯一可以承受的只是生活静态。

夜里的雨在后半夜到底下下来了，到了早晨一切都凉爽干净了。一场秋雨一场凉，雨后的早晨居然晴朗了，凉丝丝地秋高气爽。小苏刷牙时耿师傅正好去上班。耿师傅对小苏客气地点点头，眼神里头有些复杂，但什么也没问。耿师傅这个人不错，他什么也没问。小苏就怕他问。她的生活经不起任何提问了。耿师傅扛了那只铁道扳头，上班去了。小苏刷牙时没敢回头，她知道耿师傅从窗口经过时一定会向屋里打量的。小苏没回头。她突然学会在微妙的关头掩耳盗铃了。

一个上午小苏都把自己反锁在屋子里。小苏点上烟，百无聊赖，小苏拿起夏末留下来的那些颜料，一根一根往外挤。破画布上一下子缤纷妖娆了。小苏挤完所有的颜料往后退了几步，觉得自己是个画家了。这幅画真的像城市的街面，呼啦啦一派繁荣景象，光怪陆离，喧闹昌盛。小苏给这幅画起了个名字：城市。小苏拿起笔，选择了一块上好地段，决定给自己画一幢房子。小苏只动了一两笔，却弄坏了，糊了一小块。小苏放弃了自己的房子，只想改回来，又动了几笔，却越动越坏了。小苏看着自己的杰作转眼就成了废品，老大的不甘，动来动去把一幅画全动得不成样子了。小苏的心情坏了，拿着笔只是乱涂抹，涂来涂去鲜丽的色彩竟没了，只剩下一张灰。这个城市居然如此脆弱，仅仅是家的愿望就使一派繁华变成了一张灰。

隔壁传来了阿娟的声音。阿娟说："打酱油去！"小苏猜得出阿娟是在和小铃铛说话。阿娟说："你打不打？"没有声音。小苏想象得出小铃铛眼里的模样。阿娟说："你不打，中饭你也别吃！"小苏看见阿娟一个人从窗口出去，她的手里提了一只空酱油瓶。

婴儿的惊啼是在不久之后发出来的。小苏起初没有留意，但小苏立即听出声音不对了。小苏冲出门，走到阿娟家门口，小铃铛正提着剪刀傻立在堂屋中央。她的脸上有一种疯狂的东西飞速穿梭。她的弟弟仰在床上，手脚在半空乱舞。他的哭声不大，但有一种极其可怕的力量蕴含在啼哭里头。小苏扑过去，小苏在扑过去的过程中听到了剪刀坠地的声音，被水泥颠了两下。小铃铛的弟弟紧闭了双眼，小脸涨得通红。他的裆部全是血，模糊了一大块。他的小东西没有了，只有一块鲜红的断口。小苏转过身，小铃铛半张着嘴痴呆地望着她。小铃铛的手伸过来了，弟弟的小东西在她的手上。螺丝状，极短的一块。小苏慌忙回头。小苏趴在自己屋子的北窗，远远地看见阿娟正在巷口和一个女人说笑，她手上的酱油瓶还是空的。小苏失声叫道："阿娟！阿娟！"

元旦之夜

十二月三十一号下雪真是再好不过了。雪有一种很特殊的调子,它让你产生被拥抱和被覆盖的感觉,雪还有一种劝导你缅怀的意思,在大雪飘飞的时候,满眼都是纷乱的,无序的,而雪霁之后,厚厚的积雪给人留下的时常是尘埃落定的直观印象。雨就做不到这一点。雨总是太匆忙,无意于积累却钟情于流淌。雨永远缺乏那种雍容安闲的气质。上帝从不干冬行夏令的事。想一想风霜雨雪这个词吧,内中的次序本身就说明了问题。元旦前夕的大雪,必然是一年风雨的最后总结。

现在是一九九八年最后一个午后。雪花如期来临,它们翩然而至。发哥接到了海口的长途电话。是阿烦。今年初春和发哥同居了二十六天的白领丽人。阿烦说了几句祝愿的话,后来就默然无息了。她的口气有些古怪,既像了却尘缘,又像旧情难忘。发哥后来说:"海口怎么样?还很热的吧?"阿烦懒懒地说:"除了阳光灿烂,还能怎么样,——南京呢?"发哥顺势转过大班椅,用左手的食指挑起白色百叶窗的一张叶片,自语说:"好大的雪。"阿烦似乎被南京的大雪拥抱了,覆盖了,说:"真想看看雪。"发哥歪着嘴,无声地笑。"你呀,"发哥说,"真是越来越小了。"

打完电话发哥拉起了百叶窗，点上一支烟，把双脚跷到窗台上去，一心一意看天上的雪。发哥的办公室在二十六楼，雪花看上去就越发纷扬了。发哥在一九九八年的最后一天没有去想他的生意、债务，却追忆起他的女人们来了。然而，她们的面容像窗外的雪，飘了那么几下，便没了。发哥沿着阿烦向前追溯，一不留神却想到他的前妻那里去了。发哥是两年半以前和他的妻子离的婚，说起来也还是为了女人。那时候发哥刚刚暴发，暴发之后发哥最大的愿望就是睡遍天下所有的美人。发哥拿钱开道，一路风花雪月，打一枪换一个地方。发哥在家里头蔫，可到了外面却舍得拼命，能挑千斤担，不挑九百九。当然，婚姻是要紧的，妻子也是要紧的，对于发哥来说，所有性的幻想首先是数的幻想，男人就这样，都渴望有一笔丰盛的性收藏。不幸的是，妻子发现了。发哥求饶，妻子说不。发哥恼羞成怒。发哥在恼羞成怒之中举起了“爱情”这面大旗。婚姻这东西就这样，只要有一方心怀鬼胎，必然会以“爱情”的名义把天下所有的屎盆子全部扣到对方的头上。发哥刚刚在外面尝到甜头，决定离。这女人有福不会享，有钱不会花，简直是找死！

离婚之后发哥不允许自己想起前妻。前妻让他难受。难受什么？是什么让他难受？发哥不去想。发哥不允许自己去想。一旦发现前妻的面庞在自己的面前摇晃，发哥就呼女人。女人会带来身体，女人会把发哥带向高潮。

现在，窗外正下着雪，发哥愣过神，决定到公司的几间办公室里看一看。因为是新年，发哥提早把公司里的人都放光了，整个公司就流露出人去楼空的寂寥与萧索。所有的空间都聚集在一起，放大了发哥胸中的空洞。发哥回到自己的大班桌前，拿起大哥大，打开来，坐下来把玩自己的手机。前些日子这部该死的手机一直响个不停，到处都是债、债、债，到处都是钱、钱、钱，发哥一气之下就把手机关了。倒是办公室里清静，没有一个债主能料到发哥在新年来临的时候会把自己关在办公室里。发哥把大哥大握在手上，虚空至极，反而希望它能响起来，哪怕是债主。然而，生意人的年终电话就是这样,来的不想,想的不来。发哥只好用桌上的电话打自己的手机,然后,再用自己的手机打桌上的电话。这么打了两三个来回,发哥自己也腻味了,顺了手随随便便就在大哥大上摁了一串号码,听了几声,大哥大竟被人接通了。——“谁?”电话里说。发哥的脑子里“轰”的就一下,他居然把电话打到前妻的家里去了。发哥刚想关闭,前妻却又在电话里头说话了,“谁?”发哥的脑袋一阵发木,就好像前妻正走在他的对面,都看见了。发哥慌忙说:“是我。”这一开口电话里头可又没有声音了,发哥知道前妻已经听出来了,只好扯了嗓子重复说:“是我。”

“我知道。”

“下雪了。”发哥说。

“我看得见。”

电话里又没动静了,发哥咬住下唇的内侧,不知道该说些什么。慌乱之中发哥说:“一起吃个饭吧。”这话一出口发哥就后悔了,“吃个饭”现在已经成了发哥的口头禅,成了“再见”的同义语。发哥打发人的时候从来不说再见,而是说,好的好的,有空一起“吃个饭”。

好半天之后前妻终于说:“我家里忙。”

“算了吧,”发哥说,“我知道你一个人。——一起吃个饭吧。”

“我不想看到你。”

“你可以低了头吃。”

“我不想吃你的饭。”

“AA 制好了。”

“你到底要做什么?”

“元旦了,下雪了,一起吃个饭。”

前妻彻底不说话了。这一来电话里的寂静就有了犹豫与默许的双重性质。当初恋爱的时候就是这样的,发哥去电话,前妻不答应,发哥再去,前妻半推半就,发哥锲而不舍,前妻就不再吱声了,前妻无论做什么都会用她的美好静态标示她的基本心愿。发哥就希望前妻主动把电话扔了。

然而没有。却又不说话。发哥只好一竿子爬到底，要不然也太难看了。发哥说："半个小时以后我的车在楼下等你，别让我等太久，我可不想让邻居们都看见我。"说完这句话发哥就把大哥大扔在了大班桌上，站起来又点上一根烟，猛吸了一口，一直吸到脚后跟。——这算什么？你说这叫什么事？发哥挠着头，漫天的大雪简直成了飘飞扰人的头皮屑。

前妻并不像发哥想象的那么糟糕。前妻留了长发，用一种宁静而又舒缓的步调走向汽车。前妻的模样显然是精心打扮过的，黄昏时分的风和雪包裹了她，她的行走动态就越发楚楚动人了。两年半过去了，前妻又精神了，漂亮了。发哥隔着挡风玻璃，深深吁了一口气。离婚期间前妻的迟钝模样给发哥留下了致命的印象。那是前妻最昏黑的一段日子，发哥的混乱性史和暴戾举动给了前妻一个措手不及，一个晴空霹雳。发哥在转眼之间一下子就陌生了，成了前妻面前的无底深渊。对前妻来说，离婚是一记闷棍，你听不见她喊疼，然而，她身上的绝望气息足以抵得上遍体鳞伤与鲜血淋淋。离婚差不多去了前妻的半条命。她在离婚书上签字的时候通身飘散的全是黑寡妇的丧气。发哥曾担心会有什么不测，但是好了，现在看来所有的顾虑都是多余的，所有的不安都是自找的。前妻重又精神了，漂亮了——精神与漂亮足以说明女人的一切问题。发哥如释重负，轻松地打了一声车喇叭。当然，前妻这样地精心打扮，发哥又产生了说不出来路的惶恐与不安。发哥欠过上身，为前妻推开车门，前妻却走到后排去了。前妻没有看发哥，一上车就对着一个并不存在的东西目不转睛，离过婚的女人就这样，目光多少都有些硬，那是她们过分地陷入自我所留下的后遗症。发哥的双手扶在方向盘上，对着反光镜打量他的前妻，失神了。直到一个骑摩托的小伙子冲着他的小汽车不停地揌喇叭，发哥才如梦方醒。发哥打开了汽车的发动机和雨刮器，掉过头说："到金陵饭店的璇宫去吧，我在那儿订了座。"

雪已经积得很深了，小汽车一开上大街积雪就把节日的灯光与色彩反弹了回来。发哥说："开心一点好不好？就当做个梦。"

璇宫在金陵饭店的顶层，为了迎接新年，璇宫被装饰一新，既是餐厅，又像酒吧。地面、墙壁、餐具、器皿和桌椅在组合灯的照耀下干干净净地辉煌。璇宫里坐满了客人，每个人的脸上都是新年来临的样子。发哥派头十足，一坐下来就开始花钱。这些年他习惯于在女人的面前一掷千金。不过，当初他在妻子的面前倒没有这样过。妻子清贫惯了，到了花钱的地方反有点手足无措，这也是让发哥极不满意的地方。然而，这个滴酒不沾的女人一反往日的隐忍常态，刚一落座就要了一杯XO。发哥笑起来，哪有饭前就喝这个的，发哥转过脸对服务生说："那就来两杯。"

发哥望着窗外，雪花一落在玻璃上就化了，成了水，脚下的万家灯火呈现出流动与闪烁的局面，抽象起来了，斑驳起来了。节日本来就是一个抽象的日子，一个斑驳的日子。发哥点上烟，说："这些年过得还好吧？"前妻没有接腔，却把杯子里的酒喝光了，侧过头对服务生说："再来一杯。"发哥愣了一下，笑道："怎么这么个喝法？这样容易醉的。"前妻也笑，笑得有些古怪，无声，一下子就笑到头，然后一点一点地往里收，把嘴唇撮在那儿，像吮吸。前妻终于开口和发哥说话了，前妻说："梦里头喝，怎么会醉。"

窗外的风似乎停了，而雪花却越来越大，肥硕的雪花不再纷飞，像舒缓的坠落，像失去体重的自由落体。雪花是那样的无声无息，成了一种错觉，仿佛落下来的不是雪花，飘上去的倒是自己。雪花是年终之夜的悬浮之路，路上没有现在，只有往昔。

发哥望着他的前妻，离婚以来发哥第一次这样靠近和仔细地打量他的前妻，前妻不只是白，而是面无血色。她的额头与眼角布上了细密的皱纹。前妻坐在那儿，静若秋水，但所有的动作仿佛还牵扯到某一处余痛。寒暄完了，发哥的问话开始步入正题。发哥说："找人了没有？"话一出口发哥就吃惊地发现，前妻让他难受的地方其实不是别的，而是“找人了没有”。只要有一个男人把前妻“找”回去，发哥仅有的那一分内疚就彻底化解了。有一句歌是怎么唱的？“只要你过得比我好，一直到老”，发哥就什么事也难不倒，永远在外头搞。发哥这么想着，脑海里头却蹦出了许多与他狂交滥媾的赤裸女人。发哥觉得面对自己的前妻产生如此淫乱的念头有点不该，但是，这个念头太顽固、太鲜活，发哥收不住。发哥只好用一口香烟模糊了前妻的面庞，抓紧时间在脑海里头跟那些女人“搞”。发哥差不多都能感受到她们讨好的扭动和夸张的喘息了。

前妻没有回答。这让发哥失望。发哥知道她没有，但是发哥希望得到一个侥幸、一份惊喜。发哥等了好大一会儿，只好挪开话题。发哥说：“过得还好吧？”发哥说：“我知道你还在恨我。”发哥说这些话的时候一直注视着前妻，但前妻的脸上绝对是一片雪地，既没有风吹，又没有草动。发哥难过起来，低下头去只顾了吸烟，发哥说：“当初真是对不起你。我是臭狗屎。我是个下三滥。”

前妻说：“我已经平静了。”前妻终于开口说话了，她的脸上开始浮现出酒的酡红，而目光也就更清冽了，闪现出一种空洞的亮。前妻说：“真的，我已经平静了。把你忘了。”

“你该嫁个人的。”发哥说，“你不该这样生活，”发哥说，“你应该多出来走走，多交一些朋友，别老是把自己闷在家里。”发哥说，“好男人多的是。”发哥说，“你应该多出来走走，多交一些朋友，别老是把自己闷在家里，——缺钱你只管说，”

前妻望着她的前夫，正视着她的前夫，眼里闪现出那种清冽和空洞的亮。前妻端着酒杯，不声不响地笑。

发哥瞄了一眼前妻脸上的笑，十分突兀地解释说：“我不是那个意思。”但发哥自己也不知道自己所说的“意思”到底是什么意思，只好抿一口酒，补充说：“我不是那个意思。”

发哥说：“你还是该嫁个人的。”

"你就别愁眉苦脸了,"前妻说,"你就当在做梦。"

发哥说:"缺钱你只管说,你懂我的意思。"

夜一点一点地深下去,新年在大雪中临近,以雪花的方式无声地降临。发哥的手机响起来,发哥把手机送到耳边,半躺了上身,极有派头地"喂"了一声。电话是公司的业务员打来的,请示一件业务上的事。发哥对着前妻欠了一下上身,拿起大哥大走到入口的那边去了。发哥在入口处背对着墙壁打起了手势,时而耳语,时而无奈地叹息。他那种样子显然不是接电话,而是在餐厅里对着所有的顾客做年终总结报告。后来发哥似乎动怒了,政工干部那样对着大哥大训斥说:"你告诉他,就说是我说的!"电话里头似乎还在嘀咕,发哥显然已经不耐烦了,高声嚷道:"就这么说吧,我在陪太太吃饭,——就这么说吧,啊,就这么说!"发哥说完这句话就把大哥大关了,通身洋溢着威震四海的严厉之气。发哥回到座位,一脸的余怒未消。发哥指着手机对前妻抱怨说:"真是越来越不会办事了,对那帮家伙怎么能手软?你说这生意还怎么做?——总不能什么事都叫我亲自去!"发哥说这话的时候仿佛这里不是饭店,而是他的卧室或客厅,对面坐着的还是他的妻子。前妻面无表情,只是平静地望着他。前妻的表情提醒了发哥,发哥回过头,极不自在地咬住了下嘴唇的内侧,文不对题地说:"生意越来越不好做了。"

但是,刚才的错觉并没有让发哥过分尴尬,相反,那一个瞬间生出了一股极为柔软的意味,像一根羽毛,不着边际地拂过了发哥。发哥怔了好半天,很突然地伸出手,捂在了前妻的手背上。前妻抽回手,说:"别这样。"前妻瞄了一眼四周,轻声说:"别这样。"发哥听着前妻的话,意外地伤感了起来,这股伤感没有出处,莫名其妙,来得却分外凶猛,刹那间居然把发哥笼罩了,发哥兀自摇了一回头,十分颓唐地端起了酒杯,端详起杯里的酒,发哥沉痛地说:"这酒假。"

发哥开始后悔当初的鲁莽,为什么就不能小心一点?为什么就让妻子抓住了把柄？如果妻子还蒙在鼓里，那么，现在家有，女人有，真是里里外外两不误。发哥的女人现在多得连他自己也记不清了。然而，女人和女人不一样，性和性不一样。发哥拼命地找女人，固然有猎艳与收藏的意思，但是，发哥一直渴望再一次找回最初与妻子“在一起”时那种天陷地裂的感受，那种手足无措，那种羞怯，那种从头到脚的苦痛寻觅，那种絮絮叨叨，那种为无法表达而泪流满面，那种笨拙，那种哪怕为最小的失误而内疚不已，那种对昵称的热切呼唤，那种以我为主却又毫不利己，那种用心而细致的钻研，像同窗共读，为新的发现与新的进步而心领神会。——没有了，发哥像一只轮胎，在一个又一个女人的身躯上疾速奔驰，充了气就泄，泄了气再充，可女人是夜的颜色，没有尽头。

发哥用手托住下巴，交替着打量前妻的两只耳垂，XO 使它们变红了，透明了，放出茸茸的光。发哥的眼里涌上了一层薄薄的汁液，既像酒，又像泪；既单纯，又淫荡；既像伤痛，又像渴望。发哥就这么长久地打量，一动不动。发哥到底开口说话了，尽管说话的声音很低，然而，由于肘部支在桌上，下巴又撑在腕部，他说话的时候脑袋就往上一顶一顶的，显得非同寻常。发哥说：“到我那里过夜，好不好？”前妻说：“不。”发哥说：“要不我回家去。”前妻微微一笑，说：“不。”发哥说：“求求你。”前妻说：“不。”

雪似乎已经停了，城市一片白亮，仿佛提前来到的黎明。天肯定晴朗了，蓝得有些过，玻璃一样干净、透明，看一眼都那样的沁人心脾。发哥和前妻都不说话了，一起看着窗外，中山路上还有许多往来的车辆，它们的尾灯在雪地上斑斓地流淌。前妻站起身，说：“不早了，我该回了。”发哥眨了几下眼睛，正要说些什么，手机这时候偏又响了。发哥皱起眉头刚想接，却看见前妻从包里取出了大哥大。前妻歪着脑袋，把手机贴在耳垂上。前妻听一句，“嗯”一声，再听一句，又“嗯”一声，脸上是那种幸福而又柔和的样子。前妻说：“在和以前的一个熟人谈点事呢。”“以前的熟人”，一听到这话脸上的样子就不开心了，他在听，有意无意地串起前妻的电话内容。刨去新年祝愿之外,发哥听得出打电话的人正在西安,后天回来,“西安”知道南京下雪了,叫前妻多穿些衣服,而前妻让“西安”不要在大街上吃东西,“别的再说”,过一会儿前妻“会去电话的”。

发哥掐灭了烟头,追问说:“男的吧?”

前妻说:“是啊。”

发哥说:“热乎上了嘛。”

前妻不搭腔了,开始往脖子上系围巾。发哥问:“谁?”

前妻提起大衣,挂在了肘部,说:“大龙。”

发哥歪着嘴笑。只笑到一半,发哥就把笑容收住了,“你说谁?”

前妻说:“大龙。”

大龙是发哥最密切的哥们,曾经在发哥的公司干过副手,那时候经常在发哥的家里吃吃喝喝,半年以前才出去另立门户。发哥的脸上严肃起来,厉声说:“什么时候勾搭上的?——你们搞什么搞?”发哥站起身,用指头点着桌面,宣布了他的终审判决:“这是绝对不可以的!”

发哥旁若无人。前妻同样旁若无人,甚至连发哥都不存在了。前妻开始穿大衣,就像在自家的穿衣镜面前那样,跷着小拇指,慢吞吞地扭大衣的纽扣。随着手腕的转动,前妻的手指像风中的植物那样舒展开来了,摇曳起来了。前妻手指的婀娜模样彻底激怒了发哥,他几乎看见前妻的手指正在大龙赤裸的后背上水一样忘我地流淌。一股无名火在发哥的胸中“呼”地一下烧着了。发哥怒不可遏,用拳头擂着桌面,大声吼道:“你可以向任何男人叉开大腿,就是不许对着大龙!”餐厅里一下子就静下来了,人们侧目而视,继而面面相觑。人们甚至都能听得见发哥的喘息了。前妻的双手僵在最后一颗纽扣上。目光如冰。整个人如冰。而后来这块冰却颤抖起来了。前妻拿起剩下的XO,连杯带酒一同扔到发哥的脸上。由于颤抖,前妻把酒洒在了桌上,而杯子却砸到窗玻璃上去了。玻璃在玻璃上粉碎,变成清脆的声音四处纷飞。余音在缭绕,企图挣扎到新年。

发哥追到大厅的时候前妻已经上了出租车了。发哥从金陵饭店出来,站在汉中路的路口。新年之夜大雪的覆盖真是美哦。大雪把节日的灯光与颜色反弹回来——那种寒气逼人的缤纷,那种空无一人的五彩斑斓。